Collection dirigée par Glenn Tavennec

L'AUTEUR

Née en 1981 en Caroline du Sud, Kiera Cass est une auteure comblée. Grande fan de littérature pour jeunes adultes, elle vit un réel conte de fées depuis que son éditrice chez HarperCollins est tombée amoureuse de sa dystopie, *La Sélection.*

***La Sélection* :**
Tome 1 : *La Sélection*
Tome 2 : *L'Élite*
Tome 3 : *L'Élue*
Tome 4 : *L'Héritière*

Hors-série :
La Sélection, Histoires secrètes : Le Prince & Le Garde

KIERA CASS

L'ÉLUE

LIVRE III

traduit de l'anglais (États-Unis) par Madeleine Nasalik

roman

Titre original : THE ONE

ISBN 978-2-221-12930-2
ISSN 2258-2932
(édition originale : ISBN : 978-0-06-205999-4, HarperCollins Children's Books, a division of HarperCollins Publishers Ltd., New York)

Pour Callaway,
le garçon qui a grimpé jusqu'à la cabane de mon cœur
et m'a laissée couronner le sien.

1.

Cette fois-ci, c'est quand nous sommes réunies dans la Salle des Banquets, où Silvia nous inflige une énième leçon sur le protocole, que des briques volent à travers une fenêtre. Une pluie d'éclats de verre s'abat sur nous. Aussitôt, c'est la panique. Elise se jette à terre pour ramper sous une table, Celeste se réfugie au fond de la pièce en poussant des cris stridents et Kriss m'attrape par le bras, puis m'entraîne vers la porte.

— Dépêchons, mesdemoiselles ! hurle Silvia.

En un clin d'œil, des soldats se déploient devant les baies vitrées et épaulent leur fusil. Des coups de feu claquent tout autour de nous tandis que nous prenons la fuite. Qu'ils soient venus les poches pleines de cailloux ou avec des armes plus sophistiquées, nos agresseurs vont regretter amèrement d'avoir pris le palais pour cible. Les Renégats exaspèrent tout le monde.

— Je n'arrive pas à courir avec ces fichus escarpins, marmonne Kriss, qui a ramené ses jupes dans ses bras.

— Il y en a une parmi nous qui va devoir s'y habituer, halète Celeste, si elle devient princesse…

— Moi, je vais porter des ballerines tous les jours. J'en ai déjà marre de ces attaques à tout bout de champ.

— Ça suffit, mesdemoiselles, on se tait et on avance ! s'énerve Silvia.

— Comment on gagne le refuge, d'ici ? demande Elise.

— Et Maxon, est-ce qu'il va réussir à se mettre à l'abri ? s'inquiète Kriss.

Silvia ne répond pas. Nous la suivons à travers un dédale de couloirs qui doivent nous mener au refuge, du moins je l'espère, croisant sur notre passage des dizaines de gardes anonymes qui s'élancent dans la direction opposée. Je suis remplie d'admiration pour le courage et l'abnégation dont ils font preuve en courant au-devant du danger. Soudain, des yeux verts se fixent sur moi. Aspen. Il n'a pas l'air effrayé le moins du monde. Un problème se pose et son travail consiste à y apporter une solution rapide et efficace. C'est son mode de fonctionnement, maintenant qu'il est devenu garde royal.

Nous échangeons un bref regard et cela suffit. En une fraction de seconde, sans qu'un seul mot soit prononcé, j'arrive à lui dire : *Ne prends aucun risque.* Et lui me répond, comme par télépathie : *Ne t'inquiète pas, sois prudente toi aussi.*

Notre dernière conversation s'est terminée sur une dispute. Je m'apprêtais à quitter le palais et je lui avais demandé de me laisser souffler quelque temps pour pouvoir tourner la page de la Sélection. Mais j'ai fini par rester, à ma grande surprise, et je ne lui ai même pas expliqué pourquoi.

Peut-être qu'il commence à perdre patience, lui aussi, que mon étoile a pâli à ses yeux. Il va falloir qu'il m'accorde son pardon. Parce que vivre sans Aspen, c'est impossible. Même maintenant, alors que je fais tout pour que Maxon me choisisse moi, un monde privé d'Aspen me paraît inconcevable.

— Nous y voilà ! s'exclame Silvia en faisant coulisser un panneau.

Devant nous, un escalier plongé dans la pénombre. Nous descendons les marches quatre à quatre, Elise et Silvia en tête du petit groupe.

— Elise, bon sang, accélère un peu ! s'impatiente Celeste.

Je sais qu'elle vient de lâcher tout haut ce que les autres pensent tout bas, mais un peu de tact ne l'aurait pas tuée. Nous nous enfonçons dans l'obscurité et j'essaie de ne pas penser à toutes ces heures que nous allons passer à nous terrer comme des rats, des heures gâchées. Soudain, une voix d'homme retentit derrière nous, un peu en hauteur.

— Arrêtez, mesdemoiselles !

Je me retourne en même temps que Kriss. Un uniforme se découpe dans le noir.

— Attendez ! C'est un garde !

— Excusez-moi, mesdemoiselles. Je viens vous annoncer que les Renégats ont décampé aux premiers coups de feu. Ils n'étaient pas d'humeur à se battre, il faut croire.

Silvia lisse sa robe du plat de la main.

— C'est le roi qui vous envoie ? Sinon, vous faites courir un grand risque à ces jeunes filles.

— Le chef de la garde me l'a assuré. Je suis certain que Sa Majesté…

— Vous n'avez pas à parler au nom de Sa Majesté. Venez, mesdemoiselles.

Je m'interpose :

— Vous plaisantez ? On ne va pas descendre au refuge pour rien.

Silvia me foudroie du regard et je me tais aussitôt. Silvia et moi, nous avons bâti une sorte d'amitié quand elle m'a aidée, sans le savoir, à oublier Maxon et Aspen en me donnant des cours particuliers, mais cette relation privilégiée a été réduite à néant il y a quelques jours après mon petit exposé pendant le Bulletin. Elle s'adresse à nouveau au garde :

— Montrez-moi un décret signé du roi, officier, et je vous suivrai sans protester. Mesdemoiselles, après vous.

J'échange un regard courroucé avec le garde qui remonte l'escalier et repart vaquer à ses affaires.

Silvia ne trahit absolument aucun remords quand, vingt minutes plus tard, un autre soldat se présente à la porte du refuge. Je suis tellement énervée que je pars sans attendre les autres. Je me retrouve quelque part au rez-de-chaussée et je me promène pieds nus dans les couloirs, balançant mes escarpins au bout de mes doigts. Quand je regagne ma chambre, une enveloppe m'attend sur un petit plateau en argent. Il me suffit d'un coup d'œil pour reconnaître l'écriture de May.

Coucou grande sœur !

On a une nièce ! Astra est trop adorable. C'est triste que tu ne puisses pas venir faire sa connaissance, mais on comprend tous que ta place est au palais. Tu crois qu'on va se voir à Noël ? C'est bientôt ! Je te laisse, il faut que je retourne aider Kenna et James. Elle est trop trop mignonne, j'arrive pas à le croire ! On t'envoie une photo. On t'aime tous !

May.

J'étudie le cliché imprimé sur papier glacé. Tout le monde est là, sauf Kota – et moi, bien entendu. James, le mari de Kenna, est penché au-dessus de sa femme et de sa fille. Son sourire n'arrive pas à cacher ses larmes d'émotion. Dans son lit, appuyée à des coussins, Kenna serre contre son cœur un petit paquet rose, les traits marqués par le bonheur et la fatigue. Papa et maman rayonnent de fierté, May et Gerad ont l'air excités comme des puces. Bien sûr, Kota ne s'est pas déplacé pour la naissance de la petite ; il n'a rien à y gagner, ni argent ni photo dans les journaux. Mais moi, j'aurais dû être présente, à leurs côtés.

Malheureusement...

C'est au palais que je vis désormais. Même si j'y erre comme une âme en peine. Dès que son emploi du temps le permet, Maxon file rejoindre Kriss, qui est ma rivale directe. À croire qu'il a oublié jusqu'à mon existence. Et entre les Renégats qui donnent l'assaut de plus en plus souvent et le roi qui me témoigne chaque jour son mépris, ce n'est pas la période la plus facile de ma vie. Pendant ce temps Aspen gravite autour de moi, il me rappelle à tout moment que nous partageons un secret qui pourrait me coûter la victoire. Sans oublier le ballet des caméras qui vont et viennent pour voler des fragments de nos existences et amuser les foules. Je me retrouve acculée. Toute ma vie est en train de me glisser entre les doigts.

Je ravale mes larmes. J'en ai assez de pleurer. Il faut que j'utilise mon cerveau au lieu de me lamenter sur mon sort. La seule façon de me remettre sur les rails, c'est de quitter la Sélection. Même s'il ne fait aucun doute dans mon esprit que je veux être celle que Maxon va épouser. Et dans ce cas, je ne peux pas me tourner les pouces et attendre que ça me tombe tout cuit dans le bec. La dernière discussion que j'ai eue avec le roi me trotte encore dans la tête.

Comme j'arrive à peine à respirer, je sais que je ne vais pas réussir à avaler une seule bouchée. Mais le jeu en vaut la chandelle. Le but de la manœuvre, c'est de montrer que moi aussi, j'ai des arguments. Selon le roi, les autres filles se sont rapprochées de Maxon – rapprochées physiquement, je veux dire – et je n'arrive pas à la cheville de Kriss ou de Celeste pour espérer tirer mon épingle du jeu. Eh bien, on va voir ce qu'on va voir !

Comme si ma relation avec Maxon n'était pas assez compliquée, il faut encore que je regagne sa confiance. Par conséquent, je ne sais pas si j'ai encore le droit de lui poser des questions sur ce qui se passe avec les autres filles. Cela me tracasse quand même. Je n'ai jamais joué à la femme fatale jusqu'à aujourd'hui – je n'en ai pas eu besoin –, mais en changeant de tactique, je peux lui faire comprendre certaines choses…

Inspirant un grand coup, je relève le menton et je fais mon entrée dans la salle à manger, avec un retard de deux ou trois minutes, histoire de marquer les esprits. J'ai bien calculé mon coup. Vu les réactions, on dirait que j'ai lâché une bombe au beau milieu de la pièce.

J'exécute une révérence et ma jupe stratégiquement fendue s'ouvre jusqu'à mi-cuisse. Je porte un fourreau d'un rouge profond qui laisse les épaules à découvert (je n'ai toujours pas compris comment mes femmes de chambre, ces magiciennes, se sont débrouillées pour le faire tenir, mais elles ont réussi). Lorsque je me redresse, je plante mon regard dans celui de Maxon, qui a cessé de mâcher. Quelqu'un fait tomber une fourchette. Les yeux baissés, je vais m'asseoir à ma place, à côté de Kriss.

— America, tu es tombée sur la tête ? chuchote-t-elle.

— Excuse-moi ?

— Pas très classe, ta robe…

— Mais tu es jalouse, ma parole !

J'ai dû viser juste, parce que Kriss rougit jusqu'aux oreilles avant de retourner à son assiette. Je mange du bout des lèvres, les poumons écrasés par le bustier. Quand le dessert est servi, je tourne la tête et, comme je l'espérais, Maxon me regarde. Immédiatement il porte la main à son oreille et tire dessus ; je l'imite d'un geste hésitant. Mes yeux se posent un bref instant sur le roi Clarkson et je réprime un sourire : il est agacé, cela saute aux yeux, et je suis fière d'être celle qui l'a mis dans cet état.

Je sors de table la première, pour donner à Maxon l'occasion de m'admirer sous tous les angles, et je regagne ma chambre aussi vite que possible. À peine la porte fermée, je défais la fermeture à glissière du fourreau, trop heureuse de pouvoir respirer à nouveau.

— Alors, comment ça s'est passé ? me demande Mary en se ruant vers moi pour retenir la robe.

— Il n'a pas su quoi dire. Les autres non plus.

Lucy pousse un cri ravi, Anne vient donner un coup de main à Mary.

— On s'occupe de votre robe. Laissez-nous faire. Est-ce qu'il vient ce soir ?

— Oui. Je ne sais pas à quelle heure, mais il vient, c'est sûr.

— Je suis navrée, me lance Anne, vous allez devoir souffrir quelques heures encore avec cette robe. Mais la fin justifie les moyens, comme on dit.

Je la remercie d'un sourire, faisant contre mauvaise fortune bon cœur. J'avais expliqué à mes femmes de chambre que je voulais attirer l'attention de Maxon, sans me douter que porter cette robe allait être un véritable supplice.

— Vous voulez qu'on l'attende avec vous ? suggère Lucy, qui n'arrive pas à contenir son excitation.

— Non, aidez-moi à remettre comme il faut cet instrument de torture. J'ai besoin d'être un peu seule.

— Rentrez le ventre, mademoiselle.

Lorsque Mary remonte la fermeture à glissière, le bustier se resserre autour de moi à la façon d'un boa constrictor, et je me vois comme un soldat qui part au combat. L'armure est différente, mais l'objectif reste le même.

Ce soir, je pars à l'assaut de Maxon Schreave.

2.

J'ouvre la porte-fenêtre et l'air parfumé entre à flots dans la chambre. Il fait chaud à Angeles au mois de décembre. Comme l'accès aux jardins est formellement interdit aux Sélectionnées, à moins qu'elles ne soient escortées par une escouade de gardes, je me contente d'aérer ma chambre de temps en temps.

J'essaie de créer une ambiance intime en allumant quelques bougies. On frappe à la porte à l'instant où je souffle l'allumette. Je me jette sur le lit, j'attrape un livre et déploie ma robe sur l'édredon. *Mais oui, Maxon, je me mets toujours sur mon trente et un quand je lis un bon bouquin.*

— Entrez.

Maxon pousse la porte et balaie d'un regard étonné la chambre plongée dans la pénombre. Enfin il se concentre sur moi et me dévore des yeux tandis que je bats des paupières.

— Maxon ! Vous voilà enfin !

Je referme mon livre et je vais à sa rencontre en affectant une moue de séductrice chevronnée. Il referme la porte sans bruit.

— Je tenais à vous dire que vous êtes absolument resplendissante ce soir.

– Oh, vous voulez parler de cette robe ? je réponds, rejetant mes cheveux derrière l'épaule. Elle prenait la poussière au fond du placard.

— Ravi que vous l'ayez déterrée.

— Venez vous asseoir près de moi. Vous vous êtes fait rare ces derniers temps.

— J'en suis le premier désolé. La situation est très tendue depuis la dernière attaque des Renégats, où nous avons eu à déplorer de nombreuses victimes, et vous connaissez mon père. Il est d'une humeur massacrante depuis que nous avons envoyé plusieurs gardes protéger les familles des Sélectionnées : nous tournons désormais avec des effectifs réduits. Il veut que j'abrège coûte que coûte la compétition, mais je tiens bon. Il me faut du temps pour réfléchir, prendre du recul.

— Bien sûr. C'est à vous et à vous seul que revient cette décision.

— Tout à fait. Je sais que je me répète mais quand on veut me forcer la main, je perds mon sang-froid.

Je réponds en minaudant tant et plus :

— Comme je vous comprends…

Maxon observe une pause, une expression impénétrable sur le visage. Je tente de passer à l'étape suivante sans qu'il se sente pris au piège.

— Je sais que c'est bête, mais mes femmes de chambre m'ont mis un nouveau parfum aujourd'hui. Vous ne le trouvez pas trop fort ?

Et je tends le cou pour qu'il renifle. Il s'approche de moi, son nez frôle la peau de mon épaule.

— Non, très chère, c'est exquis, souffle-t-il avant d'y déposer un baiser.

Une boule se forme dans ma gorge. Il faut que je reste concentrée, que je garde les rênes en main.

— Je suis contente qu'il vous plaise. Vous m'avez vraiment beaucoup manqué.

Je sens une main s'aventurer dans mon dos et je baisse la tête. La bouche de Maxon n'est plus qu'à quelques millimètres de la mienne. Son regard brûlant accélère les battements de mon cœur.

— Je vous ai beaucoup manqué, alors ? demande-t-il d'une voix rauque.

— Oh oui. Vraiment beaucoup. Beaucoup.

Je n'ai qu'une envie, qu'il m'embrasse. Débordant d'assurance, Maxon m'attire vers lui, ses doigts mêlés à mes cheveux. Je passe à l'étape suivante de mon plan : je guide ses mains jusqu'à la fermeture à glissière de mon fourreau, en espérant qu'il comprendra le message. Ses doigts s'attardent un instant dessus et je me dis que j'ai gagné la partie, quand il s'esclaffe. Ni une ni deux, je redescends sur terre.

— Qu'est-ce qu'il y a de si drôle ? C'est mon haleine, c'est ça ?

— C'est votre attitude, plutôt, qui est d'un comique achevé !

Et Maxon se plie en deux, il rit tellement qu'il en a les larmes aux yeux.

— Pardon ?

— Je me suis toujours demandé jusqu'où vous seriez capable d'aller. Excusez-moi ; on m'attend. À demain matin.

Il se met debout, me plante un bisou sur le front… et il s'en va sans se retourner.

Je reste assise sur le lit, morte de honte. Qu'est-ce qui m'est passé par la tête ? Maxon ne sait peut-être pas tout de moi, mais il me connaît assez pour savoir que ce personnage, ce n'est pas moi.

J'observe ma robe. Grotesque. Même Celeste n'aurait jamais osé une tenue pareille. J'ai des tonnes de laque dans les cheveux et plusieurs couches de maquillage sur le visage. Maxon a vu clair dans mon jeu à la seconde où il a franchi la porte de ma chambre. Je ne sais pas si je vais avoir le courage de me montrer au petit déjeuner demain matin. Je souffle les bougies l'une après l'autre, démoralisée.

3.

Je vais prétexter une indigestion. Ou une migraine. Une crise d'angoisse. N'importe quoi, pourvu que j'échappe à l'épreuve des retrouvailles.

Alors je pense à Maxon, à toutes les fois où il m'a encouragée à ne pas baisser les bras. Je me laisse trop facilement abattre, c'est un de mes défauts. Si je fais l'effort de me présenter au petit déjeuner, si j'assume mon erreur, peut-être qu'il voudra bien m'accorder son respect.

Dans le but d'effacer l'impression catastrophique que j'ai faite hier, je demande à mes femmes de chambre de sortir la robe la plus sage de ma penderie. Elles comprennent aussitôt qu'il vaut mieux ne pas s'appesantir sur ce qui s'est passé la veille au soir et elles me choisissent une robe à motif fleuri, pleine de fraîcheur et de gaieté, tout le contraire du fourreau écarlate.

J'entre dans la salle à manger la tête haute. Quand j'ose enfin regarder Maxon, je découvre qu'il m'observe. Il m'adresse un petit clin d'œil complice et je détourne le regard à toute vitesse.

— Contente de voir que tu n'as pas oublié de t'habiller ce matin, siffle Kriss.

— Contente de voir que tu n'as pas oublié ta langue de vipère.

— Mais qu'est-ce qui te prend, d'un coup ?

— Pas aujourd'hui, Kriss. Fiche-moi la paix.

Piquée au vif, ma rivale s'assied bien droite sur sa chaise et concentre à nouveau toute son attention sur son petit déjeuner. Je jette un autre coup d'œil à Maxon, qui affiche toujours un petit sourire suffisant. Là, c'est la goutte d'eau qui fait déborder le vase. S'il croit que je vais supporter son mépris sans réagir. Je suis à deux doigts de me lever de table quand un majordome fait son entrée, chargé d'un plateau en argent sur lequel trône une enveloppe. Il s'incline avant de le placer sous le nez du roi Clarkson qui saisit la missive, l'ouvre d'un coup d'ongle et lit en diagonale la lettre qu'elle contient.

— Ces crapules de Français, grogne-t-il. Pardonne-moi, Amberly, mais le devoir m'appelle. Je vais quitter le palais dans l'heure.

— Les négociations sont encore au point mort ? lui demande la reine à voix basse.

— Oui. Je pensais que ces accords commerciaux avaient été bouclés il y a des mois. Nous devons faire preuve de fermeté dans cette affaire.

Il repousse sa chaise, jette sa serviette sur la table et se dirige vers la porte à grandes enjambées.

— Père, lance Maxon, souhaitez-vous que je vous accompagne ?

— Quand tu seras digne du titre de roi, tu pourras prétendre à tenir ce rôle, rétorque le roi depuis le seuil avant de disparaître dans le couloir.

Maxon reste immobile quelques secondes, pétrifié par l'insulte de son père, puis il se rassied et se tourne vers la reine :

— Je n'avais pas envie de me rendre en France, pour parler franchement.

Elle lui répond d'un sourire, comme à son habitude, et les filles font mine de n'avoir rien entendu.

Le petit déjeuner fini, certaines se rendent dans le Boudoir. Quand il ne reste plus que Maxon et moi dans la salle à manger, j'ose enfin lever la tête et nous tirons en même temps discrètement sur le lobe de notre oreille avant d'échanger un sourire. Nous nous retrouvons au milieu de la pièce, entre les servantes et les majordomes qui débarrassent les tables.

— C'est à cause de moi s'il n'a pas voulu que vous l'accompagniez en France, Maxon.

— Peut-être. Croyez-moi, ce n'est pas la première fois qu'il cherche à me remettre à ma place. Cela ne me surprendrait pas qu'il soit motivé, cette fois-ci, par la méchanceté pure et simple. Il ne veut pas perdre les rênes du pouvoir, et plus je me rapproche du mariage, plus ce pouvoir lui échappe. Même si nous savons tous les deux qu'il ne prendra jamais vraiment sa retraite.

— Renvoyez-moi, alors. Ce sera un souci en moins pour lui – et pour vous.

Je n'ai toujours pas raconté à Maxon que son père m'a coincée dans un couloir pour me menacer quelques minutes après que Maxon lui, l'a convaincu de me garder au sein de la Sélection. Le roi Clarkson avait été très clair : il m'avait fait promettre de ne jamais rien dire à Maxon, à personne, et j'ai accepté.

— D'ailleurs, après ce qui s'est passé hier soir, je suppose que vous n'avez qu'une envie, vous débarrasser de moi.

— Pardon si je vous ai froissée, mais reconnaissez que c'était impossible pour moi de résister.

— Et moi qui me faisais des idées. Je me sens si bête.

— Arrêtez de vous torturer ainsi. Celle que vous incarniez hier, ce n'est pas vraiment vous.

— Mais pourquoi ? C'est aussi un jeu de séduction, non ?

— Vous vous souvenez de la nuit que nous avons passée ensemble dans le refuge, pendant l'attaque des Renégats ?

— Nous nous sommes dit au revoir cette nuit-là.

— Cela aurait été un au revoir inoubliable.

Je lui mets une petite tape sur le bras et Maxon s'en amuse, heureux d'avoir pu dissiper la gêne qui s'était installée entre nous.

— Oublions tout ça, si vous voulez bien.

— Avec grand plaisir, America. Par ailleurs, j'ai dans mes dossiers un projet qui réclame toute notre attention, la vôtre et la mienne.

— Vraiment ?

— Vraiment, et une fois que mon père aura quitté le palais, nous aurons tout le temps devant nous.

— Je suis impatiente de découvrir ce que vous m'avez préparé.

— Je vous dois la vérité, reprend Maxon avec un soupir. Père ne veut pas de vous comme belle-fille. Mais il sera peut-être contraint de se plier à mon choix si nous atteignons un certain objectif.

— Lequel ?

— Il faut faire de vous la préférée du public…

— C'est ça, votre grand projet ? Maxon, c'est impossible ! J'ai vu un sondage dans un des magazines de Celeste. Les citoyens d'Illeá me détestent.

— Une opinion, ça s'influence. Et ne vous laissez pas démoraliser par ce sondage.

— Je vous avertis, c'est perdu d'avance.

— Au contraire, réplique Maxon avec un sourire malicieux, je suis certain que la victoire est au bout.

Et il m'embrasse longuement.

4.

Je mets le cap sur le Boudoir en retournant dans ma tête les paroles de Maxon. La reine n'est pas encore arrivée. Rassemblées autour d'une fenêtre, les filles gloussent comme des poules.

— America, viens vite ! s'exclame Kriss dès qu'elle m'aperçoit.

Même Celeste me fait signe, tout sourire. Un peu méfiante, je m'approche de la fenêtre. Et là, je pousse un grand cri.

— Mais quel spectacle !

— Ils sont craquants, hein, soupire Celeste d'un air rêveur.

Un groupe de gardes font leur footing torse nu dans les allées du jardin et se laissent admirer à leur insu. Aspen m'a dit qu'ils se faisaient injecter je ne sais quel produit pour gagner du muscle, mais il s'avère qu'ils entretiennent aussi leur physique par le sport. Difficile de rester de marbre face à ces corps parfaits.

— Le blond, là-bas, chuchote Kriss. Enfin, je crois qu'il est blond. Il est coupé si court !

— Moi, j'aime bien celui-là, lance Elise lorsqu'un garde passe sous la fenêtre.

— On devrait avoir honte, les filles, je vous jure !

— Oh, regardez ! Celui-là, juste ici, celui aux yeux verts, s'exclame Celeste en montrant Aspen du doigt.

— J'ai dansé avec lui pendant le bal d'Halloween, déclare Kriss, et non seulement il est canon mais en plus il est drôle.

— J'ai dansé avec lui aussi, se vante Celeste. C'est clairement le mec le plus sublime du palais.

Je laisse échapper un petit rire. Cela m'intéresserait de voir comment elle réagirait en apprenant qu'Aspen était, à une époque pas si lointaine, un Six.

— Et toi, America ? Lequel tu préfères ? me demande Kriss.

Le seul que je trouve vraiment à mon goût, c'est Aspen, alors j'esquive sa question.

— Je n'en sais rien. Ils sont tous plutôt mignons.

— « Plutôt mignons » ? répète Celeste, indignée. Tu plaisantes, j'espère ! Je n'ai rien vu de plus appétissant de toute ma vie.

— C'est juste un groupe de mecs à moitié à poil.

— OK, profite du spectacle tant que c'est encore possible parce que bientôt c'est nous trois que tu vas admirer.

— Ça ne me dérange pas. Je peux te dire que Maxon sans sa chemise est tout aussi canon que ses gardes…

— Que… qu'est-ce que tu viens de dire ? s'étrangle Kriss.

Je comprends, trop tard, que je viens de faire la gaffe du siècle. Trois paires d'yeux se braquent sur moi.

— Quand est-ce que toi et Maxon vous vous êtes retrouvés tout nus, exactement ?

— Je n'étais pas toute nue !

— Mais lui si ? C'est pour ça que tu as mis cette robe horrible hier ?

— Sale pouffiasse ! me lance Celeste.

— Répète un peu pour voir !

— Quoi, madame se vexe quand on la traite de pouffiasse ? À moins qu'elle ne daigne nous raconter ce qui s'est passé en réalité et pourquoi on se trompe toutes lourdement sur son compte ?

Je ne peux pas leur confier que j'ai dû soigner chez Maxon des blessures que lui a infligées son propre père. C'est un secret qu'il a caché toute sa vie. Si je le trahis aujourd'hui, je n'aurai plus aucune chance de remporter la Sélection.

Je m'efforce de détourner la conversation.

— Celeste était collée contre lui à moitié nue dans un couloir !

— Et d'où tu sais ça ? me répond-elle, bouche bée.

— Alors je suis la seule que Maxon n'a jamais vue toute nue ? s'indigne Elise.

— On n'était pas nus !

— D'accord, mettons les choses au clair, suggère Kriss. Qui a fait quoi avec Maxon ?

Silence gêné. Personne n'ose prendre la parole en premier. Elise finit par se lancer.

— Moi, je l'ai embrassé. Trois fois, c'est tout.

— Moi, je ne l'ai jamais embrassé, avoue Kriss. Mais c'est mon choix, pas le sien. Il aimerait bien que je me laisse faire.

— Vraiment ? Pas une seule fois ?

— Pas une seule fois.

— Eh bien, moi, je l'ai embrassé des tas de fois, déclare Celeste sans une once d'embarras. La plus mémorable, c'était dans le couloir, un soir. On chuchotait, on se disait que c'était hyperexcitant parce qu'on pouvait se faire surprendre à chaque instant.

Enfin, c'est mon tour. Je repense aux moqueries du roi Clarkson, qui m'avait fait comprendre que les autres filles étaient mille fois moins coincées que moi. Je sais à présent que c'était une arme de plus contre moi dans son arsenal. Autant leur avouer la vérité.

— C'est moi que Maxon a embrassée la première, pas Olivia. Je ne voulais pas que ça se sache, alors il n'a rien dit à personne. Et on a eu des… des moments plus intimes, disons, et c'est dans un de ces moments-là que la chemise de Maxon s'est enlevée.

— Elle s'est enlevée ? Toute seule, comme par magie ? ricane Celeste.

— Bon, il l'a enlevée.

— Il l'a enlevée ou c'est toi ?

— Un peu les deux, j'avoue.

Kriss reprend :

— D'accord, alors maintenant on a quelques repères.

— Ah oui, tu trouves ? Quels repères ? l'interroge Elise.

Pas de réponse. Je décide de conclure :

— Je voudrais simplement préciser que… tous les moments que j'ai passés avec Maxon ont beaucoup d'importance pour moi, et je me suis attachée à lui.

— Tu sous-entends que nous, non ? aboie Celeste.

— Je sais que toi, tu te fiches de lui.

— T'as un sacré culot, toi !

— Celeste, ce n'est un secret pour personne que ce qui t'intéresse, c'est le pouvoir. Je parie que tu apprécies Maxon, à ta façon, mais tu n'es pas amoureuse de lui. C'est la couronne que tu as en ligne de mire.

Sans même me contredire, Celeste se tourne vers Elise.

— Et celle-là ? Elle est froide comme un glaçon !

— C'est parce que je suis quelqu'un de réservé. Tu devrais essayer, un jour, lui rétorque Elise. Dans ma famille, les mariages sont arrangés. Je savais quel destin m'attendait et c'est comme ça, un point c'est tout. Je ne suis peut-être pas folle amoureuse de Maxon, mais je le respecte. L'amour, ça peut venir plus tard.

— C'est plutôt triste comme situation, fait remarquer Kriss.

— Pas du tout. Il existe des choses plus importantes que l'amour.

Nous fixons toutes Elise du regard. Ses paroles trouvent une résonance en moi. C'est par amour que je me bats pour ma famille, pour Aspen aussi. Maintenant que j'y pense, et même si cela m'effraie, toutes les décisions que j'ai prises pour gagner le cœur de Maxon – toutes, même les plus stupides – sont motivées par l'amour également. Et s'il y avait autre chose en jeu, finalement, quelque chose de plus essentiel ?

— Eh bien moi, je l'avoue, j'aime Maxon, bredouille Kriss. Je l'aime, et je veux devenir sa femme.

— OK, America, à ton tour de passer à table, ordonne Celeste.

Je me fige sur place. Il me faut quelques secondes de réflexion avant de trouver les mots justes.

— Maxon sait ce que je ressens pour lui, c'est tout ce qui compte.

Celeste lève les yeux au ciel mais elle n'insiste pas, sûrement de peur que je lui rende la pareille.

Nous demeurons plantées là, perplexes. Quelques instants plus tard, la reine nous rejoint dans le Boudoir et nous souhaite une bonne journée. Nous la saluons d'une révérence et chacune va s'asseoir dans son coin, seule avec ses pensées. Peut-être que cela devait se finir ainsi. Quatre filles, un prince, trois perdantes qui quitteront bientôt le palais avec, dans leurs bagages, quelques anecdotes amusantes sur les semaines qu'elles auront passées ici. La compétition est lancée pour de bon.

5.

Je fais les cent pas dans la bibliothèque du rez-de-chaussée en me tordant les mains. Il faut que je raconte à Maxon ce qui vient de se passer avant qu'il l'apprenne de la bouche d'une autre.

— Toc toc.

Maxon pousse la porte. Aussitôt il remarque ma mine soucieuse et s'approche de moi à grands pas.

— Un problème ?

— Ne vous mettez pas en colère, s'il vous plaît.

— Je vais faire de mon mieux, répond-il, sur la défensive.

— Les autres filles savent que je vous ai vu sans votre chemise. J'ai gardé le silence sur vos blessures, je vous le jure. Maintenant elles croient toutes que nous avons fait des choses pas très honnêtes ensemble.

— Ce qui est pourtant le cas, fait Maxon avec un sourire malicieux.

— C'est très sérieux, Maxon ! Du coup je suis devenue l'ennemie publique numéro un.

— Si cela peut vous consoler, je ne suis pas fâché contre vous. Tant que vous gardez mon secret, le reste ne m'intéresse pas. Même si je suis étonné que vous leur ayez raconté cet épisode. Comment ce sujet a-t-il pu surgir dans la conversation ?

— Ça, je ne peux pas vous le dire.

— Moi qui croyais que la confiance mutuelle était un de nos objectifs prioritaires…

— Justement. Je vous demande de me faire confiance là-dessus.

— Très bien, les filles savent que vous m'avez vu torse nu. Autre chose ?

J'hésite un instant.

— Elles savent aussi que c'est moi que vous avez embrassée en premier. Et je sais tout ce que vous avez fait ou non avec elles.

Maxon me repousse.

— Pardon ?

— Après cette histoire de chemise il y a eu pas mal d'accusations, des soupçons, et tout le monde a décidé qu'il valait mieux jouer franc-jeu. Je sais que vous avez été très occupé à embrasser Celeste et que Kriss n'est pas du genre à se laisser faire. Tout est sorti au grand jour.

Maxon arpente la bibliothèque, la consternation peinte sur son visage. Il ne cherche même pas à dissimuler sa contrariété.

— Alors je n'ai plus aucune vie privée ? Parce que vous avez décidé toutes les quatre de compter les points ?

— Pour quelqu'un qui chérit l'honnêteté, cela devrait vous réjouir !

Il se fige, braque son regard sur moi.

— Je vous demande pardon ?

— Il n'y a plus de cachotteries entre nous. Aucun secret malsain. Nous savons toutes à quoi nous en tenir et moi, en ce qui me concerne, je suis soulagée.

— Soulagée ?

— Si vous m'aviez confié qu'avec Celeste, vous en étiez resté aux baisers, c'est-à-dire au même niveau que moi, jamais je ne vous aurais fait du rentre-dedans comme hier soir. Vous savez combien c'était humiliant ?

— Allons, America, vous vous êtes humiliée tellement souvent que cela m'étonne qu'il vous reste encore de l'amour-propre, ricane Maxon.

C'est peut-être dû au fait que je n'ai pas reçu une éducation aussi poussée que la sienne, mais il me faut une bonne seconde pour prendre la mesure de ce qu'impliquent ses paroles. Maxon m'a toujours appréciée, en tout cas c'est ce qu'il prétend. Peut-être que, au fond, son cœur contrarie sa raison.

— Je vais vous laisser, Maxon. Excusez-moi encore de n'avoir pas su tenir ma langue.

— Allons, America. Il n'y avait rien de méchant…

— Ce n'est pas grave. Je ferai plus attention la prochaine fois.

Je regagne l'étage, seule. Maxon ne me suit pas et je ne sais si je dois m'en réjouir ou non. Dans ma chambre je retrouve Anne, Lucy et Mary, qui changent les draps et passent le plumeau.

— Bonjour, mademoiselle. Du thé ?

— Non, merci, je vais aller prendre l'air sur le balcon. S'il y a des visiteurs, dites-leur que je me repose.

— Bien sûr.

Je me change les idées quelque temps sur le balcon, où je savoure les parfums qui s'élèvent du jardin, puis je pars assister à un cours magistral que nous inflige Silvia. Je reviens faire une courte sieste, je joue du violon, mais le cœur n'y est pas. Le but, c'est d'éviter Maxon et les autres filles. Peu importe comment j'occupe les heures qui passent.

Comme le roi a quitté le palais, nous sommes autorisées à dîner dans notre chambre et je savoure ce moment de tranquillité. Je suis en train de déguster mon poulet mariné au citron quand on frappe à la porte. Je deviens peut-être paranoïaque, mais je suis certaine que c'est Maxon. J'attrape Anne et Mary par la main et je les entraîne dans la salle de bains.

— Lucy, dis-lui que je fais ma toilette.

— Votre toilette ?

— Oui. Surtout ne le laisse pas entrer dans la chambre.

— Qu'est-ce que c'est que cette histoire ? me demande Anne, étonnée.

Sans lui répondre, je ferme la porte et je colle mon oreille dessus, espérant saisir des bribes de conversation.

— Vous entendez quelque chose ?

Elles m'imitent l'une et l'autre. La voix de Lucy me parvient, assourdie.

— Elle prend son bain, Votre Altesse.

C'est bien Maxon. J'avais raison.

— Oh. Je pensais la trouver encore devant son dîner. J'espérais le partager avec elle ce soir.

— Elle a décidé de prendre un bain avant de dîner, précise Lucy d'une voix qui devient chevrotante.

Elle ne sait pas mentir. *Courage, Lucy. Tiens bon !*

— Je vois. Eh bien, auriez-vous l'obligeance de lui demander de me faire appeler une fois qu'elle sera sortie de son bain ? J'aimerais discuter avec elle.

— Eh bien… c'est peut-être un bain qui va durer un bon moment, Votre Altesse.

— Je comprends. Dans ce cas faites-lui savoir que je suis venu et qu'elle peut me faire appeler si elle souhaite discuter avec moi. Quelle que soit l'heure, dites-lui bien cela ; je viendrai sans délai.

— Oui, Votre Altesse.

Un long silence.

— Alors, merci. Bonne soirée.

— Bonne soirée, Votre Altesse.

Je demeure cachée quelques secondes encore, histoire de m'assurer que Maxon est bien parti. Quand je quitte la salle de bains, Lucy est toujours plantée près de la porte. Dans le regard de mes femmes de chambre, les questions se bousculent.

— En fait j'ai envie d'être seule ce soir, je crois que je vais aller directement me coucher. Si vous pouviez emporter mon plateau...

— Vous voulez que l'une de nous reste ici cette nuit ? suggère Mary, une lueur d'espoir au fond des yeux. Au cas où vous voudriez faire venir le prince ?

— Non, j'ai juste besoin de repos. Je verrai Maxon demain matin.

Je suis réveillée sans ménagement un peu avant l'aube. La lumière du couloir se déverse dans la chambre et je me frotte les yeux.

— Mademoiselle America, veuillez me suivre, me lance le garde qui se tient devant moi.

— Qu'est-ce qui se passe ?

Je bâille à m'en décrocher la mâchoire.

— Il y a urgence. Nous vous attendons en bas.

Le sang se glace dans mes veines. Les Renégats s'en sont pris à ma famille, je le sais. On leur a envoyé des gardes, une protection rapprochée, mais ça n'a pas suffi, tout le monde a été massacré. C'est déjà arrivé, à Natalie. Elle a dû quitter la Sélection le jour où les Renégats ont tué sa petite sœur. Plus personne n'est en sécurité à présent.

Je rejette la couverture, j'enfile à la hâte ma robe de chambre, puis mes pantoufles, je remonte le couloir au pas de course et dévale le grand escalier, au risque de me briser le cou. Quand j'arrive au rez-de-chaussée, Maxon est déjà là, en grande discussion avec un garde. Je me rue vers lui, effaçant de ma mémoire toutes les turbulences que nous avons traversées ces deux derniers jours.

— Est-ce qu'ils vont bien ? Ils sont blessés ?

— Pardon ?

— Mes parents, mes frères, mes sœurs. Est-ce qu'ils vont bien ?

— Ils vont parfaitement bien, America, rassurez-vous. Pardon pour ce réveil en sursaut ; j'aurais dû me douter que votre famille serait la première de vos préoccupations.

Le soulagement m'envahit et des larmes me montent aux yeux.

— Figurez-vous que des Renégats se sont introduits dans l'enceinte du palais, m'annonce Maxon, visiblement désarçonné.

— Quoi ? Il faut se cacher dans un refuge, alors !

— Ils ne sont pas venus avec des intentions belliqueuses.

— Qu'est-ce qui les amène ici ?

— Ce sont deux Renégats du camp nord. Ils ne sont pas armés et ils présentent une requête particulière, celle de discuter avec moi… et avec vous.

— Pourquoi moi ?

— Je n'en sais trop rien ; mais je vais les recevoir, alors je me suis dit que j'allais vous donner la chance de vous entretenir aussi avec eux. De toute façon ils l'ont posé comme une condition préalable.

— Mais je ne suis pas présentable.

— Je le sais bien, répond Maxon avec un sourire, mais cette rencontre n'a rien d'officiel. À votre place je ne m'inquiéterais pas pour ça.

— Et vous, souhaitez-vous que je leur parle ?

— Cela ne dépend que de vous, mais je serais curieux de connaître la raison qui les pousse à venir au palais alors que le jour n'est pas encore levé.

Je pèse mes options. Je ne suis pas certaine d'avoir envie de discuter avec les Renégats, qu'ils viennent pacifiquement ou non. Mais si Maxon m'estime capable de leur faire face… Allez, un peu de courage.

— Très bien. D'accord.

— Il ne vous arrivera aucun mal, America, je m'y engage, me dit Maxon en me serrant la main avant de se tourner vers le garde. Montrez-nous le chemin, mon brave. Et gardez votre arme à la main, on ne sait jamais.

— Très certainement, Votre Altesse.

Le garde nous escorte jusqu'à la Salle des Banquets, où se tiennent deux inconnus, cernés par des soldats armés jusqu'aux dents. Parmi eux, je repère immédiatement Aspen.

— Pourriez-vous rappeler vos molosses ? s'agace l'un des Renégats.

C'est un grand blond à la silhouette longiligne qui porte des bottes crottées et des vêtements qui le feraient passer sans problème pour un Sept . un pantalon de toile grossière et une chemise rapiécée sous une veste en cuir qui a connu des jours meilleurs. Fixée en sautoir au bout d'une chaîne autour de son cou, une petite boussole rouillée qui se balance au gré de ses mouvements. Ce n'est pas comme ça que je m'imaginais les Renégats.

Plus étonnant encore, la personne qui l'accompagne. Une jeune fille chaussée de bottes, elle aussi, qui tente de réconcilier mode et système D en portant un legging et une jupe taillée dans le même tissu que le pantalon de son acolyte. Elle ne semble pas du tout impressionnée par les gardes déployés autour d'elle. Même si son visage ne me dit rien, je pourrais reconnaître sa veste entre mille. Une veste en jean brodée de fleurs.

Une fois certaine que je l'ai reconnue, elle se fend d'une petite révérence. J'hésite entre éclater de rire et disparaître six pieds sous terre.

— Que se passe-t-il ? demande Maxon.

— Je vous expliquerai plus tard.

Perplexe, il me serre à nouveau la main et se tourne vers nos invités.

— Nous ne vous voulons aucun mal, annonce le grand blond. Nous ne sommes pas armés, vos gardes ont procédé à une fouille. Je sais que nous ne sommes pas en position d'imposer nos conditions, mais nous aimerions discuter loin des oreilles indiscrètes.

— Et America, qu'en faites-vous ?

— Nous souhaitons lui parler à elle aussi.

— Dans quel but ?

— Une fois encore, nous ne voulons pas être entendus de ces messieurs, répond l'intrus en désignant les gardes d'un geste ample du bras.

— Si vous pensez que vous pouvez lui faire du mal…

— Je comprends votre scepticisme, mais cela n'entre pas le moins du monde dans nos intentions. Ce que nous voulons, c'est discuter, rien de plus.

Maxon réfléchit un instant, puis il s'adresse à ses hommes.

— Vous, officier, approchez une de ces tables et quatre chaises. Ensuite, je vous demanderai à tous de vous mettre en retrait, afin de laisser un peu de place à nos hôtes.

Les gardes obéissent et un silence gêné s'installe, qui s'étire sur de longues minutes. Quand une table et quatre chaises sont apportées au centre de la pièce, Maxon nous invite à nous asseoir. Les gardes reculent de quelques pas en silence et se placent le long des murs, les yeux braqués sur les deux rebelles et le doigt sur la gâchette de leur arme.

Le jeune Renégat nous tend la main.

— Il faudrait d'abord procéder aux présentations, vous ne pensez pas ?

Maxon le scrute d'un air méfiant.
— Maxon Schreave, votre souverain.
— Un honneur, Sire.
— Et vous êtes ?
— M. August Illeá, pour vous servir.

6.

Maxon et moi échangeons un regard inquiet.

— Vous m'avez bien entendu. Je suis moi aussi un Illeá. De naissance, qui plus est. Et cette demoiselle ici présente ne va pas tarder à devenir une Illeá par mariage, ajoute August, montrant de la tête la jeune femme qui l'accompagne.

— Permettez que je me présente, Georgia Whitaker. Et, bien entendu, tu es la célèbre America.

Et la dénommée Georgia m'offre un sourire. Je me sens obligée de lui rendre la politesse. Je ne sais pas encore s'il faut lui faire confiance, mais elle n'est pas antipathique, c'est certain. Et j'aime son franc-parler.

— Ainsi donc, père avait raison, soupire Maxon. Il m'avait bien dit que vous viendriez réclamer la couronne un jour.

Maxon n'est pas étonné qu'il y ait des descendants de Gregory Illeá qui se baladent dans la nature ?

Heureusement que je suis assise, sinon je serais tombée à la renverse.

— Mais je n'en veux pas, de votre couronne, rétorque August.

— Fort bien, parce que j'ai l'intention de régner sur ce pays, s'agace Maxon. C'est dans ce but que j'ai été éduqué, et si vous pensez que vous pouvez débarquer au palais en racontant à qui veut l'entendre que vous êtes l'arrière-arrière-petit-fils de Gregory…

— Je vous le répète, je ne veux pas de votre couronne, Maxon ! Ni détruire la monarchie, contrairement aux Sudistes. Nous poursuivons d'autres objectifs.

August prend place à la table et nous invite à nous asseoir, comme s'il était le maître de maison, et non Maxon. Il a un sacré culot. Une fois tout le monde installé, Maxon se charge de désamorcer la tension.

— Puis-je vous proposer du thé, du café ?

Le visage de Georgia s'illumine.

— Du café ?

Maxon esquisse un sourire, un peu contre son gré, et attire l'attention d'un garde.

— Allez demander aux cuisines de nous envoyer du café, vous voulez bien ? Et assurez-vous qu'il soit corsé.

Il pose ensuite son regard sur August.

— J'ai du mal à comprendre ce que vous attendez de moi. Vous avez pris la décision de me rendre visite alors que le palais est encore endormi, j'en déduis que vous voulez garder notre entretien sous le sceau du secret. Dites ce que vous avez à dire. Je ne peux pas vous promettre d'accéder à vos demandes, mais je vais vous écouter d'une oreille attentive.

— Cela fait des dizaines d'années que nous cherchons les carnets de Gregory Illeá, annonce August. Nous savons depuis longtemps que ces carnets existent et nous avons obtenu récemment confirmation d'une source que je ne peux révéler. Ce n'est pas votre exposé au Bulletin qui nous a mis la puce à l'oreille, que cela soit bien clair, America.

Je pousse un soupir de soulagement. À la seconde où il a fait allusion aux carnets, je me suis traitée d'idiote et j'ai pensé aux reproches que Maxon allait me faire plus tard, après le départ des Renégats.

— Nous n'avons jamais souhaité mettre la monarchie à terre, reprend August. Même si elle est rongée par la corruption, cela ne nous pose aucun problème de dépendre d'un souverain, surtout si ce souverain, c'est vous.

Maxon ne bronche pas, mais je sens la fierté émaner de lui.

— Merci.

— Ce que nous réclamons, c'est tout autre chose : des libertés spécifiques. Nous voulons des représentants élus par le peuple, et l'abolition du système de castes.

— Vous m'en parlez comme si j'étais déjà roi, réplique Maxon. Même si c'était possible, je ne peux pas vous donner ce que vous demandez.

— Mais vous n'êtes pas opposé à cette idée ?

— C'est une question qui n'a pas sa place dans le débat à l'heure actuelle. Je ne suis pas roi, rétorque Maxon, visiblement exaspéré.

August jette un coup d'œil à Georgia. Ils semblent communiquer sans échanger un mot et cela m'impressionne. Les sentiments qu'ils éprouvent l'un pour l'autre sautent aux yeux.

— Et puisqu'on parle de roi, ajoute Maxon, pourquoi n'expliquez-vous pas à America qui vous êtes ? Vous vous acquitterez de cette besogne bien mieux que moi.

August a un sourire sans joie.

— Oui, c'est une histoire qui ne manque pas d'intérêt. Comme vous le savez, Gregory a eu trois enfants : Katherine, Spencer et Damon. Katherine a été mariée à un prince, Spencer est mort et Damon a hérité du trône. Ensuite, quand Justin, le fils de Damon, est décédé, Porter Schreave, son cousin, est devenu prince en épousant la jeune veuve de Justin, qui avait remporté la Sélection à peine trois années plus tôt. Ce sont les Schreave qui représentent la lignée royale à présent. Les Illeá sont une lignée éteinte. Nous mis à part.

— Nous ? répète Maxon, comme s'il espérait une réponse plus précise.

August se contente de hocher la tête. Un claquement de talons annonce l'arrivée des cafés. Maxon nous fait signe de nous taire. Une domestique pose le plateau sur la table et prépare quatre tasses fumantes. Georgia se jette sur la sienne, impatiente. Moi, le café, en temps normal, j'évite – trop amer à mon goût –, mais je sais que ça va me tenir éveillée, alors je me force un peu. Maxon glisse le sucrier dans ma direction. Comme s'il avait lu dans mes pensées. Lui-même prend son café noir.

— Vous disiez ? lance-t-il à August.

— Spencer n'est pas mort, annonce August d'une voix neutre. Il savait par quels moyens son père s'était emparé du pouvoir, il savait que sa sœur aînée avait été vendue à un homme qu'elle haïssait, il savait qu'on attendait la même chose de lui. Il ne s'en sentait pas capable, alors il a pris la fuite.

— Pour partir où ?

C'est la première fois que je prends la parole.

— Il s'est caché avec des proches et des amis, il a fini par établir un camp avec ses partisans dans le Nord. Il y fait plus froid, plus humide, et la forêt est impénétrable, tant et si bien que personne ne s'y aventure. Nous y vivons en toute tranquillité la majorité du temps.

Georgia lui donne un petit coup de coude. August semble se ressaisir.

— Je suppose que je vous ai donné assez de détails. Je vous rappelle que nous n'avons tué aucun de vos gardes ni aucun de vos gens, et nous évitons autant que possible de les blesser. Nous n'avons qu'un objectif, depuis toujours, c'est de faire abolir les castes. Pour l'atteindre, il nous faut prouver que Gregory était un homme à l'âme noire. Cette preuve, nous l'avons, et America y a fait assez souvent allusion pour pouvoir l'exploiter si telle est notre humeur. Mais ce n'est pas notre envie du tout. Rien ne nous y oblige.

— En toute franchise, répond Maxon, je suis perdu. Vous êtes un descendant direct de Gregory Illeá, mais la couronne ne vous intéresse pas. Vous êtes venus chercher des choses que seul le roi peut vous fournir, mais c'est auprès de moi et d'un membre de l'Élite que vous avez demandé audience. Mon père n'est même pas au palais.

— Cela, nous le savons. C'était un choix délibéré.

— Si vous ne voulez pas de la couronne, qu'est-ce que vous êtes venus faire ici ?

— Nous sommes venus vous consulter parce que nous savons que vous êtes un homme raisonnable, répond August. Nous vous avons observé depuis votre naissance, nous le voyons à votre regard. Vous non plus, vous n'aimez pas le système de castes. Vous n'aimez pas la façon dont votre père règne en dictateur sur ce pays. Vous ne voulez pas prendre part à des guerres qui sont, vous le savez, des subterfuges pour tromper l'ennui. Et, plus important encore, vous voulez vivre en paix.

« Nous avons le sentiment que, sous votre règne, beaucoup de choses pourraient changer. Nous attendons patiemment que vous accédiez au trône. Et notre patience est sans limites. Nous sommes prêts à faire le serment de ne plus attaquer le palais et d'arrêter, ou de ralentir, les Sudistes, dans la mesure de nos moyens. Nous voyons des choses qui vous sont invisibles derrière ces murs. Nous pourrions vous prêter allégeance, sans discuter, à condition que vous vous montriez disposé à travailler main dans la main avec nous dans l'optique d'un avenir meilleur pour le peuple d'Illeá tout entier.

J'ose poser une question :

— Qu'est-ce qu'ils veulent, les Sudistes ? Nous tuer tous jusqu'au dernier ?

— Très certainement, mais il y a encore autre chose. Une vaste partie de la population est opprimée et ce groupuscule à l'influence grandissante lui a fait croire qu'il pourrait diriger le pays. America, vous êtes une Cinq ; je sais que vous avez croisé dans votre vie un nombre important de gens qui exècrent la monarchie.

Maxon se tourne discrètement vers moi. Je fais oui de la tête, d'un mouvement furtif.

— Cela ne m'étonne pas. Les malheureux qui végètent tout en bas de l'échelle n'ont qu'une solution, jeter la pierre à ceux qui sont au sommet. Ils ont raison, en partie. Les meneurs des Sudistes ont convaincu leurs sympathisants que ce qui leur manque, ils devront l'arracher à la monarchie. Mais certains de ces Sudistes ont déserté leur camp pour rallier nos rangs. Je sais sans aucun doute possible qu'une fois qu'ils se seront emparés du pouvoir, et des richesses, les Sudistes n'ont pas l'intention de partager leur butin avec le peuple.

« Leur objectif réel, c'est de détruire Illeá jusque dans ses fondations et se servir dans les caisses sans en faire profiter le peuple. Pour la plupart des gens, je sais que la situation va se dégrader. Les Six et les Sept resteront dans la misère, à part quelques-uns, triés sur le volet, que les Renégats manipuleront pour berner les foules. Les Deux et les Trois seront dépossédés de leurs biens, jetés à la rue. Cela va donner à certains le sentiment que justice a été rendue sans apporter aucune solution sur le long terme.

« S'il n'y a pas de stars de la pop pour vomir ces chansons abrutissantes, alors il n'y a plus de musiciens dans les cabines d'enregistrement pour les accompagner, pas de techniciens pour appuyer sur les bons boutons, pas de producteurs pour vendre leurs disques. Enlever une personne au sommet de la pyramide, cela revient à en condamner des milliers en bas.

August marque une courte pause, les traits tirés par l'angoisse.

— Ce sera à nouveau le règne de Gregory Illeá, en mille fois pire. Les Sudistes ne répugnent pas à verser le sang et les chances pour que ce pays sorte indemne d'un régime aussi barbare sont maigres. Ce sera la même oppression, sous un vernis plus moderne… et votre peuple souffrira comme jamais.

Il plante son regard dans celui de Maxon. Une sorte de compréhension mutuelle semble circuler entre eux, peut-être parce qu'ils sont conscients l'un comme l'autre d'avoir le destin d'un peuple entier entre leurs mains.

— Ce qu'il nous faut, c'est un geste, un signe de bonne volonté, une main tendue, et nous ferons tout ce qui est en notre pouvoir pour vous aider à changer les choses, dans la paix et la justice. Votre peuple mérite sa chance.

— Quel genre de geste ? demande Maxon. Un geste financier ?

August se retient d'éclater de rire.

— Non. Nous avons largement ce qu'il faut, merci bien.

— Comment est-ce possible ?

— Les dons.

Maxon hoche la tête. Des dons, cela veut dire qu'il y a des gens – combien, je l'ignore – qui les soutiennent. Quelle menace représentent les Nordistes si on prend en compte tous ces soutiens ? Est-ce qu'ils reflètent une opinion majoritaire parmi la population ?

— Si ce n'est pas de l'argent que vous voulez, qu'est-ce donc ?

— Choisissez celle-ci, assène August en me désignant du menton.

Un long silence, puis Maxon laisse éclater sa colère

— Je refuse qu'on me dicte ma conduite et mes décisions ! C'est avec ma vie que vous jouez !

August quitte sa chaise d'un bond.

— Et le palais joue avec la vie de ses sujets depuis des années. Ouvrez les yeux, Maxon ! Vous êtes le prince. Vous vous accrochez à votre couronne, je vous la laisse volontiers. Mais ce privilège s'accompagne de responsabilités.

Des gardes s'approchent de la table d'un pas prudent, mis en alerte par l'explosion de colère de Maxon et l'agressivité inattendue d'August.

Maxon se met à son tour debout.

— Vous n'avez pas votre mot à dire sur la femme avec qui je déciderai de m'engager. Point barre.

Nullement intimidé, August croise les bras.

— Très bien ! Nous avons une alternative, si cette option ne fonctionne pas.

— Laquelle ?

— Si vous croyez que je vais tout vous dire, vu le calme avec lequel vous avez accueilli notre première proposition…

— Il suffit.

— Celle-ci ou une autre, cela n'a aucune importance. Il faut juste nous assurer que vous choisirez une compagne qui regardera dans la même direction que vous.

Je m'énerve à mon tour. J'en ai assez qu'ils parlent de moi comme si je n'étais pas là.

— Mon prénom est America, pas « celle-ci » ! Et je refuse d'être une marionnette dans votre petite révolution. Vous passez votre temps à répéter que chacun devrait avoir la chance de mener sa vie comme il l'entend. Et moi ? Et mon avenir ? Je compte pour du beurre ?

Ils restent muets. Les gardes nous encerclent, nerveux. Je poursuis à voix basse :

— Je suis à cent pour cent pour l'abolition des castes, mais on ne joue pas avec moi ! Si vous cherchez un pion à placer sur votre échiquier, il y a une fille à l'étage du dessus qui est tellement amoureuse qu'elle ferait n'importe quoi pour lui. Et les deux autres… entre le devoir et le prestige, elles seraient partantes, elles aussi. Allez les chercher.

Et, sans attendre d'y être autorisée, je tourne les talons et je sors aussi dignement que le permettent mes pantoufles.

— America ! Attends ! s'exclame Georgia. Ne pars pas comme ça.

Elle me rattrape sur le seuil.

— Excuse-nous. On pensait que vous étiez tous les deux amoureux, qu'il allait accepter. On n'avait pas compris qu'il ne t'aimait pas tant que ça. Désolée…

— Vous ne comprenez pas. Il en a assez qu'on lui dise quoi faire, qu'on lui donne des ordres. Vous n'avez pas la moindre idée de ce qu'il a dû endurer.

— J'en sais plus que tu ne le crois, réplique Georgia. Peut-être pas tout, mais beaucoup. On a suivi de très près la Sélection, et d'après ce qu'on a vu vous vous entendez très bien. Il a l'air heureux près de toi. Et aussi... on sait que tu as sauvé la vie de tes femmes de chambre.

Il me faut une bonne seconde pour comprendre ce que ses paroles impliquent. Ils ont un espion au palais ?

— Et on a vu ce que tu as fait pour Marlee. Tu as voulu lui porter secours. Et ensuite ton exposé, il y a quelques jours. Il faut du cran. Ça nous serait très utile, une fille avec du cran.

— Je n'essayais pas de jouer les héroïnes. La plupart du temps, je ne me sens pas courageuse du tout.

— Et alors ? Ce n'est pas l'opinion que l'on a de soi qui compte ; ce qui compte, ce sont nos actions. Toi, plus que les autres, tu penses à ce qui est juste avant de penser au bénéfice que tu peux en tirer. Maxon a des candidates formidables autour de lui, mais elles ne vont pas s'investir personnellement pour aider le peuple d'Illeá. Toi, si.

— Il y avait beaucoup d'égoïsme là-dedans. Marlee comptait pour moi, et mes femmes de chambre aussi.

— Mais on te l'a fait payer cher !

— Oui.

— Et tu savais qu'on t'en tiendrait responsable ; mais tu as agi au nom des sans-grade. C'est très louable, America. En toute honnêteté, j'ai du mal à croire que le roi t'ait permis de rester. Rien que ton exposé pendant le Bulletin...

Georgia conclut sa remarque par un sifflement admiratif. J'éclate de rire.

— Ça l'a mis hors de lui !

— J'étais estomaquée que tu en sortes vivante !

— J'y ai échappé de justesse, je t'assure. La plupart du temps j'ai l'impression que je vais être chassée du palais avant que la journée s'achève.

— Mais Maxon t'apprécie, pas vrai ? La façon dont il te couve...

— Il y a des jours où je me sens invincible, d'autres où je suis complètement perdue. Aujourd'hui, ce n'est pas un bon jour. Hier, ce ne l'était pas non plus. Ni le jour d'avant, pour être franche.

— Eh bien, on te soutient, tu peux en être sûre.

— Moi, et une autre candidate.

— Exact.

— Pourquoi tu m'as fait une révérence cette nuit-là, dans la forêt ? C'était une façon de te moquer de moi ?

— Nos actions peuvent parfois contredire nos paroles, je m'en rends bien compte, mais on tient beaucoup à la famille royale. Si la royauté tombe, les Sudistes récupèrent le pouvoir. Et si le pouvoir tombe entre leurs mains... eh bien, tu as entendu August. Enfin bref, je me suis dit que tu méritais bien une révérence, vu que tu allais devenir ma reine.

Son explication est tellement absurde que j'éclate à nouveau de rire.

— Tu n'imagines pas comme c'est agréable de discuter avec une fille qui n'est pas une rivale.

— La Sélection commence à te fatiguer ? demande Georgia avec un regard compatissant.

— Cela devient de plus en plus difficile, à mesure que les filles quittent le navire. Enfin, je me doutais que ça se passerait de cette manière, mais... j'ai l'impression qu'au lieu de séduire Maxon, je me retrouve à mettre des bâtons dans les roues des autres filles. Je ne sais pas si je suis bien claire.

— Si, bien sûr. Mais tu savais ce qui t'attendait en te présentant au tirage au sort.

— À vrai dire, ça ne s'est pas passé comme ça. J'ai été comme qui dirait... encouragée à mettre mon nom en bas du formulaire. Princesse, ça ne me tentait pas.

— Vraiment ?

— Vraiment.

— Si tu ne veux pas de la couronne, alors tu es celle qui la mérite le plus.

Georgia est sincère, je le vois à ses yeux. J'ai des dizaines d'autres questions à lui poser mais c'est cet instant que Maxon et August choisissent pour émerger de la Salle des Banquets. Ils semblent avoir enterré la hache de guerre. Un garde les suit à distance respectueuse. August regarde Georgia comme si cela lui avait arraché le cœur de se retrouver séparé d'elle quelques minutes.

— Tout va bien, America ? me lance Maxon.

— Oui.

— Vous devriez retourner dans votre chambre pour vous préparer. Les gardes ont juré de garder cette entrevue secrète, et je vais réclamer la même chose de vous.

— Bien entendu.

Ma réponse a l'air de le mécontenter. Qu'est-ce qu'il attend précisément de moi, que je tremble de nervosité ?

— Monsieur Illeá, c'était un plaisir de vous rencontrer. Nous nous reverrons très bientôt.

Là-dessus, Maxon et August échangent une franche poignée de main.

— Si vous avez besoin de quoi que ce soit, n'hésitez pas. Nous sommes dans votre camp, Votre Altesse, soyez-en assuré.

— Merci.

— Georgia, allons-y. Certains de ces gardes ont la gâchette qui les démange.

— À plus tard, America.

Je salue Georgia d'un mouvement de la tête, à peu près certaine que je ne la reverrai jamais. Elle glisse sa main dans celle d'August. Talonnés par un garde, les deux tourtereaux franchissent les portes du palais et nous laissent seuls, Maxon et moi, dans le vestibule.

Nos regards se croisent. Je bredouille quelques mots inintelligibles, puis je m'éloigne. Entre la réaction qu'il a eue tout à l'heure et ce qu'il m'a dit dans la bibliothèque hier, j'ai le cœur en miettes. Je vais devoir trouver en moi la force de me battre.

7.

J'ai beau me dépêcher, Aspen est plus rapide que moi. J'aurais dû m'y attendre. Il connaît le palais comme sa poche, avec tous les raccourcis, si bien qu'il me rattrape dans le couloir qui mène à ma chambre.

— Salut.

Et il me prend dans ses bras quelques secondes, au mépris du protocole – il pourrait être exécuté pour s'être permis ce genre de liberté.

— Je suis fier de toi, déclare-t-il, tu les as remis à leur place, et proprement. Tu mérites d'être heureuse. On le mérite tous.

— Merci.

Souriant, il repousse le bracelet que Maxon m'a acheté en Nouvelle-Asie pour trouver, juste en dessous, celui que j'ai confectionné avec un bouton qu'il a arraché à son uniforme. Son regard s'assombrit tandis qu'il contemple ce modeste souvenir.

— On reparlera de tout ça bientôt. On aura une discussion sérieuse. Il y a beaucoup de choses qu'on doit régler, toi et moi.

Et il tourne les talons pour s'éloigner dans la direction opposée. Je lâche un énorme soupir. Il pense vraiment que j'ai repoussé Maxon devant la terre entière ? Que je veux recoller les morceaux avec lui ?

D'ailleurs, maintenant que j'y pense, est-ce que j'ai vraiment repoussé Maxon ? Pourquoi ai-je encore l'impression de tout faire de travers ?

Dans le Boudoir, l'ambiance est à l'orage. Assise à son secrétaire, la reine Amberly rédige sa correspondance et, de temps à autre, elle lève la tête pour nous observer. Après ce qui s'est passé hier, nous nous évitons soigneusement. Celeste est affalée sur un sofa, plongée dans ses magazines. Kriss s'est installée à côté de la reine pour coucher ses états d'âme dans son journal intime. Très malin de sa part. J'aurais dû penser à tenir un journal, moi aussi. Elise a pris tout un assortiment de crayons et elle dessine près de la fenêtre. Quant à moi, j'ai choisi un livre sur une étagère et je reste dans mon coin. J'essaie de me concentrer sur les mots alignés sous mes yeux, en vain. Trop de soucis, trop de questions qui viennent me harceler. Quelle autre candidate les Renégats du Nord soutiennent-ils parmi les Sélectionnées ? Celeste est très populaire, elle est plébiscitée par le public. Est-ce sur elle que parient

August et Georgia ? Sont-ils conscients que c'est une manipulatrice de première ? Ou peut-être qu'elle cache son jeu…

À en croire un sondage que j'ai vu il y a quelques semaines, Kriss fait elle aussi partie des chouchoutes du public. Sa famille n'a pas le bras long, ni un carnet d'adresses prestigieux, mais elle a vraiment l'allure d'une princesse. Physiquement, s'entend. C'est peut-être ça, son principal atout : elle a beau avoir des petits défauts, tout le monde l'adore. Même moi.

Celle qui m'intrigue le plus, c'est Elise. Elle a reconnu devant nous qu'elle n'est pas amoureuse de Maxon et qu'elle est guidée par son sens du devoir – un « devoir » sûrement lié à sa famille ou à ses racines asiatiques, j'imagine, pas aux Nordistes. Par ailleurs, elle est si calme, rien ne paraît pouvoir la perturber. Je la vois mal se mettre au service d'un groupe factieux mais bon, on ne sait jamais. Et c'est justement pour cette raison que je suis convaincue que c'est elle, la taupe que les Renégats ont placée au palais. La compétition ne l'intéresse pas, Maxon non plus. Elle ne fait aucun effort car, en fin de compte, elle sait qu'elle a une armée entière derrière elle, une armée silencieuse.

— Ça suffit, lance soudain la reine. Vous toutes, venez ici.

Elle referme son secrétaire et se met debout. Nous nous rassemblons autour d'elle, soudain gagnées par la nervosité.

— Il y a un problème, je le vois bien. Qui m'explique ?

Des regards gênés circulent entre nous. La toujours parfaite Kriss finit par s'exprimer.

— Majesté, nous venons de prendre la mesure de ce qu'implique cette compétition. Nous sommes rivales avant d'être amies et ce n'est pas facile de l'accepter, encore moins de parler de la pluie et du beau temps comme si de rien n'était.

La reine lui fait signe qu'elle comprend.

— Mesdemoiselles, entre nous, vous songez souvent à Natalie ? nous demande-t-elle.

Cela fait une semaine à peine que Natalie a quitté la compétition. Je pense à elle tous les jours ou presque. Je pense aussi sans cesse à Marlee, et certaines des autres filles s'insinuent dans ma tête à des moments inattendus.

— Toujours, soupire Elise. Elle était si gaie.

Et elle ébauche un sourire nostalgique. Moi qui croyais qu'Elise ne pouvait pas supporter Natalie à cause de son tempérament exubérant. Peut-être qu'il s'agissait d'une de ces amitiés où les opposés s'attirent.

— Parfois un rien la faisait rire, ajoute Kriss. C'était contagieux.

— Exactement, répond la reine. J'ai vécu ce que vous traversez actuellement, je sais combien c'est délicat. Vous vous perdez en hypothèses. Vous repassez dans votre esprit chaque conversation, vous tentez de décrypter chaque silence. On peut s'y ruiner la santé.

« Mais retenez ceci, mes chères : même si les tensions vous éloignent les unes des autres, chaque départ provoquera en vous un déchirement. Personne ne comprendra ce que vous avez traversé mieux que celles qui ont vécu la même chose. Vous vous disputerez, mais des sœurs se disputent aussi. Ce seront elles que vous appellerez presque tous les jours la première année, terrifiée à l'idée de commettre un impair, en quête de soutien moral. Quand vous organiserez des fêtes, ce seront les noms que vous mettrez tout en haut de la liste des invités, juste en dessous des membres de votre famille. Elles feront partie de votre vie. De votre quotidien.

« Alors prenez tout votre temps, ajoute la reine. Adaptez-vous à votre environnement. Et détendez-vous. Vous n'avez pas votre mot à dire de toute façon ; c'est à Maxon que le choix revient. Inutile de haïr vos camarades, dans ces conditions.

— Vous savez laquelle il préfère ? l'interroge Celeste, un peu inquiète.

— Non. Parfois j'ai l'impression de glaner certains indices, mais je ne peux pas prétendre que les sentiments de Maxon n'ont aucun secret pour moi. Je sais qui le roi choisirait, mais c'est tout.

— Et vous, vous choisiriez qui ? je lui demande, sans prendre de pincettes.

— Honnêtement, je n'ai pas réfléchi à cette question. Cela me briserait le cœur de m'attacher à l'une d'entre vous, si c'est pour la perdre ensuite. Ce serait insupportable pour moi. Je vais simplement dire que je serai heureuse d'accueillir l'une d'entre vous dans ma famille. Mais nous n'en sommes pas encore là.

Nous gardons le silence, méditant ces perles de sagesse. Je n'ai jamais pris le temps d'aller voir à quoi ressemblaient les Sélectionnées de la génération précédente, ni de chercher leurs photos, rien. J'ai retenu quelques noms, c'est vrai, parce que des dames d'un certain âge les mentionnaient au détour de la conversation pendant ces soirées privées où j'étais payée pour chanter. Je m'en moquais bien ; on avait déjà une reine et la possibilité de devenir un jour princesse ne m'a jamais effleuré l'esprit. À présent, je me demande combien de ces femmes qui sont venues rendre visite à la reine ou fêter Halloween avec nous sont passées du statut de rivale à celui de meilleure amie.

Celeste part très vite retrouver le confort de son canapé. Les conseils de la reine Amberly n'ont pas l'air de signifier grand-chose pour elle. La tension de ces derniers jours me grignote à nouveau le cœur et je suis à deux doigts de craquer. Je décide de me changer les idées quelques instants en quittant le Boudoir. Ce que je veux, c'est un peu de tranquillité, et pleurer un bon coup.

Malheureusement, on dirait que l'univers complote contre moi. Devant la porte du Boudoir, Maxon fait les cent pas. Pas le temps de me cacher, il m'aperçoit à la seconde où je sors.

— Vous tombez à pic, j'allais vous demander de venir.

— Vous avez besoin de quelque chose ?

C'est alors que Maxon me pose une question qui, visiblement, exige de lui une bonne dose de courage.

— Alors il y a ici une jeune femme qui m'aime à la folie ?

— Oui, je réponds, les bras croisés.

— Une seule ?

Je le regarde, presque agacée. *Tu n'as pas deviné ce que je ressens pour toi ? Tu as oublié ce qui s'est passé entre nous dans le refuge ?* Oui, il me faut une confirmation, et très vite. Quelque chose est venu éroder la confiance que j'avais en moi, mais quoi ?

Le roi. Ses insinuations, les louanges qu'il réserve aux autres filles, tout cela a détruit mon assurance. S'y ajoutent mes faux pas vis-à-vis de Maxon cette semaine. Sans la Sélection, jamais nos chemins ne se seraient croisés, ce qui ne m'empêche pas d'avoir l'impression d'avancer sur des sables mouvants.

— Maxon, vous m'avez dit que vous ne me faites pas confiance. L'autre jour vous avez mis un point d'honneur à m'humilier, hier vous m'avez fait comprendre que j'étais un boulet. Et il y a quelques heures à peine, quand August vous a suggéré de m'épouser, vous êtes entré dans une rage folle. Pardonnez-moi, mais je ne sais plus ce que je dois penser.

— Vous oubliez que c'est une première pour moi, me répond Maxon avec fougue. J'ignore par quelles étapes passe une relation normale, et je n'ai pas droit à l'erreur. Parce que je n'ai qu'une seule chance. Et je ne sais pas comment m'y prendre.

— Ce n'est pas votre maladresse qui me gêne. Ce qui me dérange, c'est que vous me laissiez dans le doute. La moitié du temps je ne comprends même pas où vous voulez m'amener.

Maxon demeure muet quelques secondes et je pressens que nous sommes arrivés à un carrefour très important. Nous ne pouvons pas tenir sur cette lancée très longtemps. Même si nous finissons ensemble, ces moments de doute vont revenir nous hanter. Ce jeu du chat et de la souris m'épuise.

— L'histoire se répète inlassablement. Nous nous rapprochons, puis nous nous éloignons l'un de l'autre, et votre indécision y est pour beaucoup. Si vous m'avez choisie, comme vous le prétendez, pourquoi n'avoir pas mis un terme à la Sélection ?

L'agacement de Maxon se transforme en tristesse.

— Parce que la moitié du temps je suis certain que vous en aimez un autre, et l'autre moitié je me dis que vous êtes incapable de m'aimer.

— Parce que je n'ai pas le droit de douter, moi aussi ? Vous traitez Kriss comme la huitième merveille du monde, et ensuite je vous surprends avec Celeste…

— Je me suis déjà expliqué sur ce sujet.

— Oui, mais je ne l'ai pas encore digéré !

— Eh bien, moi, ce que je n'ai pas digéré, c'est que vous vous braquiez contre moi à tout bout de champ. Vous pouvez m'expliquer ?

— Peut-être que ce serait une bonne idée de faire une pause pendant quelques jours…

— Vous pouvez préciser votre pensée ?

— Il y a trois autres filles dans la compétition. Si vous craignez tellement de gâcher votre seule et unique chance, tâchez de la saisir avec une candidate qui répondra mieux à vos critères.

Et je tourne les talons, en colère contre le monde entier… mais surtout contre moi-même.

8.

Le palais est métamorphosé du jour au lendemain. Un matin, des sapins de Noël aux décorations somptueuses font leur apparition dans les couloirs, des guirlandes s'enroulent autour des balustrades et les fleuristes ajoutent des branches de gui aux bouquets qu'ils livrent d'ordinaire. Le plus étrange, c'est que l'été est toujours là quand j'ouvre mes fenêtres. Je me demande si le palais peut faire fabriquer de la neige sur commande.

Les jours s'écoulent. Maxon semble m'avoir effacée de son quotidien et j'essaie de ne pas paniquer, mais le fossé qui nous sépare se transforme peu à peu en gouffre et je regrette mon orgueil mal placé. Est-ce que je suis condamnée à répéter les mêmes erreurs toute mon existence ? À parler sans réfléchir, à prendre les mauvaises décisions ? Même si c'est avec Maxon que je veux passer ma vie, on dirait que je prends un malin plaisir à saboter notre relation.

Depuis quelque temps, l'après-midi, j'ai pris l'habitude de me promener dans les couloirs. L'accès aux jardins nous étant interdit, je me dégourdis les jambes comme je peux.

C'est lors d'une de ces petites balades que je perçois un changement dans l'atmosphère. Les gardes se tiennent un peu plus droits, les domestiques marchent un peu plus vite. Même moi, je me sens affectée, j'ai l'impression de ne plus être à ma place au palais alors que tout allait bien quelques minutes plus tôt. Avant que je comprenne ce qui m'arrive – ce qui nous arrive à tous –, le roi surgit au bout d'un couloir, escorté de ses gens.

Voilà la réponse. Quand le roi n'est pas là, il fait bon vivre au palais. Les souris dansent, en quelque sorte. Malheureusement, nous voilà tous à nouveau à la merci de ses sautes d'humeur Pas étonnant que les Nordistes attendent avec impatience que Maxon prenne sa place.

À son approche, j'exécute une révérence. D'un geste de la main, il intime à ses courtisans et à ses conseillers l'ordre de s'arrêter et s'approche de moi, non sans s'assurer que nous sommes hors de portée de voix.

— Mademoiselle America. Je vois que vous êtes toujours parmi nous.

— Oui, Votre Majesté.

— Et vous avez su tenir votre langue ?

— Très certainement.

— Excellent. Maintenant que j'y pense, il a été porté à mon attention que, parmi les jeunes femmes toujours en compétition, vous êtes la seule à recevoir une compensation financière. Elise a renoncé à la sienne de son plein gré, en même temps que ses camarades mieux loties.

Cela ne m'étonne pas. Elise est peut-être une Quatre, mais sa famille gère une chaîne d'hôtels de luxe. Ils ne savent pas ce que c'est, eux, avoir du mal à joindre les deux bouts, se serrer la ceinture.

— Vous devriez y renoncer, vous aussi, assène-t-il. Sauf si, bien sûr, c'est l'argent qui vous motive, et pas les sentiments de mon fils.

Du regard, il me met au défi de protester.

— Vous avez raison, Votre Majesté. Ce n'est que justice.

Il est déçu, je le vois bien. Il espérait que je ruerais un peu plus dans les brancards.

— Je prends les dispositions nécessaires sur-le-champ, déclare-t-il avant de me planter au beau milieu du couloir.

Je m'efforce de reprendre contenance. C'est vrai, ce n'est que justice. Ma famille continue à toucher une compensation pour ma présence au palais, personne d'autre n'y a droit, ça ressemble à un traitement de faveur. De toute façon, le robinet sera fermé un jour ou l'autre. Il va falloir que j'écrive à mes parents pour leur annoncer la mauvaise nouvelle.

Je regagne discrètement ma chambre. Pour la toute première fois, mes bonnes ne remarquent pas mon retour, occupées qu'elles sont à vérifier les finitions d'une robe… et à se chamailler.

— Lucy, tu t'es engagée à finir cet ourlet hier soir, s'indigne Anne. Tu es même partie plus tôt.

— Je sais, je sais. J'ai été débordée. Je peux m'en occuper maintenant.

— Ça t'arrive souvent d'être débordée, ces derniers temps.

— Ne pleure pas, Lucy, lance Mary. Donne-moi cette robe, sinon tu vas l'abîmer.

— Pardon, les filles. Laisse, je le termine tout de suite, cet ourlet.

— Qu'est-ce qui se passe ? Tu es vraiment soupe au lait depuis quelques jours, s'étonne Anne.

Je me racle la gorge. Les trois se retournent vivement, puis elles me saluent d'une courbette.

— Je ne sais pas ce qui se passe entre vous, mais je doute fort que les suivantes de la reine passent leur temps à se crêper le chignon. Et le travail ne se fait pas tout seul.

— Mais c'est elle…, proteste Anne en montrant Lucy du doigt.

D'un geste de la main, je lui impose le silence.

— Ça ne m'intéresse pas. Lucy, descends donc à l'atelier pour t'occuper de cet ourlet, ça nous fera plus de place pour réfléchir.

Le visage fermé, Lucy cueille la robe dans ses bras et quitte la chambre presque au galop. Anne la suit du regard, furieuse. Mary retourne travailler sans mot dire, la tête basse.

L'ambiance n'est pas au beau fixe et je n'arrive pas à me concentrer. J'attrape mon nécessaire à correspondance, puis je retourne au rez-de-chaussée. Je me demande si j'ai bien fait d'intervenir en prenant le parti de Lucy. Peut-être qu'en fourrant mon nez dans leurs affaires, j'ai perdu leur soutien – et leur amitié. C'est la première fois que je m'interpose de cette manière.

Dans le couloir principal, je repère une alcôve dotée d'une petite banquette. Parfait. Je cours jusqu'à la bibliothèque, y choisis un livre et reviens m'installer dans l'alcôve, cachée par une immense plante verte à la curiosité des gens qui passent. J'ai aussi une vue imprenable sur les jardins ; un instant, je respire mieux. Le stylo en suspens au-dessus de la feuille de papier, j'attends que l'inspiration vienne. Ce n'est pas facile d'annoncer à sa famille dans le besoin qu'une source de revenus s'est définitivement tarie. Soudain, une voix vient troubler ma tranquillité.

— Maxon, est-ce qu'on pourrait organiser une petite soirée, rien que toi et moi ? Quelque part à l'extérieur du palais ?

Je reconnais aussitôt Kriss. Tiens, elle se permet de tutoyer Maxon.

— Si seulement c'était possible, mon ange. Mais, dehors, nous serions à la merci des Renégats.

— Je voudrais être avec toi dans un endroit où tu ne serais pas prince.

— Ah, mais je suis prince partout où me portent mes pas.

— Tu sais ce que j'ai voulu dire.

— Oui. J'en suis désolé, je t'assure. Ce serait un moment formidable, rien que nous deux, en laissant l'Élite derrière nous. Mais mes responsabilités me l'interdisent. Et c'est ce qui va t'attendre aussi, si je fais de toi ma femme. Une cage dorée, mais une cage malgré tout. Figure-toi que ma mère ne quitte le palais qu'une ou deux fois par an. Et les caméras vont traquer tes moindres faits et gestes. Je sais que les sentiments que tu nourris vis-à-vis de moi sont sincères. Cela devient plus évident à mesure que les jours passent. Mais la vie qui va avec ? Est-ce que tu veux aussi de ça ?

Je les épie à travers le feuillage de la plante. Ils se sont arrêtés juste devant moi, ils ne me voient pas.

— Maxon Schreave, à t'entendre on croirait que c'est un sacrifice d'être à tes côtés. Chaque jour je remercie le ciel d'avoir été tirée au sort. Parfois j'essaie d'imaginer ce que serait ma vie si je ne t'avais pas rencontré... je n'y arrive pas, répond Kriss avec des trémolos dans la voix. Je dois te dire que les robes, le palais, ça n'a aucune importance pour moi.

Pas plus que la couronne. C'est toi que je veux, Maxon, et toi seul.

— Tu ne peux pas savoir ce que tes paroles signifient pour moi. J'attends depuis des semaines que l'une d'entre vous m'avoue qu'il n'y a que moi qui compte, finit-il par confier à voix basse.

— Il n'y a que toi qui comptes, Maxon… Maxon ?

— Oui ?

— Je… je crois que je n'ai plus envie d'attendre.

Même si je sais d'avance que c'est une très mauvaise idée, je pose mon bloc-notes et mon stylo sur la banquette, j'abaisse une des feuilles de la plante qui me bouche la vue et je les vois, Maxon et Kriss, s'embrasser comme dans les films. On dirait que le premier baiser de ma principale concurrente va lui laisser un souvenir mémorable.

Enfin, ils se détachent l'un de l'autre. Kriss lâche un gloussement ravi et Maxon laisse échapper un soupir qui hésite entre triomphe et soulagement. Je regagne ma banquette à toute allure et je me colle à la fenêtre, de peur de me faire repérer.

— On recommence quand ? demande Kriss d'une toute petite voix.

— Eh bien… pourquoi ne pas en profiter pendant que je te raccompagne ?

Le rire de Kriss disparaît tandis qu'ils remontent le couloir. Je reste assise sans oser bouger une bonne minute, puis je m'arme de mon stylo. Les mots coulent maintenant tout seuls.

Maman, Papa,

Je ne sais plus où donner de la tête depuis quelques jours. Cette lettre va être très courte. Afin de prouver mon attachement à Maxon, j'ai accepté de renoncer aux chèques de dédommagement. C'est une mauvaise surprise, c'est vrai, mais je suis sûre que nous sommes à l'abri pour longtemps grâce à tout ce que nous avons reçu jusqu'à aujourd'hui.

Vous n'êtes pas trop déçus, j'espère. Vous me manquez tous beaucoup, je croise les doigts pour qu'on arrive à se voir très vite.

Je vous aime fort,

America.

9.

Comme la semaine a été tranquille, il n'y a pas grand-chose à montrer aux téléspectateurs pendant le Bulletin aujourd'hui. Après un court reportage sur la visite du roi en France, Gavril reprend l'antenne afin d'interviewer les candidates sur des sujets anodins. Normal. La dernière fois qu'on nous a demandé de nous lancer dans un projet d'envergure, j'avais suggéré devant les caméras de dissoudre les castes et j'ai failli être renvoyée de la Sélection, alors ils ne prennent plus aucun risque...

— Mademoiselle Celeste, vous a-t-on fait visiter la suite de la princesse ? demande Gavril sur un ton enjoué.

— Eh bien Gavril, pas encore, répond Celeste, la bouche en cul de poule. Mais j'espère très sincèrement obtenir ce privilège. Bien entendu, le roi Clarkson a eu la gentillesse de nous installer dans des chambres magnifiques. On se croirait dans un conte de fées, je vous assure. À mon sens on touche à la perfection. Les, euh… les lits sont tellement… comment dire…

Si Celeste bafouille, c'est que deux gardes ont franchi la porte du studio pour apparaître dans son champ de vision. Je les vois se précipiter vers le roi. Kriss et Elise, qui tournent le dos à la porte, tentent de couler un regard de côté, en toute discrétion.

— ... tellement luxueux. Et je ne pourrais pas rêver mieux…, poursuit Celeste, déstabilisée.

À cet instant le roi quitte son trône et s'approche de Gavril, un papier à la main. Sans aucune gêne, il s'empare d'un micro, lisse sa cravate et coupe Celeste au beau milieu de sa phrase.

— Mesdames et messieurs, pardonnez cette interruption, mais la situation est très grave. Depuis la fondation de notre pays, les Renégats représentent un fléau à éradiquer. Au fil des années leur agressivité, qu'elle soit dirigée vers les représentants du pouvoir ou vers les moins privilégiés, a décuplé.

« Il apparaît qu'ils ont franchi un nouveau cap. Vous le savez sûrement, les quatre dernières candidates de la Sélection reflètent la société d'Illeá dans toute sa diversité, et c'est un honneur insigne de les accueillir. Nous avons ici une Deux, une Trois, une Quatre et une Cinq. Mais ce qui représente un motif de fierté pour nous a fait germer une idée macabre dans l'esprit des Renégats… Ils ont décidé de frapper les différentes castes, l'une après l'autre.

Les paroles du roi restent en suspens dans le studio. J'échange un regard anxieux avec Celeste.

— Jeter à bas la royauté, c'est un projet qu'ils caressent depuis fort longtemps. Les attaques qu'ils ont lâchement menées contre les familles respectives de ces jeunes femmes montrent que rien ne les arrête, et nous avons chargé la garde royale de protéger les proches des membres de l'Élite. Mais cela ne suffit plus. Si vous êtes un Deux, un Trois, un Quatre ou un Cinq – en d'autres termes, si vous appartenez à la même caste que l'une de ces demoiselles –, vous pourriez être frappé par les Renégats sur ce seul critère. Car, à partir d'aujourd'hui, ils ont décidé de s'en prendre à la population directement, en commençant par les Deux, conclut le roi d'un air grave.

Révoltant. Quel raisonnement tordu. Si les Renégats n'arrivent pas à nous contraindre à abandonner la Sélection, ils vont s'arranger pour que les habitants d'Illeá réclament qu'on l'abrège, parce que c'est leur vie qu'on va mettre en danger.

— C'est une bien triste nouvelle, Votre Majesté, déclare Gavril au bout de quelques secondes de silence.

— Nous allons trouver une solution, cela va sans dire. Mais on m'a appris que cinq attaques ont été dirigées contre des Deux aujourd'hui dans cinq provinces différentes. Nous avons à déplorer une victime, peut-être plus.

Aujourd'hui, des gens sont morts. À cause de nous.

— En attendant, poursuit le roi Clarkson, nous vous incitons à rester chez vous et à prendre toutes les mesures de sécurité nécessaires.

— Sage conseil, Majesté, conclut Gavril avant de se tourner vers nous. Mesdemoiselles, souhaitez-vous ajouter quelques mots ?

Elise se contente de hocher négativement la tête. Kriss prend une profonde inspiration.

— Je sais que les maisons des Deux ou des Trois sont bien plus sécurisées que celles des castes les plus modestes. Si vous pouviez accueillir une famille de Quatre et de Cinq sous votre toit, une famille que vous connaissez, ce serait formidable.

— Ne commettez aucune imprudence, renchérit Celeste. Suivez les instructions du roi.

Puis elle pivote vers moi, et je comprends que je dois aussi apporter ma pierre à l'édifice. À mon avis, il n'y a qu'une seule voie à choisir.

— Battez-vous. Résistez. Les Renégats sont des barbares. Ils essaient d'instaurer un climat de peur pour vous forcer à leur obéir. Mais quel genre d'avenir peuvent-ils vous proposer ? Pensez-y. Ils ne vont pas abandonner la violence du jour au lendemain. Si vous leur donnez le pouvoir, ils vont continuer à faire couler le sang. Alors battez-vous. Avec toutes les armes que vous avez à votre disposition.

Gavril saisit le micro mais je n'entends plus rien, à part le sang qui bat à mes tempes. Avant que je reprenne mes esprits, les caméras cessent de tourner et les projecteurs s'éteignent. Maxon chuchote quelques mots à l'oreille de son père, qui secoue la tête. Les filles se lèvent de leur siège et se préparent à quitter le studio.

— Regagnez directement vos chambres, nous lance Maxon. Nous vous ferons porter le dîner et je viendrai vous voir aussi vite que possible.

Lorsque je passe devant lui, le roi pose l'index sur mon bras. Sa façon à lui de me faire comprendre que je dois m'arrêter, et l'écouter.

— Ce n'était pas très malin d'inciter la populace à prendre les armes.

— Les Renégats font régner la terreur. Si on continue comme ça, Majesté, ils vont transformer votre royaume en cimetière.

Maxon frappe tout doucement et entre dans ma chambre. Je suis déjà couchée, avec un livre. Je ne pensais pas qu'il trouverait du temps à me consacrer ce soir.

— Il est très tard.

— Je sais. Il a fallu que j'aille voir les autres d'abord, ça m'a pris une énergie et un temps fous. Elise est très secouée. Elle se sent coupable – de quoi, je l'ignore. Cela ne m'étonnerait pas qu'elle quitte la Sélection d'ici un jour ou deux.

— Et Kriss ? Celeste ?

— Kriss fait preuve d'un optimisme forcené. Elle est certaine que les gens vont être prudents, qu'ils ne vont prendre aucun risque. Cela me semble impossible, puisque les rebelles frappent sans prévenir. Ils ont noyauté le royaume. Mais elle garde espoir. Vous la connaissez aussi bien que moi.

— Oui.

— Quant à Celeste, elle a l'air de tenir bon. Elle s'inquiète, bien entendu, mais comme Kriss l'a fait remarquer, les Deux sont ceux qui souffriront le moins de cette épreuve. Et elle est toujours aussi déterminée. En fait, ce qui paraît lui causer du souci, c'est l'idée que je puisse lui reprocher de vouloir se maintenir dans la compétition. Comme si je pouvais lui en vouloir.

— Elle a raison. Vous voudriez, vous, d'une femme qui se montre indifférente à une menace qui plane sur ses sujets ?

— Vous vous inquiétez, vous aussi. Mais vous êtes trop intelligente pour fonctionner comme les autres, répond Maxon avec un sourire. J'ai encore du mal à croire que vous ayez conseillé à mon peuple de riposter.

— La lâcheté n'est jamais une solution.

— Je suis tout à fait de votre avis. Et j'ignore encore si cela va refroidir les ardeurs des Renégats ou, au contraire, les renforcer dans leur détermination, mais grâce à vous les cartes ont changé de mains.

— Je ne sais pas si c'est très judicieux de comparer un groupe de personnes prêtes à frapper des innocents à un jeu de cartes.

— Non, non ! s'empresse de préciser Maxon. Je me suis mal exprimé. Je parlais de la Sélection. Pour le meilleur ou pour le pire, le public a eu un aperçu de votre personnalité ce soir. Ils voient la jeune femme qui a protégé ses domestiques au péril de sa vie, qui tient tête au roi quand elle pense avoir raison. Je parie que le peuple va considérer l'épisode Marlee sous un tout autre angle. Ce soir, vous êtes devenue celle qui n'a pas peur des Renégats.

— Ce n'était pas le but de mon discours.

— Je sais. Moi qui pensais montrer votre vraie nature au public en suivant plusieurs étapes bien planifiées, il s'avère que vous atteignez le même objectif guidée par votre seul instinct. C'est phénoménal.

Il y a de l'émerveillement au fond de ses yeux ; on dirait que je lui ai fait une belle surprise.

— En tout cas, reprend-il, je crois que vous avez tenu un discours de vérité. L'heure est venue pour le peuple de prendre les armes. Je suis las de me disputer avec vous, America. Cela me réjouit que nous ne soyons pas tout le temps sur la même longueur d'onde – c'est même ce que je préfère dans nos discussions –, mais toutes ces querelles me lassent. Mon mauvais caractère, je le tiens de mon père. Difficile de lutter contre sa nature. Et vous ! Quand vous êtes en colère, vous êtes un vrai bulldozer !

Il secoue la tête, sûrement pour en chasser tout un tas de souvenirs désagréables. Le genou que je lui ai balancé dans l'entrejambe, mon exposé sur les castes, la fois où j'ai fendu la lèvre de Celeste parce qu'elle avait insulté Marlee… Je ne perds pas facilement mon sang-froid mais, visiblement, j'ai un caractère de cochon. C'est assez drôle, avec le recul.

— J'observe les autres candidates, poursuit Maxon, et j'essaie de demeurer objectif, malgré la nervosité qui s'empare souvent de moi. Mais je ne vous néglige pas, soyez-en assurée. C'est quelque chose que je ne peux pas maîtriser.

Je glisse ma main dans la sienne et nous restons assis là en silence. Il s'amuse un peu avec mes deux bracelets, comme s'il n'y avait rien qui comptait plus pour lui à cet instant, puis caresse le dos de ma main un long moment. Quel bonheur d'être en tête à tête.

— Et si nous passions la journée de demain ensemble ? suggère-t-il soudain.

— J'en serais ravie.

10.

— En résumé : des gardes armés jusqu'aux dents à chaque coin de couloir ?

J'éclate de rire dans le combiné, même si la situation n'a rien de comique. Papa a un don, celui d'injecter de l'humour dans les moments les plus graves.

— Oui, papa, c'est exactement ça. Toutes les candidates ont décidé de rester. Pour l'instant, en tout cas. Et même si les Renégats menacent les Deux en priorité, personne ne doit commettre d'imprudence. Va dire aux Turner et aux Canvas de s'enfermer chez eux.

— Ma puce, tout le monde sait ce qu'il faut faire contre les Renégats. Après ta sortie pendant le Bulletin, les gens auront beaucoup plus de cœur au ventre que tu ne le crois.

— J'espère.

— Je suis fier de toi, America. Parfois tes réactions me prennent de court, mais je ne devrais pas m'en étonner. Tu ne soupçonnes pas ta force.

— Merci, papa.

— Je suis très sérieux. Ce n'est pas la première princesse venue qui tiendrait ce genre de discours.

— Euh, papa, je ne suis pas princesse.

— Ce n'est qu'une question de temps. Et puisqu'on a lancé le sujet, comment va Maxon ?

— Très bien… Je suis vraiment attachée à lui, papa.

— Ah oui ?

— Oui.

— Pourquoi, exactement ?

— Je n'en sais trop rien. En partie parce que avec lui, je me sens moi-même, je crois.

— Parce que tu ne te sentais pas toi-même à la maison ?

— Non, ce n'est pas ça… J'ai toujours été consciente de ma caste. Quand je suis arrivée au palais, c'est même devenu une obsession pendant un temps. Est-ce que j'étais une Cinq ou une Trois ? Est-ce que j'avais vraiment envie de faire partie de l'Élite ? Maintenant, je n'y pense plus du tout. Et je crois que c'est grâce à lui.

« Il n'est pas parfait, loin de là. Mais quand on est ensemble, j'ai l'impression d'être America, point barre. Pas une caste ni une sans-grade. Je ne le considère même pas comme un prince, en réalité. Il est lui, je suis moi.

Papa demeure silencieux quelques secondes, puis il déclare :

— C'est vraiment très bien, ma puce.

Analyser mes sentiments avec mon père, ça me met un peu mal à l'aise, mais s'il y a bien une personne qui considère Maxon comme un être humain à part entière, c'est lui. Lui seul est capable de me comprendre, de comprendre ce qui se passe dans ma tête.

— Oui. Mais c'est loin d'être un conte de fées. J'ai l'impression qu'il y a toujours quelque chose qui va de travers.

À cet instant, Silvia passe la tête par l'entrebâillement de la porte. Sur ses lèvres, je lis « petit déjeuner » et je lui fais signe que j'arrive.

— Eh bien, c'est normal, me rassure mon père. La perfection n'est pas de ce monde.

— Je tâcherai de ne pas l'oublier. Écoute, papa, il faut que je me sauve. Je suis en retard.

— Voilà qui est inadmissible. Sois prudente, pupuce, et écris très vite à ta sœur.

— Promis. Gros bisous, papa.

— Je t'embrasse.

Une fois le petit déjeuner fini, Maxon et moi attendons que tout le monde quitte la salle à manger. La reine passe à côté de moi et, lorsqu'elle m'adresse un petit clin d'œil, je rougis jusqu'aux oreilles. Mais le roi la suit de près et le regard qu'il me décoche me glace le sang.

Enfin seuls. Maxon s'approche de moi et mêle ses doigts aux miens.

— Je vous demanderais bien ce que vous avez envie de faire, mais nos options sont plutôt limitées. Pas de tir à l'arc, pas de partie de chasse, pas de promenade à cheval, aucune activité extérieure.

— Même si des gardes nous accompagnent ?

— Je suis navré, America. Et pourquoi pas une séance privée dans la salle de projection ? suggère-t-il avec un sourire attristé. Un film avec des paysages spectaculaires ?

— Ce n'est pas la même chose. Mais venez. Cela ne va pas nous empêcher de prendre du bon temps.

— Voilà un état d'esprit qui me plaît, répond-il avec des accents complices dans la voix.

Fonçant dans le couloir, nous mettons le cap sur la salle de projection quand un son mélodieux m'arrête net. Je pousse un cri émerveillé.

— Il pleut !

Je lâche le bras de Maxon et je colle mon nez à la vitre. Toutes ces longues semaines sans la moindre goutte d'eau… C'était à désespérer. La pluie me manque, ainsi que la façon dont la nature change au gré des saisons.

Maxon se poste à côté de moi et m'entoure la taille de son bras.

— C'est tellement beau.

— On peut compter sur vous pour trouver de la beauté dans une chose qui gâcherait la journée de n'importe qui d'autre.

— Si seulement je pouvais mettre un peu le nez dehors, pour en profiter...

— Je comprends, mais... une seconde.

Maxon jette un coup d'œil à droite, puis à gauche. Le couloir est désert.

— Allons-y, lance-t-il en m'attrapant par la main. Espérons que personne ne nous verra.

Nous gagnons l'escalier à toute vitesse et nous nous retrouvons au troisième étage. Une fraction de seconde, la nervosité me gagne. Je n'ai pas envie que Maxon me montre un endroit ressemblant, de près ou de loin, à la bibliothèque secrète. Ça s'est très mal terminé pour moi, cette histoire.

Nous ne croisons qu'un seul garde sur le chemin. Maxon m'entraîne à l'intérieur d'un salon, s'approche d'une immense cheminée, glisse sa main sous la tablette et, surprise, actionne un loquet caché aux regards. Un panneau encastré dans le mur pivote sur ses gonds et donne à voir un escalier secret.

— Ne me lâchez pas la main.

Je le laisse me guider dans l'escalier obscur et nous atteignons une porte que rien ne distingue des autres et que Maxon ouvre sans hésitation... pour nous retrouver face à une muraille d'eau. Il pleut des cordes.

— Nous sommes sur le toit ?

De hautes parois de part et d'autre de la porte délimitent un espace à peu près aussi large que ma chambre. Mon champ de vision bute sur ces murs qui encadrent un rectangle de ciel gris. Je suis dehors, c'est déjà beaucoup.

J'avance d'un pas, le bras tendu. Les gouttes lourdes et tièdes s'écrasent sur ma peau et foncent ma robe. Maxon éclate de rire, puis il me pousse. La pluie gifle mon visage et, une fraction de seconde, j'ai le souffle coupé. Je fais volte-face et j'attrape Maxon, qui fait semblant de se débattre. En un clin d'œil nous sommes trempés comme des soupes. Il me tire vers la porte, un peu à l'abri.

— Regardez.

Je me retourne, mon regard se perd au loin et je contemple la ville qui s'étire à perte de vue. Angeles. Le labyrinthe des rues, la géométrie des bâtiments, la variété des couleurs – même sous des trombes d'eau, le spectacle est impressionnant.

— Je refuse d'abandonner cette ville aux mains des Renégats, America. Je ne sais pas s'ils ont fait beaucoup de victimes, mais je sens que mon père me cache des choses. Il craint que j'annule la Sélection.

— Il y a un moyen de découvrir la vérité ?

— J'ai l'intuition que si j'arrivais à entrer en contact avec August, il saurait m'aiguiller. Je pourrais lui envoyer une lettre, mais j'ai peur d'en dire trop par écrit. Et j'ignore si je pourrais l'infiltrer au palais.

— Si nous allions lui rendre une petite visite ?

— Et comment comptez-vous vous y prendre ?

— Je vais y réfléchir.

Maxon me dévisage, soudain plongé dans ses pensées.

— C'est jubilatoire de ne pas avoir à surveiller ses paroles, reprend-il. Au palais je dois toujours tourner ma langue sept fois dans ma bouche. J'ai l'impression que personne ne peut m'entendre ici. À part vous.

— Alors allez-y, dites ce qui vous passe par la tête. Jouons au jeu de la vérité.

— Seulement si vous faites de même.

— Très bien.

— Alors, que voulez-vous savoir ?

Je chasse une mèche de cheveux de mon front. Je dois commencer par quelque chose d'important et d'impersonnel tout à la fois.

— Vous étiez au courant pour les carnets de Gregory Illeá ?

— Non. Mais à présent je sais à quoi m'attendre. Père m'a forcé à les lire. Si August était venu deux semaines plus tôt, je l'aurais traité de menteur. C'est un pur scandale, America. Vous n'êtes restée qu'à la surface. Je veux vous en parler, mais je ne peux pas, c'est encore trop tôt.

— Je comprends.

— Dites-moi, comment les autres candidates ont-elles appris que vous m'avez vu torse nu ? enchaîne Maxon.

— Nous étions en train d'admirer les gardes pendant leur footing. J'ai dit que vous n'aviez rien à leur envier, torse nu. Ça m'a échappé.

Maxon répond par un éclat de rire.

— Dans ces conditions, America, c'est plutôt flatteur.

— Vous avez déjà amené une autre fille ici ?

— Olivia. Une fois, et c'est tout.

Tiens, je m'en souviens, maintenant que j'y pense. Il l'avait embrassée sur le toit, elle s'en était vantée après coup.

— J'ai embrassé Kriss, bafouille Maxon sans me regarder. Il n'y a pas longtemps. Pour la première fois. Je vous dois la vérité.

Si je n'avais pas été aux premières loges, si je l'avais appris ce matin, j'aurais peut-être fondu en larmes. Et même si je ne suis pas surprise, ça fait mal de l'entendre. Terriblement mal.

— C'est vraiment très gênant.

— À qui le dites-vous... Mais on ne peut pas y faire grand-chose.

— Il y a beaucoup d'injustice là-dedans.

— Parce que vous considérez que c'est la justice qui régit les autres domaines de notre vie ? Moi pas, réplique Maxon avec un rire amer.

Je ne peux que lui donner raison.

— Maxon, je n'ai pas vraiment le droit de vous le dire – et si votre père l'apprend, il me le fera payer très cher –, mais... il m'a confié certaines choses.

Et il a donné l'ordre de ne plus envoyer de chèques de compensation à ma famille. Je n'ai pas osé m'insurger, je ne voulais pas passer pour une personne vénale.

— J'en suis désolé, répond Maxon, le regard dans le vague. Hélas, je ne crois pas qu'il y ait de remède à cela, America.

— Rien ne vous y oblige. Je voulais juste que vous soyez au courant. Et je suis assez grande pour faire face.

— Vous êtes trop forte pour lui. Il ne vous comprend pas.

C'est alors que Maxon plante ses yeux dans les miens.

— Est-ce que… Accepteriez-vous cette danse ?

— Mais je danse comme un éléphant !

— Nous irons lentement.

Il m'attire vers lui et pose une main sur ma hanche. Je glisse une main dans la sienne et, de l'autre, je ramasse les pans de ma robe gorgés d'eau. Nous oscillons sur nous-mêmes, presque immobiles. Je plaque ma joue contre son torse, il appuie le menton sur mon crâne, et nous valsons au rythme de la pluie qui s'abat sur nous. Entre les bras de Maxon, j'ai l'impression que nos mauvaises expériences ont été gommées pour laisser place à une émotion simple, pure. Je ne dirais pas que c'est le destin qui nous a rapprochés, mais il y a quelque chose à l'œuvre qui nous dépasse. Je lève la tête et, toujours accrochée à Maxon, je l'embrasse. Les gouttes qui tambourinent sur le toit font un bruit d'enfer. Nous sommes seuls au monde.

Il m'a fallu du temps pour le comprendre, beaucoup de temps, mais la certitude me frappe à la façon d'un éclair.

J'aime Maxon. Pour la première fois, je le sens au plus profond de mon cœur. Et je l'accepte, tout naturellement.

Je l'aime.

Je ne peux pas mettre le doigt sur ce qui me rend si certaine de mes sentiments mais je le sais, aussi sûrement que je sais comment je m'appelle, de quelle couleur est le ciel, combien font deux plus deux.

Et lui, est-ce qu'il m'aime aussi ?

À cet instant, Maxon se détache de moi.

— Vous êtes tellement jolie quand vous êtes décoiffée.

Je lâche un rire nerveux.

— Merci. Pour le compliment, pour la pluie, et parce que vous ne m'avez pas abandonnée.

— Vous en valez la peine. En tout cas à mes yeux. Je ne suis pas sûr que vous vous en rendiez bien compte.

J'ai l'impression que mon cœur va exploser et j'éprouve l'envie subite que tout s'achève aujourd'hui. La seule façon de freiner ce vertige qui me brouille les idées, c'est de jouer cartes sur table. Pour l'instant, je range mon amour bien au chaud dans mon cœur, un peu effrayée par sa force. Cela doit rester un secret.

Maxon me plante un baiser sur le bout du nez.

— Allons nous sécher et regarder un film.

— Parfait.

Avant de descendre l'escalier, j'essaie d'essorer ma robe mais cela ne sert à rien. Je vais devoir regagner ma chambre en laissant une traînée derrière moi.

— Je vote pour une comédie.

— Et moi, pour un film d'action.

— Eh bien, vous venez de dire que vous étiez prêt à faire des efforts pour moi, alors une comédie, point barre.

— Vous m'avez eu ! s'esclaffe Maxon.

Il rit encore quand il pousse le panneau qui donne accès au petit salon, puis il se fige. Je jette un coup d'œil par-dessus son épaule. Le roi Clarkson nous attend, l'air agacé, comme à son habitude.

— Je suppose que l'idée vient de toi, Maxon.

— Je l'avoue.

— Tu te rends compte que tu aurais pu y perdre la vie ?

— Père, il n'y a pas de Renégats embusqués sur le toit, réplique Maxon.

— Une seule balle suffit, Maxon. Tu sais que les effectifs sont réduits, qu'on a dû envoyer des gardes surveiller les maisons des familles de ces idiotes. Et des dizaines de nos hommes ont disparu. Nous sommes vulnérables.

Le roi se détourne alors de son fils pour s'intéresser à moi.

— Et qui peut m'expliquer pourquoi elle est toujours fourrée dans les mauvais coups, celle-là ?

Nous demeurons plantés là, conscients qu'il n'y a rien à ajouter pour notre défense.

— Va mettre de l'ordre dans ta tenue ! ordonne le roi. Il y a du travail qui t'attend.

Maxon comprend aussitôt que ses projets pour la journée tombent à l'eau.

— Très bien…

Son père l'attrape par le bras et le pousse en avant. Maxon me souffle un « Désolé » par-dessus son épaule, je le rassure d'un sourire.

Son père ne me fait pas peur. Les Renégats non plus, d'ailleurs. Je sais désormais ce que Maxon signifie pour moi et je suis prête à me battre.

11.

Mary ne me pose aucune question. Elle me débarrasse de ma robe mouillée, m'en propose une autre, me recoiffe, un sourire moqueur aux lèvres, et c'est toute pomponnée que je retourne au Boudoir. Il pleut toujours des cordes et je suis au septième ciel. Désormais la pluie va avoir une signification spéciale pour moi. Une fois sortie de ma bulle, je me rends compte que l'ultimatum des Renégats a plongé le palais dans un désarroi oppressant. Mes camarades sont nerveuses, elles ont la tête ailleurs.

Murée dans le silence, Celeste est en train de se vernir les ongles et, de temps en temps, je vois ses mains trembler. Elle corrige les bavures et continue tant bien que mal. Un livre entre les mains, Elise semble fascinée par le déluge qui s'abat derrière la vitre. Aucune n'a le courage de finir ce qu'elle a commencé.

— Tu crois qu'il y a des gens qui se battent, dehors ? me demande Kriss, la main suspendue au-dessus du coussin qu'elle s'applique à broder.

— Je n'en sais rien. Ce n'est pas le genre des Renégats de menacer tout le royaume pour garder ensuite les bras croisés.

Je suis en train de jeter les bases d'une mélodie qui me trotte dans la tête sur une partition vierge. Je n'ai rien composé d'original au cours des six derniers mois. De toute façon, ça ne sert pas à grand-chose. Lors des fêtes, les gens préfèrent entendre des classiques, des valeurs sûres.

— Et tu crois que le roi nous cache le nombre réel de morts ? souffle-t-elle.

— Possible. Si nous laissons tomber la Sélection, c'est une victoire pour eux.

— Je reste, quoi qu'il arrive, déclare Kriss avant de piquer son aiguille dans le coussin.

Au ton de sa voix, j'ai l'impression que c'est un message qui m'est destiné. À croire qu'elle veut m'informer que rien ne la fera renoncer à Maxon. Alors je réplique :

— Moi pareil.

Le lendemain, rien n'a vraiment changé, mais c'est la première fois que je suis déçue de voir le soleil chasser les nuages. L'inquiétude nous étouffe à la manière d'une chape de plomb et tout le monde a du mal à tenir en place. J'ai envie de courir, de dépenser toute cette énergie qui s'accumule en moi.

Après le déjeuner, je retourne au Boudoir en traînant les pieds. Elise a repris son livre, moi mes partitions, mais Kriss et Celeste manquent à l'appel. Une dizaine de minutes plus tard, Kriss nous rejoint avec des feuilles de papier et ses crayons de couleur, elle va s'asseoir à son secrétaire.

— Tu vas dessiner quoi ?

— C'est juste pour m'occuper.

Elle reste assise un long moment, un crayon rouge à la main, le nez au-dessus de la feuille.

— Je ne sais pas quoi faire, finit-elle par dire. Je l'aime. Je ne veux pas partir, même si cela met des gens en danger.

— Le roi ne le permettra jamais, lui répond Elise.

— Mais il y a déjà des morts. Il faut juste que je pense à autre chose.

— Je parie que Silvia aurait de quoi nous changer les idées.

— Je suis désespérée, mais pas à ce point.

Et Kriss rit d'un rire sans joie. Elle pose la pointe de son crayon sur la feuille et trace une courbe. C'est un bon début.

— Tout va bien se passer, ajoute-t-elle. J'en suis sûre.

Je me frotte les yeux, les lignes de la partition se brouillent devant moi. Il faut que je passe à autre chose.

— Je vais faire un petit tour dans une des bibliothèques. Je reviens tout de suite.

Elise et Kriss ne m'entendent pas, elles se concentrent sur leurs tâches respectives. Remontant le couloir, je me dirige vers l'un des salons particuliers situés tout au bout du couloir. Il y a dans ces rayonnages quelques livres qui piquent ma curiosité depuis longtemps. La porte du petit salon s'ouvre sans un bruit et je me rends compte que je ne suis pas seule.

Assise en hauteur sur le rebord d'une fenêtre, comme sur un perchoir, Celeste pleure à chaudes larmes. J'ai l'impression de rêver. Celeste ne pleure pas. Elle ne peut pas pleurer. Jusqu'à cet instant, je pensais même qu'elle était née sans glandes lacrymales.

Il ne me reste plus qu'à m'en aller discrètement. Trop tard. Elle m'aperçoit et sèche aussitôt ses larmes.

— Qu'est-ce que tu veux ?

— Rien. Excuse-moi. Je suis venue chercher un livre.

— Prends ton bouquin pourri et tire-toi ! De toute façon tu obtiens toujours ce que tu veux.

Je demeure pétrifiée un instant. Elle pousse un énorme soupir et quitte sa fenêtre pour aller chercher un de ses nombreux magazines, qu'elle me balance au visage. Je l'attrape maladroitement.

— Regarde par toi-même. Ton petit discours pendant le Bulletin t'a propulsée à la première place. Les gens t'adorent.

Elle a l'air de m'accuser, comme si j'avais tout planifié depuis le début.

Remettant le magazine à l'endroit, je découvre que les photos des quatre dernières candidates sont publiées sur une demi-page avec les résultats d'un sondage. Au-dessus, un titre aux caractères élégants pose la question suivante aux lecteurs : *VOUS, quelle reine voulez-vous ?* Un diagramme montre que trente-neuf pour cent des sondés ont voté pour moi. Trente-neuf pour cent ! Moins que ce que je pensais pour remporter la Sélection, mais beaucoup plus que les autres. Des citations glanées auprès des personnes interrogées sont imprimées à côté de ces résultats ahurissants. L'une trouve que Celeste a le port d'une reine, mais elle n'arrive qu'en troisième position. Une autre juge Elise très distinguée, mais seuls huit pour cent des sondés la soutiennent inconditionnellement. À côté de ma photo je lis des déclarations qui me font monter les larmes aux yeux : « Mlle America est l'héritière incontestable de la reine. C'est une battante. On a besoin d'une personne comme elle à la tête du royaume ! »

Je n'arrive pas à détacher mon regard du papier glacé.

— C'est… c'est vrai, tout ça ?

Celeste m'arrache le magazine des mains. Par son fiel, elle arrive à gâcher la meilleure nouvelle que j'aie reçue depuis le début de la compétition.

— Bien sûr que c'est vrai. Alors vas-y, ne te gêne pas, épouse-le ! Deviens la princesse. Tout le monde va être ravi. La pauvre petite Cinq qui met le grappin sur la couronne.

— Tu sais, je ne comprends toujours pas pourquoi ça te tient tant à cœur. Tu finiras bien par épouser un Deux, de toute façon. Et tu seras toujours célèbre une fois la Sélection bouclée.

— C'est fini pour moi, America.

— Tu es mannequin, bon sang ! Tu as déjà tout.

— Mais pour combien de temps ? réplique-t-elle, puis, presque en chuchotant, elle répète : Combien de temps encore ?

— Comment ça, combien de temps ? Celeste, tu es sublime. Toute ta vie tu vas rester une Deux.

— Tu crois que tu es la seule qui se sente piégée par sa caste, hein ? Oui, je suis mannequin. Mais je ne sais pas chanter. Je ne sais pas faire l'actrice. Quand les gens en auront marre de ma tronche, je vais être balayée sous le tapis. Il me reste cinq ans, dix à tout casser.

« Toi, tu as passé toute ta vie dans l'ombre, poursuit-elle, le regard braqué sur moi. Et je vois bien que ça te manque, parfois, l'anonymat. Eh bien moi, j'ai passé la mienne dans la lumière. Peut-être que tu trouves ça idiot, mais moi c'est une peur qui ne me lâche pas : je ne veux pas perdre tout ça.

— C'est compréhensible, en un sens.

— Ah oui ? Tu trouves ?

— Oui. Mais Celeste, dis-moi, est-ce que tu l'apprécies au moins un peu, Maxon ?

— Il est mignon. Et il embrasse bien, ajoute-t-elle avec un sourire malicieux.

— Je sais.

— Je sais que tu sais. Et mon plan a pris un sacré coup dans l'aile quand j'ai découvert à quel point vous étiez proches. Je croyais qu'il me mangeait dans la main.

— Manipuler quelqu'un, ce n'est pas la bonne méthode pour gagner son cœur.

— Je ne veux pas de son cœur. Il fallait juste un peu jouer à l'allumeuse pour rester jusqu'au bout. D'accord, ce n'est pas de l'amour. Je suis accro à la célébrité, pas à l'amour.

Pour la première fois, Celeste ne se pose pas comme mon ennemie. Tout s'explique. Oui, elle est machiavélique, mais c'est le désespoir qui l'anime. Elle se sent obligée d'intimider ses rivales pour obtenir ce qu'elle veut, ou ce qu'elle croit vouloir.

— Primo, bien sûr que tu as besoin d'amour. Tout le monde a besoin d'amour. Et ce n'est pas une honte de vouloir la célébrité en prime. Deuzio, la Celeste Newsome que je connais n'a pas besoin d'un homme pour être célèbre.

En réponse, Celeste explose de rire.

— Je n'ai pas été très gentille avec toi, finit-elle par admettre, sans le moindre regret.

— Tu as déchiré ma robe !

— Ben quoi, je la voulais, cette foutue robe !

Soudain, tout cela m'apparaît du plus haut comique. Les prises de bec, les grimaces, les mauvais coups, les petites lâchetés – on dirait une plaisanterie qui ne s'arrête pas. Nous restons une bonne minute à rire de bon cœur, face à face, et la glace est brisée.

Le rire de Celeste s'éteint très vite, elle détourne le regard.

— J'ai été horrible avec toi, America. Absolument odieuse. En partie à cause du stress, mais surtout parce que j'étais prête à tout pour épingler la couronne… et Maxon à mon tableau de chasse.

Stupéfaite, je vois ma main s'élever, comme si elle était douée d'une vie propre, et lui tapoter l'épaule.

— Franchement, tu peux très bien te passer de Maxon pour obtenir ce que tu veux dans la vie. Tu as l'énergie, le talent, et aussi, c'est le plus important, tu en as les moyens. La moitié du pays vendrait un rein pour être à ta place.

— Ce n'est pas que je ne suis pas consciente de la chance que j'ai. C'est juste que c'est compliqué de me résoudre à… je ne sais pas, à me contenter de moins.

— Alors ne te résous pas.

— Je n'avais aucune chance, pas vrai ? Il n'avait d'yeux que pour toi depuis le début.

— Pas seulement moi. Il y a Kriss. Elle est en bonne position, elle aussi.

— Tu veux que je lui pète les genoux ? Ça peut s'arranger. Hé, je plaisante.

— Tu veux revenir avec moi au Boudoir ? Les journées sont interminables et, sans toi, ce n'est pas vraiment la même chose.

— Pas tout de suite. Je n'ai pas envie que les autres voient que j'ai pleuré.

— Je ne dirai rien, promis.

— Merci.

Un silence tendu, presque gêné, tombe sur nous. J'ai la sensation d'avoir vécu un bouleversement dans ma relation avec Celeste. Je ne sais pas si je vais pouvoir passer l'éponge sur tout ce qu'elle m'a fait, mais je comprends mieux ses motivations. Comme il n'y a rien à ajouter, je lui fais au revoir de la main et je la laisse seule.

Ce n'est qu'après avoir fermé la porte du salon que je me rends compte que j'ai oublié mon livre. Et je repense aux pages lustrées du magazine avec mon portrait et le « 39 % » imprimé juste à côté. Il va falloir que j'attire l'attention de Maxon au cours du dîner. Il doit connaître les résultats du sondage. J'espère que cela va peser sur ses sentiments. J'espère. Je croise les doigts.

Alors que je m'engage dans le corridor qui mène au Boudoir, un visage familier me rappelle que j'ai encore d'autres projets à très court terme. Je n'ai pas oublié que j'ai promis à Maxon de trouver un moyen de rencontrer August à l'extérieur du palais et je crois que la chance est avec moi.

Aspen remonte le couloir dans le sens inverse, plus grand et plus athlétique encore que la dernière fois où nous nous sommes croisés. Plusieurs gardes patrouillent à quelques mètres, trop loin pour nous entendre. Je lui fais signe d'approcher.

— Salut. J'ai besoin de ton aide.

Sans ciller, il répond :

— Compte sur moi.

12.

J'avais raison. Aspen connaît le palais comme sa poche et il sait exactement quel trajet prendre pour en sortir ni vu ni connu.

— Vous êtes sûre que c'est une bonne idée ? me demande Maxon le lendemain soir tandis que nous nous préparons dans ma chambre.

— Il faut qu'on sache ce qui se passe vraiment. Et je suis certaine qu'on ne court aucun risque.

J'ai laissé la porte de la salle de bains entrouverte et nous discutons ainsi tout en enfilant notre déguisement. J'entends sa veste, puis son pantalon, tomber sur le carrelage, il les troque contre le jean et la chemise en coton qu'Aspen a accepté de lui prêter. Des vêtements qui vont être un peu grands pour lui, mais qui sauront lui donner la dégaine d'un Six. Un collègue d'Aspen a mis à ma disposition ses habits à lui, et même s'il est moins costaud, je dois faire plusieurs revers à mon pantalon.

— Vous semblez accorder une confiance aveugle à ce garde, fait remarquer Maxon sur un ton que je n'arrive pas à définir.

— Mes femmes de chambre m'ont assuré que c'est l'un des plus fiables. Et il m'a conduite au refuge la fois où les Renégats du Sud ont plongé le palais dans la panique. Il est toujours sur le qui-vive, même quand tout est calme. J'ai un bon pressentiment à son sujet. Nous pouvons le suivre les yeux fermés.

— Qui vous a dit qu'il pourrait nous faire sortir du palais ?

— Personne ne me l'a dit. Je le lui ai demandé.

— Et il vous a répondu, sans arrière-pensée ?

— J'ai d'abord précisé que c'était pour vous, bien entendu.

Maxon laisse échapper une sorte de soupir.

— Je suis toujours d'avis que vous devriez rester au palais.

— Je viens avec vous, Maxon. Vous êtes prêt ?

— Oui. Il ne manque plus que les chaussures.

J'ouvre la porte de la salle de bains. Maxon me toise des pieds à la tête, avant d'éclater de rire.

— Pardonnez-moi. J'ai l'habitude de vous voir dans des tenues plus féminines.

— Vous aussi, j'aurais du mal à vous reconnaître sans votre costume.

Même s'il flotte dans les habits d'Aspen, Maxon n'est pas mal du tout avec un bon vieux jean. Veste et chemise boutonnée ont laissé la place à un T-shirt qui met en valeur les muscles de ses bras puissants.

— Ce pantalon en toile denim pèse un âne mort. Qu'est-ce que vous trouvez à un vêtement aussi inconfortable ? s'exclame-t-il.

Il n'a pas oublié que j'avais sollicité l'autorisation de porter un jean le jour de mon arrivée au palais.

— J'aime bien, c'est tout.

Il m'adresse un sourire un peu moqueur et va ouvrir un tiroir de ma commode sans même me demander la permission. Il en extirpe une cordelette rouge foncé qu'il revient glisser dans les passants de mon jean, à la façon d'une ceinture.

— Il faut à tout prix retenir ce pantalon, sinon la soirée va se conclure par un outrage aux bonnes mœurs. Déjà que ce que nous entreprenons est un pur scandale. Écoutez, ajoute-t-il en nouant la cordelette, nous allons nous exposer à de grands dangers. Si la menace se précise, je veux que vous preniez vos jambes à votre cou, compris ? N'essayez pas de retrouver à tout prix le chemin du palais. Cherchez asile auprès d'un citoyen de bonne volonté.

— Prier des inconnus de me cacher, même temporairement, c'est presque aussi risqué que combattre les Renégats. Le peuple en veut sûrement aux candidates qui préfèrent rester dans la compétition.

— Si l'article que Celeste vous a montré hier dit vrai, ces gens-là sont fiers de vous.

Un coup frappé à la porte interrompt notre échange. Maxon va ouvrir. Aspen s'introduit dans ma chambre accompagné d'un second garde et s'incline bien bas.

— Votre Altesse. Mlle America m'a confié sous le sceau du secret que vous deviez sortir de l'enceinte du palais.

— Tout à fait. Et j'ai cru comprendre que vous êtes l'homme de la situation, répond Maxon en cherchant, du regard, l'insigne d'Aspen. Officier… Leger.

— C'est un jeu d'enfant, croyez-moi. Ce qui sera certainement plus compliqué, c'est de faire en sorte que cela ne se sache pas.

— Comment cela ?

— Eh bien, je suppose que vous avez une excellente raison pour sortir ainsi, à la faveur de la nuit, sans en informer le roi. S'il nous pose des questions bien ciblées, nous ne serons pas en mesure de lui mentir, assure Aspen, cherchant confirmation auprès de son collègue.

— Je ne vous demande pas de mentir. J'espère pouvoir parler de tout cela à mon père dans les plus brefs délais, mais ce soir la discrétion doit être de mise.

— Cela ne devrait pas poser problème. Si vous me permettez, cependant, il serait plus judicieux que la demoiselle ne quitte pas le palais.

Maxon me lance un coup d'œil triomphant, comme s'il était sorti vainqueur d'une dispute. Je bombe le torse.

— Je ne vais pas rester ici à me tourner les pouces. J'ai déjà été pourchassée par les Renégats une fois, j'en suis sortie indemne.

— Mais ce n'étaient pas des Sudistes, réplique Maxon.

— Ne discutez pas. Nous perdons un temps précieux.

— Vous avez entendu, personne ne veut vous embarquer dans cette galère.

— Et vous avez entendu, je viens, que cela vous plaise ou non.

Résigné, Maxon se coiffe d'une casquette.

— Alors, que fait-on ?

— C'est très simple, déclare Aspen. Deux fois par semaine, une camionnette va chercher dans les entrepôts royaux de quoi approvisionner le garde-manger du palais. Il arrive que le maître queux se retrouve à court de munitions, si je puis dire, durant la semaine, alors il charge un de ses commis de faire une nouvelle sortie, sous la protection de plusieurs gardes.

— Et personne ne se doutera de rien ?

— Souvent, tout se passe de nuit. Si le maître queux dit qu'il n'y a pas assez d'œufs pour le petit déjeuner, il y a intérêt à trouver une solution avant le lever du jour. Alors non, personne ne se doutera de rien.

Convaincu, Maxon court chercher le pantalon de son costume dans la salle de bains. Il plonge la main dans une poche, en sort un petit papier.

— J'ai réussi à faire passer un message à August. Il m'a demandé de le rejoindre à cette adresse.

Il présente le papier à Aspen, qui le lit et le montre à son collègue.

— Tu sais où ça se trouve ?

Le second garde – un jeune homme au teint mat qui s'appelle Avery, d'après son insigne – acquiesce.

— Il s'agit d'un quartier mal famé, mais assez proche de la zone des entrepôts. Il nous sera facile de passer inaperçus.

— Fort bien, dit Aspen. Mademoiselle, cachez donc vos cheveux sous votre couvre-chef.

J'entortille mes cheveux et les fourre sous la casquette que m'a donnée Aspen. J'arrange quelques mèches rebelles puis me tourne vers Maxon pour lui montrer le résultat.

— Ça va comme ça ?

— Parfait, répond-il en s'étranglant de rire.

Je lui assène un petit coup de poing sur le bras, par jeu. Dans le regard d'Aspen, une immense tristesse. Nous nous sommes cachés dans une cabane entre les branches d'un arbre pendant deux ans, et voilà que je m'aventure dans les rues d'Angeles, passé l'heure du couvre-feu, avec l'homme que les

Renégats du Sud veulent accrocher coûte que coûte à leur tableau de chasse.

Ce regard me fait l'effet d'une gifle. Même si je suis amoureuse de Maxon, Aspen compte toujours pour moi et je ne veux pas lui causer de chagrin.

Maxon n'a pas le temps de remarquer quoi que ce soit. Aspen reprend très vite contenance et il nous invite à le suivre.

Nous nous insinuons dans le couloir, les deux gardes à la tête du petit groupe, et nous descendons à pas de loup l'escalier en colimaçon qui débouche sur l'immense refuge réservé à la famille royale. Au lieu de franchir les lourdes portes en acier, nous rasons le mur et nous gravissons un autre escalier pour débarquer au beau milieu des cuisines. Je reçois en pleine figure un tourbillon d'air chaud et le parfum du pain en train de cuire me fait saliver. Une fraction de seconde, j'ai l'impression d'être revenue à la maison. Je m'attendais à une grande salle blanche et propre, un peu comme un bloc chirurgical, à l'image des boulangeries aseptisées qu'on a en Caroline dans les beaux quartiers. Au lieu de ça, c'est un joyeux fouillis : d'immenses tables en bois disparaissent sous des montagnes de légumes qui attendent qu'on les épluche ; des Post-it sont collés un peu partout, rappelant qui doit faire quoi. C'est un endroit chaleureux et accueillant, assez grand pour accueillir toute une armée de commis.

— Baissez la tête, chuchote Avery.

Nous nous exécutons.

— Delilah ? lance Aspen.

— Une seconde, mon tout beau ! répond une voix rocailleuse.

Des pas lourds, puis la voix s'élève à nouveau, une voix de femme qui parle avec l'accent traînant du Sud :

— Leger, mon chou, comment va ?

— On fait aller. Je viens d'apprendre qu'il y a une livraison à aller récupérer, je me demandais si tu avais une liste pour moi.

— Une livraison ? J'étais pas au courant.

— Bizarre. J'étais sûr, pourtant.

— Vaudrait mieux que t'ailles voir, quand même. Faudrait pas qu'on rate quelque chose.

— T'as raison, réplique Aspen. Ça ne devrait pas être trop long. À plus, Delilah. Si tu dors quand je reviens, je remets les clefs sur le crochet.

J'entends cliqueter un trousseau de clefs.

— Parfait, mon cœur. Viens me rendre visite un de ces quatre. Ça fait un bail.

— Compte là-dessus.

Aspen s'éloigne déjà, nous le suivons en silence. Je ne peux pas contenir un petit sourire. La femme, Delilah, a la voix grave, une voix de femme mûre. Elle aussi a succombé au charme d'Aspen.

Nous remontons une large rampe et arrivons devant de lourdes portes. Aspen soulève le loquet, pousse les battants. Une camionnette noire nous attend dehors.

— Vous allez devoir rester à l'arrière, même si ce n'est pas équipé pour, chuchote Avery.

Le voyage ne va pas être de tout repos, mais personne ne risque de nous reconnaître, c'est le principal.

Aspen ouvre déjà le hayon.

— Mademoiselle, me lance-t-il en m'aidant à monter dans le van. Votre Altesse…

Maxon grimpe seul à l'arrière de la camionnette et passe devant moi pour inspecter notre nouveau décor. Je distingue des caisses et des étagères fixées sur la structure de la carrosserie – à part ces détails, cela ressemble à un gros cube en métal.

— Approchez, America. Nous allons nous appuyer contre l'étagère.

— Nous essaierons de conduire sans à-coups, promet Aspen avant de refermer les portes du van avec un regard solennel.

L'obscurité est totale. Je me serre contre Maxon.

— Vous avez peur ?

— Non.

— Moi non plus.

Nous sommes de fameux menteurs.

13.

Je ne sais pas depuis combien de temps nous roulons, mais c'est sportif. Afin de garantir un minimum de stabilité, Maxon s'est adossé à l'étagère et il a étendu sa jambe de façon à me retenir contre la cloison du fourgon. Malgré ses efforts, nous perdons l'équilibre à chaque virage.

— Je n'aime pas aller à l'aveugle, grogne Maxon.

— Vous vous êtes déjà promené dans les rues d'Angeles ?

— Seulement en voiture.

— Dites-moi, c'est normal que je me sente plus à l'aise quand je vais rejoindre des Renégats que quand je dois accueillir les princesses de la délégation italienne ?

— Vous êtes bien la seule.

Pas facile de discuter, entre les rugissements du moteur et le grincement des essieux. Du coup, nous préférons nous taire. Dans l'obscurité, les bruits prennent une autre dimension, un relief inattendu. Les odeurs aussi. Il y a des effluves de café dans l'air. Impossible de dire si l'odeur imprègne la fourgonnette ou si nous sommes passés devant une brûlerie. Au bout de ce qui me paraît une éternité, Maxon se rapproche de moi.

— Je regrette que vous ne soyez pas restée au palais, mais je suis heureux de vous avoir à mes côtés.

J'ai un petit rire. Je doute qu'il m'ait entendue, mais il l'a sûrement senti.

— Promettez-moi que vous prendrez vos jambes à votre cou à la moindre alerte, poursuit-il.

— Je vous le promets.

Le fourgon heurte un nid-de-poule et fait une embardée, mais Maxon me rattrape. Nos visages se frôlent et l'envie de l'embrasser monte en moi à une vitesse phénoménale. Le prince se rapproche de moi ; il va m'avouer qu'il m'aime, je le sens, c'est imminent.

À la seconde où nos lèvres vont se toucher, le van freine brusquement et nous sommes projetés vers l'avant. Je me cogne la tête, Maxon me rentre dedans.

— Aïe ! America, vous vous êtes fait mal ?

— Non. Mes cheveux et ma casquette ont amorti le choc.

Le véhicule fait marche arrière à vitesse réduite, puis, au bout de quelques secondes, il stoppe net et le moteur se tait. Maxon change de position, j'ai l'impression qu'il s'est accroupi face au hayon.

Je l'imite. La lumière d'un lampadaire se déverse à l'arrière de la camionnette et je plisse les yeux, un instant aveuglée. Le hayon a été ouvert, quelqu'un grimpe à l'intérieur.

— Nous sommes arrivés à bon port, déclare Avery. Ne vous éloignez pas.

Maxon se met debout et saute à bas du fourgon, puis il me prend dans ses bras pour m'aider à descendre. Ce que je remarque en premier, c'est le mur en briques qui nous piège au fond d'un cul-de-sac, puis des relents âcres de pourriture. Aspen se poste devant nous pour inspecter les alentours, son arme à la main. Il se dirige ensuite vers une porte maculée de suie. Il frappe, attend. La porte s'entrouvre enfin, retenue par une chaînette qui empêche les intrus d'entrer sans y être invités. J'ai le temps d'apercevoir les yeux d'August avant que la porte ne se referme pour s'ouvrir à nouveau, cette fois-ci en grand. August nous fait signe de le suivre, et sans traîner.

Dans une pièce mal éclairée se tient Georgia, flanquée d'un adolescent que je ne reconnais pas. Elle est aussi nerveuse que nous, cela saute aux yeux, et je me précipite vers elle pour la serrer dans mes bras. Elle se laisse faire.

— Vous avez été suivis ? s'inquiète-t-elle.

— Non, répond Aspen. Mais faites vite.

Elle me guide vers une petite table et m'invite à y prendre place. Maxon s'assied à côté de moi, imité par August et par le jeune garçon toujours anonyme.

— Est-ce que la situation est catastrophique ? demande Maxon, de but en blanc. J'ai le sentiment que mon père me cache certaines choses.

— D'après les informations qui nous parviennent, les victimes sont moins nombreuses qu'on pourrait le craindre. Les Sudistes sèment le chaos, comme à leur habitude, mais il y a moins de trois cents agressions à déplorer.

Je pousse un cri d'horreur. Trois cents agressions ? Et August veut nous faire croire que ce n'est pas une catastrophe ?

— America, cela pourrait être pire, tout bien considéré, me rassure Maxon.

— Le prince a raison. Bien pire, renchérit Georgia.

— Voilà leur stratégie : ils commencent par le sommet de la pyramide, puis ils s'attaquent progressivement aux plus modestes. Ce n'est qu'une question de temps. Nous demeurons vigilants et nous vous tiendrons au courant dès qu'apparaîtront des éléments nouveaux. Nous avons des appuis dans chaque province, des sentinelles en quelque sorte. Mais ces sentinelles doivent agir sans attirer l'attention, sous peine de subir un châtiment exemplaire.

— Faut-il se plier à leurs revendications ? demande Maxon.

— Croyez-nous sur parole, répond Georgia. Si vous cédez, cela n'arrangera rien.

— Mais on ne peut pas garder les bras croisés.

— Vous avez déjà fait beaucoup. Enfin, c'est elle qu'il faut remercier, rectifie August en me désignant du doigt. On me dit que les fermiers ont toujours leur hache avec eux quand ils vont travailler aux champs, que les couturières marchent dans la rue leurs ciseaux à la main, et qu'on a même vu des Deux se pavaner armés de sprays paralysants. Quelle que soit leur caste, il ne fait aucun doute que les citoyens d'Illeá sont prêts à réserver un accueil très particulier aux Renégats en cas d'attaque. Votre peuple ne veut plus vivre dans la peur. Il a pris les armes.

Des larmes me montent aux yeux. Pour la première fois, j'ai l'impression d'avoir fait œuvre utile au sein de la Sélection. Maxon me serre la main. Ce que j'ai accompli est aussi un motif de fierté pour lui.

— Cela me rassure. Mais ce n'est pas assez.

— Nous nous sommes demandé si nous étions en mesure de les attaquer à notre tour, explique August. Ce ne sont pas des soldats aguerris – ils agressent moins expérimenté qu'eux, c'est là tout leur talent. Nos sentinelles gardent toujours les yeux ouverts, malgré les risques encourus. Nous pourrions nous reposer sur elles pour une riposte surprise… On peut dire que nous formons déjà une armée, une armée hétéroclite, certes, et dont les rangs sont peuplés de soldats sans armes ni munitions. On ne peut pas espérer venir à bout des Sudistes en leur lançant des briques ou en leur donnant des coups de râteau.

— Vous voulez des armes ?

— Si vous en avez, je ne dirais pas non.

— Vous êtes sur le terrain, vous pouvez vous jeter dans la bataille à tout moment. Mais l'idée d'envoyer mon peuple affronter ces barbares ne me plaît guère. Ce serait les condamner à une mort certaine.

— Je ne peux pas avancer le contraire.

— Autre problème : qui peut me garantir que vous ne retournerez pas ces armes contre moi ?

— Je m'y engage personnellement. C'est une promesse que je vous fais. Nous n'avons qu'un objectif, la fin du système de castes, et dans cet objectif nous sommes prêts à vous soutenir contre vents et marées. Ce n'est pas mon intérêt de vous faire du mal, Maxon, et vous le savez. Sinon, vous n'auriez pas pris le risque de venir jusqu'ici, conclut August.

— Votre Altesse, lance Aspen, pardonnez mon interruption, mais certains d'entre nous aimeraient voir les Renégats du Sud mordre la poussière autant que vous. Pour ma part, je me porte volontaire pour initier quiconque le souhaiterait aux techniques de combat au corps à corps.

Maxon le remercie d'un hochement de tête avant de s'adresser de nouveau à August.

— Il va me falloir du temps pour considérer votre proposition. Je peux peut-être former certains de vos hommes, mais vous fournir des armes, c'est exclu.

Même si je n'ai aucun doute quant à la pureté de vos intentions, je n'ose imaginer la réaction de mon père si ces choses venaient à se savoir.

— En effet. Il serait plus sage de vous remettre en route sans tarder. Je vous contacte dès que nous avons plus d'informations, mais pour l'instant vous pouvez vous tranquilliser. Nous ne pouvons espérer mieux, déclare August en tendant un petit papier à Maxon. Voici notre numéro de téléphone. Vous pouvez appeler en cas d'urgence. C'est Micah ici présent qui s'occupe de la logistique.

Là-dessus, August désigne le jeune garçon qui s'est tenu en retrait pour laisser les autres parler. Micah se mord la lèvre et opine furtivement. Sa timidité n'arrive pas à cacher l'enthousiasme qui bouillonne en lui.

— Très bien. Je me servirai de ce numéro avec discernement. Vous aurez très vite de mes nouvelles, déclare Maxon.

Tout le monde se met debout. Georgia contourne la table pour venir me parler.

— Soyez prudents sur la route du retour. Et ce numéro de téléphone t'est destiné à toi aussi, tu sais.

— Merci.

Sur le seuil du bâtiment, je jette un dernier coup d'œil à nos amis avant que la porte claque derrière moi. J'entends qu'on la ferme à double tour.

— Éloignez-vous du véhicule ! ordonne Aspen, d'une voix impérieuse.

Je me retourne, étonnée. C'est alors que je comprends qu'il ne s'adresse pas à moi. Quelques hommes dépenaillés encerclent la camionnette ; l'un d'eux a un démonte-pneu à la main, il s'apprête de toute évidence à s'en servir. Deux autres tentent d'ouvrir le hayon.

— Filez-nous la bouffe et on vous laisse tranquille, lui répond le plus jeune de la bande.

Dans sa voix perce le désespoir.

Je n'avais pas remarqué qu'est fixé sur le côté du van un immense autocollant qui représente les armoiries d'Illeá. Qui a été assez bête pour le laisser en évidence ? Si quelqu'un nous reconnaît, Maxon et moi, nous sommes fichus. C'en est fini de notre petite escapade.

— La camionnette est vide, déclare Aspen en gardant son sang-froid. Et même s'il y avait de la nourriture, ce n'est pas un libre-service.

— Regardez comme leurs larbins ont bien retenu la leçon, fait remarquer un autre homme avec un sourire amusé qui montre qu'il lui manque quelques dents. Tu étais quoi avant ?

— Éloignez-vous du véhicule.

— Tu n'étais pas un Deux ni un Trois, sinon papa et maman t'auraient évité l'armée en graissant les bonnes pattes, ricane l'homme édenté, esquissant quelques pas dans notre direction. Alors, fiston, tu viens de quelle caste ?

— Reculez. Tout de suite, gronde Aspen, une main sur la crosse de son arme.

— Gaffe, gamin, tu ne sais pas à qui tu as affaire.

— Attendez ! s'exclame quelqu'un. C'est la fille. C'est une des Sélectionnées !

Je me retourne brusquement et la lumière du lampadaire frappe mon visage.

— Attrapez-la ! braille le plus jeune.

Maxon me tire vers l'arrière de ses bras puissants et dissimule mon visage. Aspen et Avery dégainent leur arme pour tenir les hommes en respect. En une fraction de seconde, nous nous retrouvons acculés, Maxon et moi, le dos contre le mur en briques du cul-de-sac.

— Je ne veux pas vous tuer, annonce Aspen. Du balai. Dégagez !

L'homme édenté a un rire sinistre et il lève les bras, pour nous rassurer sur ses intentions. Alors, comme par magie, un pistolet se matérialise dans sa main. Aspen tire, des coups de feu lui répondent.

— Vite, America, s'affole Maxon.

Vite, mais pour aller où ? Mon cœur galope dans ma poitrine. À cet instant je comprends que Maxon veut me faire la courte échelle et tout devient clair. Il se penche et entrelace ses mains ; je pose un pied sur cet escabeau improvisé, il me transmet de l'élan et mes doigts s'agrippent au mur. La panique me donne des ailes et je me hisse au sommet. Arrivée en haut, je me rends compte que j'ai encore la moitié du chemin à faire, et surtout que j'ai une sensation bizarre dans le bras. Je me laisse pendre de l'autre côté du mur avant de lâcher et de m'étaler lourdement sur le bitume. J'ai dû me casser quelque chose, mais j'ai promis à Maxon de prendre mes jambes à mon cou en cas de danger, et j'ai bien l'intention de lui obéir.

Je ne sais pas pourquoi mais j'étais certaine qu'il allait me suivre, et c'est la surprise quand j'arrive au bout de la rue et qu'il n'est pas là, juste derrière. Quelle idiote. Qui va lui faire la courte échelle ? À cet instant, mon bras est parcouru par une douleur atroce, semblable à une brûlure. Je l'examine à la lumière anémique d'un lampadaire, une substance rougeâtre jaillit d'une déchirure dans ma manche.

On m'a tiré dessus.

On m'a tiré dessus ?

Il y avait des armes, les balles sifflaient près de mes oreilles, mais cela me paraît encore irréel. Pourtant, la douleur qui me cisaille le bras me crie que je n'ai pas rêvé. Et ce n'est pas en plaquant ma main sur la blessure que cela va arrêter le sang.

Je balaie la rue du regard. Pas un chat.

Bien sûr qu'il n'y a pas un chat. Nous sommes sortis après le couvre-feu. Je me suis tellement habituée à la vie au palais que j'ai oublié que le monde extérieur s'arrête de fonctionner dès onze heures du soir. Si je croise la route d'un policier, je suis bonne pour le cachot. Et comment je vais expliquer ça au roi ? *Comment expliquer qu'une balle t'a traversé le bras, America ? Comment tu vas t'en sortir cette fois-ci ?*

Je me mets en route en rasant les murs. Je ne sais pas où aller, je n'ai aucune idée de l'endroit où je me trouve. Et mon bras me fait un mal de chien. Difficile d'avoir les idées claires dans ces conditions. Je m'engage dans une ruelle logée entre deux immeubles décrépis. Rien qu'à voir ce coupe-gorge, je devine que je ne suis pas dans le quartier le plus sûr de la ville. En règle générale, seuls les Six et les Sept vivent entassés les uns sur les autres.

Je trouve refuge derrière une montagne de sacs-poubelle. Il fait frais ce soir, mais le soleil a eu tout le temps de chauffer les ordures dans la journée et une odeur pestilentielle s'en dégage. Entre mon bras meurtri et la puanteur, j'ai le cœur au bord des lèvres. Je retrousse ma manche, les mains tremblantes, en tâchant de ne pas toucher la plaie. Je plie le bras et la douleur est telle que je dois étouffer un hurlement. Je me mords la lèvre jusqu'au sang, mais une plainte m'échappe et résonne dans la ruelle.

— Qu'est-ce qui t'est arrivé ? lance une petite voix.

Je relève brusquement la tête. Deux grands yeux brillent dans les profondeurs.

— Qui est là ?

— Tu n'as rien à craindre. Moi aussi, je passe une mauvaise soirée.

Une sans-abri d'une quinzaine d'années émerge de l'obscurité et vient étudier mon bras. Elle siffle entre ses dents avant de déclarer, d'un air plein de pitié :

— Ça a l'air de faire drôlement mal.

Je bredouille :

— Je me suis fait tirer dessus.

Elle me regarde, pas très rassurée.

— Tu t'es fait tirer dessus ? Je ne sais pas qui tu es ni ce que tu as fait, mais ce n'est pas malin de mettre les Renégats en rogne, tu sais ?

— Quoi ?

— Ça ne fait pas longtemps que je suis à la rue, mais je sais qu'il n'y a que les Renégats qui ont des armes. Alors ne va pas les énerver, c'est un conseil.

Je ne me suis jamais demandé où les Renégats trouvaient leurs armes. Sûrement au marché noir. Il n'y a que les gardes royaux et les forces de l'ordre qui ont le droit d'être armés. August lui-même vient d'avouer que la plupart des Nordistes en trouvent facilement. Je me demande si lui aussi, il a pris ses précautions ce soir avant de nous recevoir.

— Tu t'appelles comment ? Je vois bien que tu es une fille, sous tes guenilles.

— Ame.

— Moi, c'est Paige. Tu n'es pas une Huit depuis très longtemps, toi non plus, on dirait. Tes habits sont plutôt propres.

Elle palpe mon bras avec des gestes d'une infinie douceur et inspecte la blessure d'un œil expert.

— Tu peux mourir de faim si tu te retrouves seule. Tu as un endroit où aller ?

— Pas vraiment.

Une vague de douleur me fait frissonner des pieds à la tête. Elle opine, comme si elle prenait la mesure de mes ennuis.

— Moi, je vivais avec papa. On était des Quatre à l'époque, on avait un petit restaurant et ce restaurant, ma grand-mère a décidé que le jour où il allait mourir mon père devait le laisser à sa sœur, pas à moi. Elle avait peur que ma tante se retrouve sans ressources, je crois. Enfin bref, ma tante me déteste, depuis toujours. Elle a hérité du restaurant et, dans la foulée, elle s'est retrouvée avec sa nièce sur les bras. Ça ne l'arrangeait pas du tout.

« À peine deux semaines après la mort de papa, elle a commencé à me frapper. J'ai dû voler dans les magasins parce qu'elle ne me donnait rien à manger, elle disait que j'étais trop grosse. J'ai eu l'idée d'aller chez une copine, mais ma tante pouvait très bien m'y découvrir, alors je suis partie pour de bon. J'ai pris de l'argent avec moi, mais pas assez. Et de toute façon on m'a tout volé la deuxième nuit…

J'observe Paige tout en écoutant sa triste histoire. Sous l'épaisse couche de crasse, on devine que c'est une jeune fille habituée à un certain niveau de vie. À présent elle doit se plier à la loi de la jungle, si elle veut survivre. Est-ce qu'elle a une autre issue ?

— Cette semaine j'ai rencontré une bande de filles, poursuit-elle en baissant les yeux. On travaille ensemble et on partage les profits. Si tu arrives à ne pas penser à ce que tu fais, ça va. Moi, il faut que je pleure un bon coup après. C'est pour ça que je me cache ici. Si les autres filles te voient pleurer, elles te font passer un mauvais quart d'heure. J.J. dit qu'elles essaient simplement de m'endurcir et que j'ai intérêt à ne pas faire ma chochotte, mais ça fait toujours mal… En tout cas, tu es jolie. Elles seraient contentes de t'avoir dans leur bande, c'est sûr.

Mon estomac se soulève. En l'espace de quelques semaines, la pauvre a perdu sa famille, son foyer, sa dignité. Et pourtant, n'écoutant que sa gentillesse, elle reste accroupie à côté de moi – moi qui ai été pourchassée par une meute de Renégats, moi qu'elle devrait fuir comme la peste.

— On ne peut pas t'emmener voir un médecin mais elles trouveront bien quelque chose pour calmer la douleur. Et il y a ce type qu'elles connaissent qui pourra te recoudre. Mais je te préviens, tu vas devoir les rembourser en travaillant pour elles... Tu n'es pas très causante, pas vrai ? me fait Paige.

— Pas quand je me suis pris une balle dans le bras.

Son rire, spontané, est contagieux. Elle s'installe plus confortablement près de moi.

— Si tu ne veux pas m'accompagner, je comprends. C'est dangereux, et c'est pas très drôle.

— Je… est-ce qu'on peut rester sans parler une minute ?

— Oui. Tu veux que je m'en aille ?

— Non. Surtout pas.

Et elle demeure assise, aussi silencieuse qu'une souris. J'ai la sensation que des années s'écoulent, même si cela doit faire une vingtaine de minutes que nous sommes cachées là, tout au plus. La douleur devient de plus en plus aiguë et je perds progressivement espoir.

Est-ce que Maxon s'en est sorti ? Et Aspen ?

Les Renégats étaient plus nombreux, mais Aspen et Avery sont des tireurs d'élite. Et si les hommes m'ont reconnue aussi vite, est-ce qu'ils ont fini par reconnaître Maxon ? Ce serait la catastrophe. J'essaie de me convaincre qu'ils sont sains et saufs, qu'il n'y a pas lieu de s'inquiéter. Mais qu'est-ce que je vais devenir si Aspen se fait tuer ? Ou Maxon…

Soudain, un bruit.

— Chut ! Tu as entendu ? je demande à Paige.

Nous nous tournons vers la rue principale.

— … Max, hurle une voix dans le lointain. Sors de ta cachette, Ame. C'est Max.

Je me mets debout, au prix de mille efforts, et je me traîne jusqu'à l'entrée de la ruelle, Paige sur les talons. La camionnette du palais est en train de remonter la rue à une vitesse d'escargot. J'aperçois des têtes penchées aux portières : les occupants du véhicule inspectent les environs.

— Paige, tu veux venir avec moi ?

— Où ?

— Je te garantis que tu auras un vrai travail et que tu n'auras jamais faim, et personne ne te fera du mal, jamais.

— Alors d'accord, je viens, répond ma nouvelle amie, émue aux larmes.

Je l'attrape par la main et nous nous aventurons dans la rue, à la lumière. Je crie à pleins poumons :

— Max ! Max !

Le van pile au beau milieu de la chaussée, la portière s'ouvre et Maxon, Aspen et Avery déboulent sur le trottoir. Je lâche la main de Paige et je me jette dans les bras de Maxon. Il me serre contre lui, ce qui m'arrache un hurlement.

— Qu'y a-t-il ?

— Les Renégats m'ont tiré dessus.

Aspen vient inspecter mon bras.

— La blessure aurait pu être beaucoup plus sérieuse. Il faut qu'on vous ramène au palais et qu'on trouve un moyen de vous soigner. Je suppose que le médecin royal doit être tenu à l'écart de toute cette histoire ?

— L'important, c'est qu'elle ne souffre pas.

C'est alors que Paige se laisse tomber à genoux. Ses épaules sont parcourues de secousses.

— Votre Altesse ! lâche-t-elle d'une voix étranglée.

Je la présente aussitôt à Maxon, Aspen l'aide à se relever.

— Voici Paige. Vite, montons dans la camionnette.

Les bras autour de mes épaules, Maxon m'accompagne jusqu'au véhicule.

— J'étais certain que nous devrions vous chercher toute la nuit…

— Moi aussi. Mais j'avais trop mal pour aller bien loin. Paige m'a aidée.

— Dans ce cas nous prendrons soin d'elle, je vous le promets.

Maxon, Paige et moi nous installons à l'arrière de la camionnette et la fraîcheur du plancher métallique m'apporte un réconfort inattendu. Nous regagnons le palais en filant comme le vent.

14.

C'est Aspen qui me prend dans ses bras et me transporte jusqu'à une sorte de mansarde, plus petite encore que ma salle de bains. Sa chambre, je suppose. Il y a juste assez de place pour deux couchettes et une commode. De petits bouts de papier et des photos sont punaisés au mur ; même si le mobilier est réduit au strict minimum, on y est vraiment à l'étroit.

Aspen m'allonge sur le lit avec toute la douceur dont il est capable.

— Il faudrait aller chercher un médecin. Le docteur Ashlar.

— Non, surtout pas. Je ne vais pas en mourir. La blessure va laisser une vilaine cicatrice, c'est tout. Il faut juste qu'on la nettoie.

— Et qu'on calme la douleur, intervient Maxon.

— Ça risque de s'infecter, se lamente Paige avec

une mine coupable. C'était vraiment sale dans la ruelle, et je l'ai touchée.

— Anne. Allez chercher Anne.

— Qui ? demande Maxon.

— Anne, sa femme de chambre, explique Aspen. Avery, va chercher Anne et un kit médical. Il va falloir faire avec les moyens du bord. Et il faut aussi qu'on s'occupe de cette demoiselle, ajoute-t-il en montrant Paige, toujours penaude.

— Tu as fait quelque chose d'illégal ? s'informe Maxon. Une fugue ?

— Je n'ai rien fait de mal, non. Et oui, je suis partie de chez moi, mais personne ne me cherche.

— Alors bienvenue à bord. Va aux cuisines avec Avery et dis à une certaine Mme Woodard que tu vas travailler avec elle sur ordre du prince. Et demande-lui de se rendre séance tenante au quartier des officiers.

— Woodard, répète Paige. Immédiatement, Votre Altesse.

Elle se prosterne, puis elle suit Avery hors de la chambre. Pour la première fois de la soirée, je me retrouve seule avec Maxon et Aspen. Le poids de nos secrets rend l'atmosphère irrespirable. Je brise le silence par une question qui m'intrigue :

— Comment avez-vous réussi à vous en sortir ndemnes ?

— August, Georgia et Micah ont entendu les coups de feu et ils sont venus à notre secours, raconte

Maxon. Ils ont risqué leur vie pour sauver la nôtre. Le jeune Micah s'est sacrifié, hélas.

Son regard se fait distant et je détourne la tête, au bord des larmes. Je ne sais rien de Micah, mais ce soir, il est mort pour nous. Je me sens aussi coupable que si je l'avais tué de mes propres mains. Quel gâchis.

— Ne pleurez pas, America, me lance Aspen en négligeant l'étiquette.

— Tout va finir par s'arranger, m'assure Maxon.

Nous restons silencieux un long moment, à moins que la douleur ne me fasse perdre la notion du temps.

— C'est merveilleux d'être aussi dévoué à quelqu'un, déclare soudain Maxon.

Je pense d'abord qu'il parle de Micah. Aspen et moi tournons la tête vers lui et nous le voyons étudier le mur au-dessus de moi. Là, entre un dessin gribouillé par l'un de ses frères cadets et une photo de son père, plus jeune, il y a un petit mot.

Je t'aimerai toujours. Je t'attendrai jusqu'à la fin des temps. Je suis à tes côtés, quoi qu'il arrive.

Mon écriture était un peu moins soignée il y a un an, à l'époque où j'avais laissé ce petit mot sur le rebord de ma fenêtre à l'intention d'Aspen, et j'avais agrémenté ma prose de petits cœurs ridicules, mais après tout ce temps je suis encore sensible à la portée de cette promesse. C'était la première fois que je l'avouais noir sur blanc, et la tournure que prenait notre relation me plongeait dans l'angoisse. Je me souviens aussi que j'avais une peur bleue que ma mère trouve ma lettre avant Aspen. C'était il y a des siècles.

Et aujourd'hui, j'ai surtout peur que Maxon reconnaisse mon écriture.

— Ce doit être agréable d'avoir une bonne amie à qui écrire, fait Maxon en amorçant un sourire attristé. Une lettre d'amour... Je n'ai jamais eu droit à ce luxe. A-t-elle tenu parole ?

Aspen va chercher des coussins sur la seconde couchette et les cale sous ma tête. Il évite soigneusement de croiser nos regards, le mien et celui de Maxon.

— Écrire, c'est difficile, finit-il par répondre. Mais je sais qu'elle est à mes côtés quoi qu'il arrive, je n'ai aucun doute là-dessus.

Une nouvelle douleur s'éveille en moi. En un sens, il a raison. Nous serons toujours liés l'un à l'autre. Mais... ces promesses inscrites sur un morceau de papier ? Cet amour dont la force irrésistible me soulevait à une époque ? Envolés. Est-ce qu'Aspen compte encore dessus ?

Mon regard se pose sur Maxon et je me rends compte que sa tristesse se teinte de jalousie. Cela ne m'étonne pas. Je lui avais dit que j'étais déjà tombée amoureuse, je m'en souviens très bien. Il avait paru presque vexé à l'époque. S'il apprend que mon premier amour n'est autre qu'Aspen, son garde dévoué je suis certaine que cela va lui briser le cœur.

— Écrivez-lui, conseille Maxon. Qu'elle n'oublie pas…

— Mais qu'est-ce qu'ils fabriquent ? marmonne Aspen, et il quitte la chambre sans même répondre à son prince.

Maxon le suit du regard.

— Quel imbécile je fais. Je ne sais pas comment vous aider, alors j'espérais l'aider lui, dans la mesure de mes moyens. Il a sauvé deux vies aujourd'hui, la vôtre et la mienne. On dirait que je l'ai vexé.

— Tout le monde est sur les nerfs, voilà tout. Vous êtes de très bon conseil.

Il lâche un rire exaspéré et vient s'agenouiller à mon chevet.

— Vous êtes couchée là avec une plaie béante et vous essayez malgré tout de me remonter le moral. Je ne vous comprends pas.

— Si vous décidez un jour de m'écrire un mot doux, ce sera mieux qu'une couronne.

— Ne puis-je rien faire pour vous ?

— Me tenir la main ? Ne serrez pas trop fort, s'il vous plaît.

Maxon glisse sa main dans la mienne et, même si cela ne change rien à l'affaire, c'est agréable de le sentir près de moi.

— Cela n'arrivera sûrement jamais, reprend-il. Que je vous écrive un mot doux, je veux dire. Je m'efforce d'éviter au maximum les situations embarrassantes.

— Vous ne pouvez pas déclencher des guerres, vous ne savez pas cuisiner, vous refusez d'écrire des lettres d'amour…

— Tout à fait. La liste de mes défauts est interminable.

— Je m'en contenterai. Et je vais continuer à jouer aux devinettes puisque vous refusez de mettre vos sentiments par écrit. Au stylo rose. Avec des cœurs sur les *i*.

— Ce serait une très belle lettre d'amour. Mais je ne pense pas que vous deviez jouer aux devinettes par rapport à mes sentiments.

La respiration sifflante, je réponds :

— Eh bien, rien n'a été dit à haute et intelligible voix.

Maxon veut riposter, mais il se ravise. Les yeux levés au plafond, il a l'air de repenser à toutes ces occasions où il aurait pu m'avouer son amour. Il me l'a suggéré de mille manières, il s'est trahi par des dizaines de gestes romantiques, il a prononcé des paroles ambiguës… mais jamais, pas une seule fois il ne l'a énoncé sans détour. Pas en ma présence. Cela m'aurait marquée, je pense.

La voix d'Anne me parvient depuis le couloir. Elle surgit bientôt sur le seuil de la chambre, les traits déformés par l'angoisse.

— Mademoiselle ?

Maxon me lâche la main pour laisser de la place à la nouvelle venue. Anne pose son regard sur ma blessure et elle l'explore du bout des doigts pour en estimer la gravité. Sa présence m'apaise aussitôt.

— Il va falloir recoudre. Malheureusement, on n'a pas de quoi vous anesthésier, déclare-t-elle.

— Pas grave. Fais de ton mieux.

— Allez chercher de l'eau bouillante. Il doit y avoir un antiseptique dans le kit mais il me faut de l'eau, aussi.

— J'y vais, lance Marlee, qui se tient près de la porte.

Lâchant prise, je me mets à sangloter :

— Marlee…

C'est elle, Mme Woodard. Maintenant que j'y pense, c'est évident. Carter et elle ont dû changer leur nom de famille puisqu'ils se cachent sous le nez du roi, ils ont transformé Woodwork en Woodard.

— Je reviens tout de suite, America. Tiens bon.

Anne se remet lentement du trouble dans lequel l'a jetée la présence de Marlee. Elle cherche du fil et une aiguille à l'intérieur du kit médical. Ce qui me rassure, c'est qu'elle a confectionné toutes mes robes depuis mon arrivée au palais. C'est une couturière hors pair. La peau humaine, c'est un peu la même chose que du tissu, non ?

Marlee réapparaît quelques minutes plus tard avec une cruche d'eau fumante, une pile de serviettes et un flacon de couleur ambrée. Elle pose la cruche et les serviettes sur la commode, puis elle s'approche de la couchette en dévissant le flacon.

— Pour la douleur.

Elle me retient la tête et m'aide à avaler quelques gorgées. Le liquide me brûle la gorge et je suis secouée par une quinte de toux. Marlee me force à boire une fois encore et je lui obéis, mais pas de gaieté de cœur.

— Je suis tellement contente de te revoir, Marlee !

— Je serai toujours là pour toi, America. Tu le sais bien. Mais qu'est-ce que tu fabriquais dehors à une heure pareille ?

Et elle sourit. Pour la première fois, elle semble plus âgée que moi, plus calme, plus posée.

— Sur le moment je me suis dit que ce serait une bonne idée, je réponds avec une grimace.

— America, tes idées sont toutes mauvaises. De bonnes intentions, mais des idées catastrophiques.

Elle a raison, je le reconnais, et j'aurais été mieux avisée d'y réfléchir à deux fois.

— Ces murs sont bien isolés ? demande Anne.

— Plutôt bien, affirme Aspen. C'est trop loin pour qu'on entende depuis le palais.

— Excellent. Bon, tout le monde dans le couloir. Mademoiselle Marlee, je vais avoir besoin de place, mais vous pouvez rester.

— Je ne traînerai pas dans tes pattes, Anne, rassure-toi.

Avery part le premier, très vite suivi d'Aspen, et Maxon ferme la marche. Dans son regard, je vois la même détresse que le jour où je lui ai dit que j'avais déjà connu la faim. La porte se referme avec un cliquetis et Anne se met aussitôt au travail. Elle a déjà préparé tous son matériel et elle réclame le flacon ambré à Marlee.

— Avalez-moi ça, ordonne-t-elle, la main sous ma nuque.

Je rassemble mon courage. Il faut que je m'y reprenne à plusieurs fois parce que je tousse comme une forcenée, mais j'arrive à avaler une bonne dose. En tout cas, Anne a l'air satisfaite.

— Tenez. Mordez dedans quand ça fait trop mal, m'ordonne-t-elle en me tendant une serviette.

Je fais signe que j'ai compris.

— Les points de suture, ça va être supportable par rapport à la désinfection de la plaie. Je vois des petites saletés dedans, alors je vais devoir être minutieuse. Ça va vous laisser une cicatrice, mais je vais m'arranger pour qu'elle soit aussi discrète que possible. On va coudre des manches bien larges à vos robes pour cacher la blessure ces prochaines semaines, le temps qu'elle guérisse. Personne ne verra rien. Et comme vous étiez avec le prince, je ne vais poser aucune question. C'était sûrement important.

— Oui, c'était important, enfin je crois.

Elle mouille une serviette et la tient à quelques centimètres au-dessus de la blessure.

— Prête ?

Je fais oui d'un signe de tête, et la torture commence. Marlee doit me retenir pour m'empêcher de me tordre de douleur.

— C'est bientôt fini, America, souffle-t-elle. Pense à quelque chose de joyeux. Pense à ta famille.

Une fois la blessure désinfectée, Anne s'apprête à me recoudre. Elle avait raison : les piqûres de l'aiguille sont mille fois plus tolérables. Peut-être parce que l'alcool qu'elle m'a forcée à boire fait soudain son effet. C'est vrai que tout se brouille devant mes yeux.

Des gens reviennent dans la chambre, discutent, parlent de moi. Qui doit rester, qui doit s'en aller, ce qu'il faut raconter aux autres demain matin… une myriade de détails sur lesquels je n'ai pas voix au chapitre.

Maxon me cueille délicatement dans ses bras et me ramène dans ma chambre. J'ai les paupières lourdes…

— Comment vous sentez-vous ? me demande-t-il.

— Vos yeux, on dirait du chocolat, je marmonne.

— Et les vôtres le ciel du matin, répond-il avec un sourire.

— Je peux avoir de l'eau ?

— Oui, beaucoup d'eau. Montons-la dans sa chambre, dit-il à quelqu'un.

Et je m'endors, bercée par le rythme de ses pas.

15.

Le lendemain matin, j'ai un mal de crâne atroce. On dirait que quelqu'un me donne des coups de marteau. Je me masse les tempes en gémissant, ce qui réveille la douleur dans mon bras.

Mary vient se percher au bord du lit. Elle me présente deux gélules et un verre d'eau.

— Tenez, avalez ça.

Je me redresse péniblement.

— Quelle heure est-il ?

— Presque onze heures. On a raconté à tout le monde que vous étiez un peu barbouillée et que vous ne descendriez pas ce matin. Si on se dépêche, vous pourrez être prête pour aller déjeuner.

La simple idée de devoir me presser, ou de manger un morceau, me soulève l'estomac. Mais je me sermonne : il est beaucoup plus sage de reprendre le plus vite possible une activité normale que de comater dans mon lit.

Nous nous mettons debout l'une et l'autre et c'est les jambes flageolantes que je me traîne jusqu'à la salle de bains. Anne fait les poussières tandis que Lucy, assise dans un confortable fauteuil, coud des manches à une robe qui était dotée au départ de simples bretelles.

— Est-ce que ça va, mamselle ? Vous nous avez fait drôlement peur.

— J'en suis navrée. Ça pourrait aller mieux, je l'avoue.

— N'hésitez pas à venir nous voir si vous avez besoin d'aide, mamselle. Vous n'avez qu'à demander.

Je ne sais pas trop s'il y a un message caché, mais son offre n'est pas tombée dans l'oreille d'une sourde.

— Oh, l'officier Leger est passé, et le prince aussi. Ils espèrent tous les deux que vous leur donnerez des nouvelles dès que vous vous sentirez mieux.

— Après le déjeuner, j'irai les rassurer.

Anne pose une main sur mon bras. Elle vient inspecter la blessure et risque un coup d'œil sous les bandages.

— Ça n'a pas l'air infecté. Tant que ça reste propre, ça va cicatriser dans les règles de l'art. J'aurais aimé faire un travail un peu plus correct. C'est loin d'être parfait.

— Ne t'inquiète pas. Tout le monde a une cicatrice quelque part, même – et surtout – ceux qui sont les plus dignes de notre respect

Je pense aux mains de Marlee, à Maxon et à son dos. Ils portent, gravées dans leur chair, des marques permanentes de leur courage. C'est un honneur de rejoindre leurs rangs.

— Mademoiselle America, votre bain est prêt, annonce Mary.

Si je fais abstraction de la douleur, je peux porter la fourchette à ma bouche sans grimacer. Mais ça me coûte tellement d'efforts que je suis en nage dès le milieu du repas. Je décide de grignoter des bouts de pain. C'est nettement plus facile.

Kriss veut savoir si ma migraine est passée – ce doit être la version officielle qui circule dans les couloirs –, je lui réponds que je me porte comme un charme. Elle ne me pose pas plus de questions et on dirait bien que personne ne se doute que Maxon et moi, nous avons frôlé la mort hier soir.

Tout en mâchonnant mon pain, je me demande comment les autres filles se seraient débrouillées à ma place. J'en conclus que la seule qui s'en serait mieux sortie que moi, c'est Celeste. La connaissant, elle aurait trouvé un moyen de se défendre, c'est certain, et une fraction de seconde la jalousie s'empare de moi.

Silvia nous rejoint dans le Boudoir et réclame notre attention.

— Il est temps pour vous, mesdemoiselles, d'être à nouveau sous les projecteurs. Dans une semaine nous organisons une fête en petit comité, et vous êtes toutes invitées, bien entendu ! Vous ne serez pas chargées des préparatifs cette fois-ci, mais vous devrez présenter un comportement irréprochable devant les caméras, car l'événement fera l'objet d'une émission spéciale.

Mon moral remonte en flèche. Une fête ? Formidable !

— Chacune pourra inviter deux personnes de son choix, c'est l'unique chose qui sera exigée de vous. Faites votre sélection intelligemment et donnez-moi l'identité et les coordonnées de vos invités avant vendredi.

Et elle quitte le Boudoir en nous laissant survoltées. C'est une autre mise à l'épreuve, nous le devinons toutes. Qui dans cette pièce a les relations les plus prestigieuses, les amis les plus en vue ? Peut-être que c'est ma paranoïa qui se réveille, mais j'ai l'impression d'être personnellement visée par cet exercice. Le roi veut montrer au monde entier que je suis parfaitement inutile.

— Tu choisis qui, Celeste ? demande Kriss.

— Je ne sais pas encore. Mais vous allez en prendre plein les yeux, les filles, je vous avertis, répond Celeste avant de se tourner vers moi. Et toi, America, tu invites qui ?

Je tente de masquer ma stupeur. C'est la première fois que la diva daigne s'adresser à moi sur un ton amical.

— Aucune idée. Je ne connais personne qui serait à sa place au palais. Je ferais peut-être mieux de renoncer à inviter qui que ce soit.

C'est peut-être une erreur de montrer à mes rivales que je n'ai aucun atout dans la manche, mais elles le savent déjà de toute façon.

— Bon, si tu ne trouves personne, réplique Celeste, dis-le-moi. J'ai forcément dans mon carnet d'adresses deux amis en plus qui crèvent d'envie de visiter le palais, et je pourrais te briefer vite fait à leur sujet juste avant leur arrivée. Si ça t'arrange, bien sûr.

Interloquée, je me demande si c'est un piège qu'elle me tend. Mais non, ça n'en a pas l'air. C'est alors qu'elle m'adresse un clin d'œil, au nez et à la barbe des deux autres. Je rêve ! Celeste, la tueuse, est de mon côté. Il va falloir que je me secoue.

— Merci.

— Pas de souci, assure Celeste. Plus on est de fous, plus on rit.

Et elle s'adosse à son fauteuil, un petit sourire aux lèvres. J'ai l'impression qu'elle envisage cette fête comme son chant du cygne. Elle semble avoir déjà tiré un trait sur Maxon.

En début d'après-midi je regagne ma chambre. J'ai besoin de repos. Anne est là, elle m'attend avec un verre d'eau et deux autres gélules.

— Je te dois une fière chandelle, Anne. Tu as fait preuve d'un sang-froid remarquable hier soir. Je ne sais pas comment je m'en serais sortie sans toi.

— Je suis contente que vous alliez mieux, et ça me suffit, répond-elle en reprenant le verre que j'ai vidé.

— Il n'y a rien que je puisse faire pour te remercier ? Un service à te rendre ? N'hésite pas, Anne. Vraiment.

Elle pousse un énorme soupir.

— Il y a bien une chose…

— Dis-moi.

— Il faudra le garder pour vous. Mary et Lucy m'en voudraient à mort.

— Comment ça ?

— C'est… c'est très personnel.

— D'accord, alors dis-moi tout.

— C'est que vous vous entendez tellement bien avec lui. Il vous tient en très haute estime.

— Maxon ?

— Non, murmure Anne, rouge comme une tomate.

— De qui parles-tu ?

— De l'officier Leger.

— Ooooh.

— C'est sans espoir, n'est-ce pas ? Jamais il ne s'intéressera à moi.

— Non, je ne dirais pas ça.

— Il a toujours un mot gentil pour vous. Peut-être que si vous alliez le voir pour lui parler de moi, ou si vous vous arrangiez pour découvrir s'il a une fiancée là d'où il vient…

— Je peux essayer, mais je ne te promets rien.

— Oh, ne vous inquiétez pas. Je passe mon temps à me répéter que ça va à l'encontre du bon sens, mais je ne cesse de penser.

— Je sais ce que ça fait.

— Et ça n'a rien à voir avec son statut. Si c'était un Huit, je serais tout aussi attachée.

— Tu n'es pas la seule à le penser.

Et c'est vrai. Aspen a réussi à séduire Celeste, Kriss le trouve drôle, et même cette Delilah qui travaille aux cuisines a l'air d'avoir le béguin pour lui. Sans oublier toutes ces filles qui lui couraient après à l'époque où on était ensemble.

L'aveu d'Anne me conforte dans l'idée que mes sentiments à l'égard d'Aspen se sont émoussés. Si cela ne me dérange pas de lui suggérer qu'une autre prenne ma place dans son cœur, c'est que je n'ai plus aucun rôle à jouer à ses côtés.

— Je vais voir ce que je peux faire, Anne. C'est promis.

— Ne dites rien aux autres, s'il vous plaît.

— Tu as toujours su garder mes secrets. Je te promets de garder les tiens.

16.

C'est seulement quelques heures plus tard qu'Aspen frappe à ma porte. Mes femmes de chambre le saluent d'une révérence et nous laissent seuls, comprenant d'instinct que notre échange ne sera pas destiné à toutes les oreilles.

— Comment tu te sens ?

— Pas trop mal. J'ai une douleur sourde dans le bras et j'ai mal au crâne, mais sinon ça va.

— Je n'aurais pas dû te laisser quitter le palais.

— Viens t'asseoir, lui dis-je en tapotant le lit à côté de moi.

Il hésite quelques secondes. À mon avis, nous ne risquons plus rien. Maxon sait que nous nous côtoyons, mes femmes de chambre aussi. Nous n'avons plus à nous cacher, donc. Il finit par s'asseoir, à distance respectable.

— J'ai un rôle à jouer là-dedans, Aspen. Ma place était avec vous, pas au chaud au palais. Et j'en suis sortie indemne. C'est à toi que je le dois. Tu m'as sauvé la vie hier soir.

— Si j'avais perdu ne serait-ce qu'une seconde, ou si Maxon n'avait pas eu la présence d'esprit de te faire passer par-dessus le mur, tu serais prisonnière des Renégats à l'heure qu'il est. Tu aurais pu mourir. Maxon aussi. J'ai failli à ma mission. Tu as une idée du sort qui nous aurait été réservé, à Avery et à moi, si tu avais disparu dans la nature ? Si… si on ne t'avait pas retrouvée ?

— Mais tout s'est bien terminé. Tu m'as retrouvée, tu m'as protégée, tu as aussi trouvé de l'aide. Tu as été formidable.

— Je viens de me rendre compte, America, que quoi qu'il arrive… nous serons toujours liés, toi et moi. Je m'inquiéterai toujours pour toi. Je ne t'effacerai jamais de ma mémoire.

— Je comprends.

Aspen est sûrement en train de faire ce que je fais moi aussi, ma tête appuyée sur son épaule : il revit notre relation depuis ses débuts. La façon dont on se fuyait enfants, les regards brûlants qu'on se lançait à l'adolescence, ces moments volés entre les planches de notre cabane, notre nid d'amour – ces choses qui rendaient notre amour unique. Tout cela appartient désormais au passé.

— America, il faut que je te fasse un aveu. Quand je t'ai assuré que je t'aimerais toujours, j'étais sincère. Et je… je…

Il n'arrive pas à finir sa phrase.

— Il faut surtout que je dorme un peu, reprend-il. Je n'ai plus les idées claires.

— On a tous les deux besoin d'une bonne nuit de sommeil. Et il y a beaucoup de choses qui se bousculent dans nos têtes.

— Écoute, America, ne compte plus sur moi. Dis à Maxon que je ne veux plus prendre part à une entreprise aussi hasardeuse. Trouvez-vous quelqu'un d'autre.

— Je ne suis même pas sûre que le jeu en valait la chandelle, de toute façon. Cela m'étonnerait que Maxon veuille retenter l'aventure.

— Tant mieux.

Aspen se met debout, se rajuste et me fait un baisemain.

— Mademoiselle…

Ma main dans la sienne, je me rends compte que je vais bientôt devoir le lâcher. Dans tous les sens du terme. Et faire table rase du passé.

Je plonge mon regard dans celui d'Aspen, les yeux voilés de larmes. *Comment pourrais-je te dire adieu ?* Il dépose un baiser sur mon crâne.

— Repose-toi. Je repasserai demain.

Grâce à notre code secret, Maxon sait que je l'attends ce soir. Assise devant le miroir, je regrette que les minutes s'écoulent si lentement. Mary me brosse les cheveux tout en fredonnant une mélodie que je reconnais vaguement, je l'ai chantée une fois pendant un mariage. La Sélection a mis brutalement un terme à cette vie-là, ma vie d'avant, une vie pleine de la musique que j'aimais. Les yeux braqués sur mon reflet, je prends conscience qu'il n'y a aucune amertume en moi, contrairement à ce que je pensais. Tout cela va me manquer, c'est certain, mais ma personnalité ne se résume pas à ça. Un champ de possibilités infinies s'ouvre maintenant devant moi, quelle que soit l'issue de la Sélection.

Je ne me limite pas à ma caste.

On toque à la porte, ce qui me détourne de mes pensées. Mary va ouvrir.

— Bonsoir, dit Maxon.

— Votre Altesse, souffle-t-elle en s'inclinant.

Elle veut quitter la chambre, mais Maxon la retient par le bras.

— Pardonne-moi, mais pouvez-vous me rappeler votre prénom ?

Elle le fixe un instant, tétanisée.

— Mary, Votre Altesse.

— Mary. Et Anne, nous nous sommes vus hier soir. Et vous ?

— Lucy, répond la jeune fille d'une toute petite voix.

— Excellent. Anne, Mary et Lucy. Quel plaisir de faire votre connaissance dans les règles. Anne a dû vous raconter à toutes les deux ce qui s'est passé hier soir afin de pouvoir servir Mlle America aussi efficacement que l'exigent les circonstances. Je souhaite vous remercier du fond du cœur pour votre dévouement et votre discrétion. J'ai conscience que je vous ai placées toutes les trois dans une position compromettante. Si quelqu'un vous interroge un jour sur ce qui s'est produit, adressez-moi cette personne directement. Vous ne devez pas être tenues responsables des conséquences de cette affaire.

Je sens depuis le premier jour que mes femmes de chambre nourrissent à l'égard de Maxon un respect infini mais, ce soir, je me rends compte que ce respect va au-delà de la simple obligation. Moi qui pensais que l'on devait une loyauté sans faille au roi, je commence à me poser des questions. À certains détails, je devine que le peuple préfère Maxon à son père.

Peut-être ne suis-je pas la seule à juger cruelles les méthodes du roi Clarkson, rétrograde sa façon de penser et de régner. Peut-être les Renégats du Sud ne sont-ils pas les seuls à attendre impatiemment que Maxon accède au trône. Peut-être sont-ils des centaines. Des milliers.

Mes femmes de chambre nous gratifient d'une petite courbette et s'éclipsent. Je me tourne vers Maxon.

— Pourquoi avez-vous fait ça ? Demander leurs prénoms, je veux dire ?

— Hier soir, l'officier Leger m'a parlé d'Anne et je ne voyais pas à qui il faisait allusion… c'était très embarrassant. Ne devrais-je pas connaître les personnes qui sont à votre service mieux que le premier garde venu ?

Ce n'est pas le premier venu, me dis-je en mon for intérieur.

— Pour être franche, les femmes de chambre font toutes circuler des commérages sur les gardes. Cela ne me surprendrait pas que ces derniers fassent de même.

— Peu importe. Elles passent leurs journées à vos côtés. J'aurais dû retenir leurs prénoms il y a des mois.

Je me mets debout, ce qui a l'air de consterner Maxon. J'accepte la main qu'il me tend.

— Je vais bien, Maxon.

— On vous a tiré dessus hier soir, si ma mémoire est bonne. Ne m'en veuillez pas si je m'inquiète un peu.

— Je ne suis pas blessée, il ne faut rien exagérer. La balle m'a simplement éraflée.

— Ça n'a aucune espèce d'importance. Vos cris de douleur pendant qu'Anne vous recousait vont demeurer longtemps dans ma mémoire. Venez, vous devriez vous reposer.

Maxon me guide vers le lit et je me glisse sous ma couette. Il vient s'asseoir et me dévisage en silence.

— S'il vous était arrivé quelque chose, America…

— Mais il ne m'est rien arrivé.

— Comment donc ! Vous êtes rentrée au palais couverte de sang. Nous avons failli vous perdre dans les rues d'Angeles.

— Écoutez, je ne regrette rien. Je voulais participer. Et je ne voulais pas vous laisser seul.

— C'était vraiment du travail d'amateurs, partir à l'aventure avec une camionnette du palais et deux gardes en tout et pour tout, alors que les rues grouillent de Renégats. Depuis quand opèrent-ils à découvert ? Où ont-ils trouvé ces armes ? Je suis pieds et poings liés. Je perds mon pays par pans entiers, et je reste passif. J'ai failli vous perdre, et je... Hier soir, vous m'avez confié une chose... au sujet de l'amour.

— Oui, je m'en souviens.

— C'est tout de même étrange d'avoir la certitude qu'on a dit quelque chose quand, en réalité, on ne l'a jamais dit. Comme il est étrange de penser qu'on a entendu quelque chose alors qu'on ne l'a jamais entendu.

— Je vous comprends. Peut-être que, pour certaines personnes, ce genre d'aveu exige de gros efforts. Pour ces gens qui ont peur qu'on les jette comme une vieille chaussette, par exemple.

— Ou ceux qui soupçonnent la personne qu'ils ont face à eux de ne pas vouloir s'impliquer jusqu'au bout... ou d'avoir un amant caché.

— Mais ce n'est pas...

— N'en dites pas plus.

Malgré ce qui s'est passé entre nous dans le refuge, malgré tout ce qui s'est gravé éternellement dans mon cœur, nous avons peur de franchir le pas, de nous faire l'aveu ultime. Une fois certains mots prononcés, il sera impossible de les retirer.

Je ne comprends pas trop pourquoi Maxon hésite, mais je connais mes raisons. S'il choisissait Kriss, je lui en voudrais, c'est certain, mais je m'en voudrais encore plus. C'est un risque que je ne peux pas courir.

Lorsque le silence se fait trop oppressant, je décide de prendre la parole.

— Peut-être que nous pourrons reparler de ça une fois que je serai remise d'aplomb ?

— Bien sûr. J'aurais dû y penser moi-même.

— Non, non. C'est juste que j'ai une autre question à vous poser. Une faveur à vous demander, plus précisément.

— Faites donc.

— J'ai ma petite idée sur les personnes que je souhaite convier à la réception prévue dans quelques jours, mais il me faut d'abord votre accord. Et je veux aussi vous toucher deux mots des sujets que j'ai l'intention d'aborder avec mes invitées. Nous pourrions enfreindre plusieurs lois, j'ai donc besoin de votre aval.

— Dites-moi tout.

17.

Le photographe nous fait poser devant un fond bleu ciel. Mes femmes de chambre m'ont préparé une robe ravissante agrémentée d'un décolleté bateau et de mancherons qui masquent ma cicatrice. J'ai dû dire adieu à mes bustiers. Il faut reconnaître que je passe complètement inaperçue à côté de Nicoletta, et même Georgia resplendit dans sa robe de soirée.

— Mademoiselle America, me demande la journaliste, nous n'avons pas oublié la princesse Nicoletta, membre éminent de la famille royale italienne, mais présentez-nous, je vous prie, votre seconde invitée.

Je lui réponds d'une voix sucrée :

— Georgia, une de mes amies les plus proches. L'une des leçons que la Sélection m'a enseignées, c'est qu'avancer, c'est relier son passé à l'avenir qui se déploie devant soi. Construire une passerelle entre ce que je laisse derrière moi et la vie qui m'attend, en quelque sorte. J'espère faire un grand bond en avant aujourd'hui en reliant ces deux mondes.

Les personnes qui nous entourent émettent des petits bruits approbateurs tandis que les photographes nous mitraillent.

— Excellent, mesdemoiselles. Allez vous amuser. Nous allons prendre des clichés sur le vif un peu plus tard.

— Formidable.

Maxon a été très clair là-dessus : c'est aujourd'hui que je dois me montrer à la hauteur des attentes que l'on a placées en moi, en tant que membre de l'Élite. Mais il est presque impossible pour moi d'atteindre la perfection.

— Sois plus discrète, America, encore un peu et des arcs-en-ciel vont jaillir de tes yeux, chuchote Georgia sur le seuil du petit salon.

J'éclate de rire, Nicoletta me fait écho.

— Elle a raison, America. Tu as l'air d'excellente humeur.

— Excusez-moi. C'est qu'il y a beaucoup d'enjeux aujourd'hui.

— Après tout ce que vous avez traversé ensemble, Maxon et toi, je doute qu'il te renvoie chez toi à cause d'une simple réception, affirme Georgia.

— Ce n'est pas cela qui m'inquiète. Mais il va falloir qu'on en parle un peu plus tard. Pour l'instant, vous me seriez d'une aide précieuse si vous vouliez bien vous mêler aux invités. D'ici quelques minutes, nous aurons une discussion beaucoup plus sérieuse.

Nicoletta toise Georgia des pieds à la tête, puis elle se tourne vers moi.

— Quel genre d'amie me présentes-tu là ?

— Une amie précieuse. Croyez-moi sur parole. Je vous expliquerai tout plus tard.

La princesse Nicoletta est l'invitée la plus prestigieuse, et de loin, et je vois à son regard que Kriss regrette de n'avoir pas eu la même idée que moi. À ce détail près qu'elle n'a pas la ligne directe de la famille royale italienne. Nicoletta en personne m'a donné lors de sa visite un numéro auquel je peux la contacter en cas de besoin. Et ma petite tirade sur le lien entre jadis et demain a permis à Georgia de passer comme une lettre à la poste.

Les choix d'Elise sont sans originalité. Éloquents, mais prévisibles. Deux cousines venues spécialement de Nouvelle-Asie, qui rappellent la relation privilégiée qu'elle entretient avec ce pays et paradent en tenue traditionnelle. Kriss a invité, en plus de sa mère, un professeur de l'université où enseigne son père. Quand maman et May apprendront qu'elles ont raté l'occasion de venir au palais, je parie qu'elles vont me remonter les bretelles.

Fidèle à sa promesse, Celeste a ramené dans son sillage des vedettes internationales. Tessa Tamble – qui est venue chanter, paraît-il, à sa dernière soirée d'anniversaire – est là, vêtue d'une robe ultracourte mais aussi très glamour. Sa seconde invitée n'est autre que Kirstie Summer, une autre star de la pop qui a bâti sa notoriété sur ses concerts extravagants. On dirait qu'elle a décidé de porter aujourd'hui un de ses costumes de scène. Je suis étonnée qu'on l'ait autorisée à franchir les portes du palais, d'autant plus qu'elle sent l'alcool à trois kilomètres à la ronde.

La reine Amberly s'approche de notre petit groupe.

— Nicoletta. Quel plaisir de vous revoir !

Elles se font la bise.

— Tout le plaisir est pour moi, Amberly. J'étais ravie quand j'ai reçu l'invitation d'America. Nous gardons un excellent souvenir de notre dernière visite.

— Cela me réjouit profondément. L'ambiance s'annonce un peu plus calme aujourd'hui.

— Ne parlez pas trop vite, réplique Nicoletta en montrant de la tête Kirstie et Tessa, qui parlent très fort dans un coin. Je parie que ces deux-là vont me fournir une belle moisson d'anecdotes à raconter à mon retour.

Nous rions de bon cœur, même si je vois une lueur d'angoisse s'allumer au fond des yeux de la reine.

— Je pense que je vais devoir aller les saluer. Mais je vous en prie, lance-t-elle avec un beau sourire, amusez-vous, prenez du bon temps. J'espère que cette petite sauterie vous permettra d'élargir le cercle de vos connaissances mais, en toute franchise, je vous souhaite surtout de passer un excellent moment en joyeuse compagnie.

Et elle nous quitte pour aller saluer les invitées de Celeste. Je remarque que Kirstie renifle tous les petits-fours, l'un après l'autre, avant de les reposer subrepticement à leur place. Il faut que je me souvienne de ne pas toucher aux assiettes disposées sur le guéridon.

Comme tout le monde est très occupé à se remplir l'estomac, le moment me semble bien choisi. Je guide mes invitées jusqu'à une petite table au fond du salon. Nous nous installons et une domestique nous apporte du thé. Une fois qu'elle nous a servies, j'entre dans le vif du sujet.

— D'abord toi, Georgia. Je n'ai pas encore eu l'occasion de te dire combien je suis désolée pour Micah.

— Il a fait don de sa personne pour la cause. Nous avons tous conscience que nous pouvons mourir… de mort violente. C'est une fin qu'il aurait choisie.

— Quoi qu'il en soit, je te présente mes condoléances. On peut faire quelque chose ?

— Non. Nous nous occupons de tout. Crois-moi, c'est ce qu'il aurait voulu.

Je revois devant moi l'adolescent effacé qui n'a pas prononcé un mot de toute la soirée. Il s'est offert en sacrifice, pour moi, pour nous tous. Décidément, le courage se niche dans les endroits les plus inattendus.

— Georgia, comme tu le vois, Nicoletta est de sang royal. Elle nous a fait l'honneur il y a plusieurs semaines d'une visite pendant laquelle elle m'a confié que l'Italie accepterait de s'allier à Illeá, moyennant certains changements.

— America ! siffle Nicoletta.

— Faites-moi confiance, Nicoletta. Georgia est une amie très spéciale. Elle est à la tête de la rébellion nordiste.

Nicoletta s'étrangle à moitié. Georgia confirme d'un hochement timide de la tête.

— Elle nous est venue en aide il y a peu. Et elle a perdu à cette occasion une personne qui lui était chère.

— Toutes mes condoléances, murmure Nicoletta en posant sa main sur celle de Georgia.

— Ce qui va se dire ici doit absolument rester entre nous. Je voudrais vous soumettre l'idée d'un pacte dont tout le monde sortirait gagnant.

— Vous fomentez un coup d'État ? demande Nicoletta.

— Non, la rassure Georgia. Nous souhaitons mettre Maxon sur le trône et œuvrer tous ensemble à l'abolition des castes.

— Dans ce cas, pourquoi lancez-vous des attaques contre le palais ? s'indigne Nicoletta. Et contre tous ces pauvres gens ?

Je m'interpose :

— Vous confondez avec les Renégats du Sud. Les Nordistes ne tuent personne. Ils rendent parfois la justice selon leurs critères…

— Nous avons aidé des femmes qui sont devenues mères en dehors du mariage à s'échapper de prison, par exemple.

— Ils se sont introduits dans le palais, c'est vrai, mais jamais avec l'intention de nuire à quiconque.

— Je ne comprends toujours pas pourquoi tu as voulu me présenter cette jeune femme, soupire Nicoletta.

— Moi non plus, je ne le comprends pas, reconnaît Georgia.

C'est à moi de jouer :

— Les Renégats du Sud deviennent de plus en plus agressifs, de mieux en mieux organisés. Ils sont sans pitié. Notre grande crainte, avec Maxon, c'est qu'ils portent un coup dont le royaume ne pourra pas se relever. Leur idée de frapper les castes les unes après les autres est une abomination, et nous voulons éviter que cela se transforme en bain de sang.

Georgia me coupe en plein élan.

— C'est déjà ce qui se passe. Quand tu m'as invitée ici, j'ai accepté ne serait-ce que pour pouvoir te transmettre certaines informations. Les Sudistes attaquent maintenant les Trois.

— Catastrophe. Tu es sûre ?

— Certaine. Ça a changé hier.

— Pour quelle raison agissent-ils ainsi ? s'étonne Nicoletta.

— Ils pensent effrayer les membres de l'Élite et les forcer à quitter la Sélection, effrayer la famille royale en général. Mettre un terme à la compétition et isoler Maxon pour se débarrasser plus facilement de lui et s'emparer du pouvoir.

— C'est ça, le vrai danger. S'ils arrivent au pouvoir, Maxon n'aura plus rien à vous offrir. Les Sudistes n'ont qu'un seul objectif : opprimer davantage le peuple.

— Alors, que proposez-vous ? relance Nicoletta.

Impossible de faire machine arrière à présent.

— Georgia et ses amis ont plus de chances d'arrêter les Sudistes que nous autres, depuis le palais. Ils suivent leurs déplacements à la loupe et ils les ont affrontés plusieurs fois. Mais ils n'ont aucune formation, et ils ne sont pas armés.

Mes deux invitées attendent la suite. Elles ne voient pas où je veux en venir. J'ajoute à voix basse :

— Maxon ne peut décemment pas détourner l'argent du palais pour financer leur arsenal.

— Je vois, dit enfin Nicoletta.

— Il est bien entendu que ces armes seront exclusivement utilisées pour mettre le holà aux agissements des Sudistes. Jamais contre un soldat ni un représentant du gouvernement.

Du regard, je cherche confirmation auprès de Georgia.

— Jamais, renchérit-elle, la main sur le cœur.

Nicoletta se plonge dans ses pensées. Nous lui en demandons beaucoup, mais je ne vois aucune alternative pour le moment.

— Si quelqu'un le découvre…

— Je sais. J'y ai réfléchi.

Si le roi apprend que nous avons manigancé dans son dos, ce n'est pas une séance de coups de fouet en public qui m'attend, mais bien pire.

— Si nous pouvions nous assurer qu'il n'y aura aucune trace…, murmure Nicoletta.

— Il faudrait que ce soit de l'argent liquide, suggère Georgia. Cela complique les choses.

— Je me suis engagée à vous apporter mon aide quelle que soit la situation. Un allié puissant, ce serait très utile pour l'Italie, et si votre pays tombe entre les mains de barbares assoiffés de sang, nous n'y gagnerons qu'un nouvel ennemi.

Je lui réponds d'un sourire attristé.

— Je peux trouver l'argent aujourd'hui, ajoute Nicoletta en s'adressant directement à Georgia, mais ce seront des devises italiennes.

— Ce n'est pas un problème, assure Georgia, visiblement ravie.

Par-dessus son épaule je vois un photographe approcher à pas de loup J'attrape ma tasse de thé et je chuchote ·

— Nous ne sommes plus seules..

— Euh, où en étions-nous... Ah oui ! Et cette noblesse naturelle qu'America possède m'a frappée depuis que je la connais. Nous avons tendance à l'oublier parce que la société considère les Cinq comme de simples amuseurs et les Six comme des femmes de ménage. Mais prenez la reine Amberly. Elle a dépassé son statut de Quatre, récite Georgia pour le bénéfice de l'intrus.

Nicoletta et moi, nous acquiesçons d'un hochement de tête et j'enchaîne :

— Une femme incroyable. C'est un réel privilège de la côtoyer au quotidien.

— Peut-être que tu vas finir par l'appeler belle-maman ! plaisante Nicoletta avec un clin d'œil.

— Par ici, mesdemoiselles ! lance le photographe, et nous lui offrons un sourire radieux, espérant camoufler le dangereux secret qui nous lie toutes les trois.

18.

Le lendemain, je me surprends à jeter fréquemment des coups d'œil inquiets par-dessus mon épaule dans les couloirs. Je dois me répéter que personne ne nous a entendues, que personne ne nous a trahies. La preuve, c'est que je ne suis pas en train de moisir dans un cachot. Je finis par me convaincre que tout va bien, que je peux compter sur Maxon pour venir à mon secours.

Le petit déjeuner fini, je regagne ma chambre pour y rafraîchir mon maquillage. Tandis que j'applique une nouvelle couche de rouge à lèvres devant le miroir de la salle de bains, on frappe à la porte. C'est Lucy qui va ouvrir. Quelques secondes plus tard, elle passe la tête par l'entrebâillement et chuchote :

— C'est le prince.

— Maxon est là ?

— Il m'a appelée par mon nom, ajoute-t-elle, la mine réjouie.

— Tu pensais qu'il allait l'oublier ? Fais-le entrer dans la chambre, puis file sans un bruit.

Je pose mes petites affaires et je me recoiffe à la va-vite.

Dans la chambre, Maxon s'attarde près de la porte, mal à l'aise. Il attend que je l'invite à entrer – ce qu'il ne fait jamais.

— Pardonnez-moi de m'imposer ainsi. Je me demandais si vous auriez un moment à m'accorder.

— Bien entendu. Entrez, je vous en prie.

Nous allons nous asseoir au bord du lit.

— Je voulais vous voir avant les autres. Vous expliquer la situation, pour qu'il n'y ait aucun malentendu.

— Dites-moi tout.

— Dans une minute, je vous le promets. Mais pour commencer, tenez.

Et Maxon me présente une fine petite boîte. Je la prends et je soulève le couvercle. Ce que je découvre à l'intérieur me coupe le souffle.

Posée sur un coussin miniature, une parure composée de boucles d'oreilles et d'un bracelet, sertis de pierres bleues et vertes dessinant un délicat motif floral.

— Maxon, c'est magnifique, mais je ne peux pas. C'est trop... trop...

— Au contraire, vous devez le prendre. C'est un cadeau que je vous fais, la tradition veut que vous portiez un bijou lors du Verdict.

— Le quoi ?

— Silvia vous expliquera. Mais le point principal, c'est que le prince doit, comme la coutume l'exige, offrir des bijoux aux jeunes femmes de l'Élite afin qu'elles s'en parent lors de la cérémonie. Pléthore de notables y assisteront, vous devez donc être au summum de votre beauté. Et, contrairement aux bijoux que le palais vous a gracieusement fournis jusqu'ici, ces pierres-là sont authentiques.

J'ai un petit sourire. Cela ne me choque pas qu'on ait donné aux Sélectionnées des bijoux en toc à porter lors des réceptions, des soirées, des cérémonies officielles. Sinon, les caisses du royaume auraient été vidées. Combien de filles ont emporté cette camelote chez elles en se frottant les mains, convaincues de quitter le palais avec un petit magot en poche ?

— C'est magnifique, Maxon. Pile ce que j'aime. Merci.

— Ne me remerciez pas, et j'en viens maintenant à la raison de ma visite. Je me suis impliqué personnellement dans le choix de ces bijoux, et aucun favoritisme n'entre en compte dans ce choix. Votre cas est un peu spécial. Je sais que vous préférez porter le collier que votre père vous a offert, et je suis certain qu'il vous apportera un réconfort bienvenu lors d'un événement aussi capital que le Verdict.

Donc les autres candidates ont reçu un collier ; vous êtes la seule à avoir reçu un bracelet.

« Je vois aussi que vous êtes attachée à votre petit bouton, ainsi qu'au bracelet que je vous ai rapporté de Nouvelle-Asie, mais l'occasion est trop solennelle pour que vous portiez de pareilles babioles. Essayez ceci, pour voir l'effet qu'il rend à votre poignet.

Je retire mes deux bracelets. Celui de Maxon, je le pose sur la table de chevet, et celui d'Aspen, je le glisse à l'intérieur de mon bocal, où se morfond toujours ma pièce solitaire. C'est sa place attitrée. Je surprends le regard que Maxon pose sur le bocal, un regard dur. Il retire le somptueux bracelet de son écrin et le fixe autour de mon poignet. Une fois encore, j'ai du mal à en croire mes yeux.

— Absolument parfait, Maxon.

— C'est ce que j'espérais entendre. Et c'est précisément ce qui m'amène ici. J'avais prévu de consacrer le même budget à chacune d'entre vous, par souci de justice. Le problème avec vous, America, c'est que vous préférez la sobriété au clinquant. Ainsi donc, votre bracelet est deux fois moins cher que les colliers offerts aux trois autres, et je voulais vous en informer avant que vous l'appreniez d'une autre source. Je tiens à préciser que ce sont vos goûts qui entrent en ligne de compte dans mon choix, pas votre statut actuel.

— Merci, Maxon. Cela me convient parfaitement.

— C'est bien ce que je pensais. Merci de me rassurer sur ce point. Je redoutais de vous froisser.

— Pas du tout.

Le sourire de Maxon s'élargit.

— Bien entendu, et toujours dans un esprit de justice, il m'est venu une idée dont je suis assez fier, poursuit-il en sortant une enveloppe de sa poche. Et si vous envoyiez la différence à votre famille ?

— Vous êtes sérieux ?

— Bien entendu. Il faut qu'il y ait une certaine équité, et je me suis dit que ce serait un excellent moyen de vous mettre toutes au même niveau… en plus de vous rendre heureuse.

Il glisse l'enveloppe entre mes mains et je l'accepte, une boule dans la gorge.

— Rien ne vous y obligeait…

— Je sais. Mais parfois, l'important, c'est l'envie, pas l'obligation.

Nos regards se croisent.

— Je ne sais pas comment vous remercier, Maxon.

— Ne vous inquiétez pas pour ça, répond-il en se raclant la gorge. Cela me fait plaisir à moi aussi, à titre personnel.

— Eh bien, je vous suis très reconnaissante. Comme toujours.

— Formidable. Bon, il faut que je vous laisse. Je dois aller distribuer les autres cadeaux.

Je le raccompagne à la porte. Maxon me fait un baisemain et m'adresse un petit salut de la tête avant de disparaître au coin du couloir. Regagnant mon lit, j'admire une fois encore mes cadeaux. J'ai du mal à croire que je suis désormais propriétaire d'un objet aussi sublime. Jamais je ne m'en séparerai, je m'en fais la promesse.

— Le concept du Verdict est très simple, déclare Silvia le lendemain tandis que nous la suivons jusqu'à la Salle des Banquets. Un nom pompeux pour désigner une cérémonie avant tout symbolique... C'est un événement de premier plan. De nombreux magistrats y sont conviés, ainsi que les membres de la famille royale. Il y aura assez de caméras pour vous donner le tournis.

Et Silvia ouvre complètement les portes battantes de la grande salle. Au beau milieu, la reine Amberly en personne donne ses instructions aux ouvriers qui installent les tribunes. Un peu plus loin, un majordome hésite entre deux tapis, et une horde de fleuristes inspectent la salle sous tous les angles, visiblement peu convaincus par les décorations de Noël. Car il est vrai que Noël approche à grands pas. Une scène a été installée au fond, avec trois trônes imposants en son centre. On y accède par un petit escalier à l'avant. À notre droite, quatre estrades plus modestes sur lesquelles sont placés quatre fauteuils.

Lorsqu'elle aperçoit la reine, Silvia se plie en deux et nous l'imitons aussitôt. La souveraine s'approche, toujours aussi radieuse.

— Votre Majesté, lançons-nous en chœur.

— Bonjour, mesdemoiselles. Silvia, où en êtes-vous ?

— Je viens tout juste de commencer, Majesté.

— Excellent. Mesdemoiselles, laissez-moi vous éclairer sur votre prochaine tâche, déclare la reine en nous invitant à la suivre. Le Verdict symbolise votre soumission totale à la loi. L'une d'entre vous va devenir princesse et, tôt ou tard, reine. La loi régit notre vie et il sera de votre devoir non seulement de la respecter, mais aussi de la faire respecter. D'où la cérémonie du Verdict, qui se déroule comme suit.

« Un homme ayant commis un crime, très probablement un vol, sera amené devant chacune de vous. Certains délits réclament le fouet en place publique, pas plus, mais ces hommes-là doivent passer quelque temps dans les geôles royales. Et c'est vous qui vous chargerez de les envoyer derrière les barreaux.

La reine sourit face à nos mines éberluées.

— Je sais, cela paraît cruel, mais détrompez-vous. Ce sont des criminels et, au lieu d'affronter l'épreuve d'un châtiment physique, ils paieront leur dette en faisant don de plusieurs années de leur vie. Vous avez vu de vos yeux combien un châtiment physique peut être pénible. Vous leur rendrez un grand service, en un certain sens.

Je dois rêver. C'est un cauchemar, en fait.

Ceux qu'on traite de voleurs vivent souvent dans une misère noire. Les Deux et les Trois qui enfreignent la loi paient simplement des amendes, les miséreux paient de leur chair ou de leur temps. Je n'ai pas oublié Jemmy, le frère cadet d'Aspen ; il avait volé une pomme, et cela lui avait valu d'être fouetté sur la place centrale, sous les yeux de tous les passants. C'est toujours mieux que de croupir dans un cachot, c'est vrai. Mais cela ne risque pas d'arriver aux gens qui sont à l'abri du besoin.

Silvia et la reine Amberly répètent avec nous la cérémonie dans les moindres détails et ne nous lâchent pas tant que nous ne connaissons pas nos répliques par cœur. Je tente de réciter les miennes avec le même entrain qu'Elise ou que Kriss, mais le cœur n'y est pas.

Je ne veux pas envoyer un homme en prison.

À la fin de l'exercice, j'attends que les autres filles quittent la Salle des Banquets pour m'approcher de la reine, en grande conversation avec Silvia. Cette dernière s'en va à son tour et je me mets à bredouiller :

— Ne me forcez pas à faire ça, Votre Altesse, je vous en supplie.

— Pardon ?

— Je me soumets volontiers à la loi, je vous assure. Ça ne me pose aucun problème, mais je ne peux pas envoyer un homme derrière les barreaux. Il ne m'a rien fait.

— Au contraire, ma chère enfant. Si vous devenez princesse, vous incarnerez la loi. Et à chaque fois que quelqu'un l'enfreindra, c'est vous qu'il poignardera. Le seul moyen de stopper l'hémorragie, c'est de châtier ceux qui vous ont fait du mal, à titre d'exemple et d'édification.

— Mais je ne suis pas princesse ! Personne ne m'a fait de mal.

— Vous n'êtes pas princesse aujourd'hui, certes, mais ce n'est peut-être qu'une question de temps...

La reine recule d'un pas, puis elle m'adresse un clin d'œil complice.

— Trouvez-moi un vrai criminel. Pas un voleur qui a sûrement agi poussé par le désespoir.

Les traits de la reine se durcissent. Je m'y prends vraiment comme un manche.

— Je ne dis pas que c'est bien de voler. C'est mal, je le sais. Mais je préfère juger un vrai criminel. Celui qui a tué le garde qui nous a conduits jusqu'au refuge, Maxon et moi, lorsque les Renégats ont attaqué le palais. Cet homme-là mérite de mourir en prison. Et je suis sincère. Mais je ne peux pas condamner un Sept affamé. C'est impossible.

— Permettez-moi d'être très directe avec vous, America. Parmi toutes les candidates, c'est vous que l'on attend au tournant. Le public vous a vue porter secours à une amie qui avait mal agi, appeler à détruire le système des castes en direct à la télévision et l'encourager à prendre les armes en cas de danger. Je ne dis pas que vous avez eu tort, mais vous avez donné à certaines personnes l'impression que vous vous sentez au-dessus des lois, ajoute la reine d'une voix qui ne souffre aucune réplique.

Elle va camper sur ses positions. Je sais déjà comment cette discussion va finir.

— Si vous voulez rester, si vous tenez à Maxon, reprend la reine, alors vous ne pourrez pas y échapper. Montrez à tous que vous êtes capable de vous soumettre à la loi.

— J'en suis capable. Simplement, je ne veux envoyer personne en prison. Ce n'est pas le travail d'une princesse. Les magistrats sont là pour ça.

— Vous vous trompez lourdement. Ce que l'on attend de vous, c'est l'excellence, ni plus ni moins. Vous comprenez que votre position au palais est fragilisée par vos prises de position radicales, j'en suis persuadée. Alors, obéissez.

Elle me tapote l'épaule et me laisse seule dans la Salle des Banquets. Je retourne lentement m'asseoir sur le fauteuil qui m'est réservé et je récite mes répliques en marmonnant. Ce n'est pas si grave que ça. Il y a tous les jours des gens qui enfreignent la loi et qui se retrouvent en prison. Ce n'est qu'un homme parmi des milliers. Et je dois être parfaite, la reine l'a dit.

C'est la seule solution.

19.

Le jour du Verdict, je suis une pelote de nerfs. J'ai peur de dire n'importe quoi, de faire une gaffe, d'avoir un trou de mémoire. La seule chose dont je n'ai pas à me soucier, c'est ma tenue. Mes femmes de chambre se sont accordées avec le coiffeur pour me mettre parfaitement en valeur.

La coutume exige que les Sélectionnées portent une robe blanc et or lors du Verdict. La mienne est marquée à la taille et une bretelle unique, très discrète, camoufle ma cicatrice tout en ajoutant une touche d'élégance. Frangés de festons et de dentelle dorée, les jupons sont taillés dans une étoffe transparente qui froufroute à chaque mouvement. Une traîne ni trop petite ni trop imposante apporte la touche finale. Alors que j'étudie mon reflet dans le miroir, je me dis pour la première fois que j'ai vraiment l'allure d'une princesse.

Anne va chercher la branche d'olivier que je suis censée déposer aux pieds du roi, gage d'allégeance et de bonne volonté, et elle la place sous mon bras.

— Si vous me permettez, mamselle, vous êtes magnifique, me souffle Lucy.

Si nerveuse d'ordinaire, elle est beaucoup plus calme depuis quelque temps, plus sûre d'elle.

— Merci. J'aurais aimé que vous soyez toutes là.

— Moi aussi, soupire Mary.

— Ne vous inquiétez pas, mademoiselle, me conseille Anne. Vous allez épater tout le monde. Et comme ça va être diffusé en direct, vous pouvez être sûre que toutes les domestiques vont regarder.

— C'est vrai ?

— On ne raterait ça pour rien au monde !

Un *toc toc* impérieux à la porte nous interrompt. Mary va ouvrir. Je suis heureuse de voir Aspen.

— J'ai pour mission de vous escorter jusqu'à la salle du Verdict, mademoiselle America, annonce-t-il.

— Regardez comme elle est belle. Qu'est-ce que vous en pensez, officier ? pépie Lucy.

— Vous vous êtes surpassées, répond Aspen avec un sourire enjoué.

Lucy lâche un petit gloussement et Anne, toujours à cheval sur les bonnes manières, lui ordonne à mi-voix de se taire tout en mettant la dernière main à ma coiffure. Je me rends bien compte qu'elle essaie de paraître irréprochable devant Aspen, l'élu de son cœur.

— Prête ? demande Aspen.

Je prends une profonde inspiration.

J'acquiesce de la tête, je réajuste ma branche et je passe mon bras sous celui d'Aspen. Émues, mes femmes de chambre me suivent du regard jusqu'à la porte.

Lorsque nous nous engageons dans le couloir, je m'adresse à Aspen sur un ton désinvolte :

— Comment tu vas, depuis la dernière fois ?

— Je n'arrive pas à croire que tu te soumettes à la mascarade du Verdict, rétorque-t-il.

— Je n'ai pas le choix.

— On a toujours le choix, America.

— Aspen, tu sais que ça ne me plaît pas. Mais au final, ce n'est qu'un homme. Et il est coupable.

— Tout autant que les sympathisants qui ont été dégradés d'une caste par le roi. Tout autant que Marlee et Carter.

— C'était différent.

Aspen s'arrête au beau milieu du couloir et me force a le regarder dans les yeux.

— Ce n'est jamais différent avec ce tyran.

J'ai rarement vu Aspen aussi sérieux. Il est dans le secret des dieux, en quelque sorte, parce qu'il assure la protection des conseillers du roi au cours des réunions et qu'il se charge aussi de transmettre certains messages. Il me cache quelque chose. Un terrible secret.

— Ce sont vraiment des voleurs ?

— Oui, mais rien qui mérite des années de prison. Le Verdict va servir à envoyer un message très clair à leurs camarades.

— Que veux-tu dire par là ?

— Ce sont tous des gens qui se sont insurgés contre le roi, America. Des gens qui soutiennent les Renégats, qui veulent chasser le tyran du trône. Le Verdict est diffusé dans tout le royaume. Les spectateurs vont comprendre quel sort est réservé à ceux qui osent tenir tête au roi. Rien n'est laissé au hasard.

Je dégage mon bras, furieuse.

— Tu es ici depuis presque aussi longtemps que moi. Est-ce que ça t'est arrivé, une seule fois, de désobéir à un ordre ?

— Non, mais…

— Alors ne me juge pas. Si le roi n'a aucun scrupule à jeter ses ennemis en prison sans motif valable, qu'est-ce qu'il va me faire, à ton avis ? Il me déteste !

— Ame, je sais que c'est effrayant, mais tu…

— Fais ton travail. Conduis-moi en bas.

Aspen se détourne de moi, mal à l'aise, et me présente à nouveau son bras. Je me cramponne à lui et nous avançons sans échanger un mot. Dans l'escalier, alors que nous parvient le bourdonnement des conversations, il reprend la parole.

— Je me suis toujours demandé si la Sélection allait te changer.

Je reste muette. Qu'est-ce qu'il insinue ?

Dans le vestibule, les autres filles répètent leur rôle à voix basse, le regard perdu dans le vide. Je me détache d'Aspen et je les rejoins.

Elise nous a tellement parlé de sa robe que je n'ai aucune surprise. Elle porte un fourreau rehaussé de tulle étincelant et ses longs gants dorés sont spectaculaires, je dois le reconnaître. Maxon lui a offert un collier serti de joyaux aux reflets sombres qui font ressortir ses yeux et ses cheveux noir corbeau.

Une fois encore, Kriss incarne la grâce et l'élégance. Sa robe m'évoque une fleur aux pétales épanouis qui cascaderaient jusqu'à terre. Son collier et ses boucles d'oreilles sont rehaussés de délicates opales iridescentes. Sublime. Une fraction de seconde, je regrette d'avoir choisi la simplicité.

Quant à Celeste… ma foi, avec son décolleté plongeant, elle va marquer les esprits, c'est certain. Et pas en bien. Elle surprend mon regard désapprobateur, esquisse une moue et roule des épaules. Je laisse échapper un petit rire et je respire un grand coup, pour me calmer.

Celeste s'approche de moi en secouant sa branche d'olivier, sans aucun respect pour le symbole qu'elle représente.

— Un problème ?

— Non. C'est juste que je ne me sens pas bien.

— Ne vomis pas. Surtout pas sur moi.

— Je ne vais pas vomir.

— Qui a vomi ? s'inquiète Kriss, Elise sur les talons.

— Personne. Je suis fatiguée, c'est tout.

— Ça ne va pas être très long, me rassure Kriss.

Au contraire, ça va me poursuivre toute ma vie, me dis-je en mon for intérieur. Je dévisage mes amies l'une après l'autre. Et si… et si nous nous rebellions toutes ensemble ?

— Est-ce que vous êtes aussi mal à l'aise que moi ?

Elles échangent des regards gênés, mais aucune n'ose répondre.

— Alors n'y allons pas.

— Ne pas y aller ? s'étonne Kriss. America, c'est une tradition. On est obligées.

— Non, pas du tout. Pas si on décide toutes ensemble de s'y opposer.

— Et comment tu comptes t'y prendre ? demande Celeste. En refusant de monter sur l'estrade ?

— C'est une solution.

— Tu veux qu'on reste assises sans rien faire ? lance Elise, scandalisée.

— Je n'ai pas vraiment réfléchi à ça. Je sais juste que le Verdict, c'est une mauvaise idée, voilà.

Je vois que Kriss est tiraillée. Je peux peut-être arriver à la convaincre.

— C'est un piège ! accuse Elise.

— Quoi ?

— Elle va entrer en dernier. Si on refuse d'y aller et qu'elle débarque comme une fleur, elle passe pour la fille docile et nous, pour des idiotes, explique Elise en brandissant sa branche sous mon nez.

Elle fulmine.

Kriss m'interroge d'un regard voilé par la déception.

— America ?

— Non, je vous assure. Ce n'est pas du tout mon intention !

— Mesdemoiselles ! aboie Silvia. Vous êtes nerveuses, je le comprends, mais ce n'est pas une raison pour vous disputer comme des chiffonniers. Très bien. Elise, vous y allez en premier, comme pendant les répétitions. Celeste et Kriss, vous suivez ; et America, vous êtes la dernière. Chacune votre tour, vous remontez le tapis rouge avec votre branche à la main et vous la déposez aux pieds du roi. Ensuite vous faites demi-tour et vous allez vous asseoir. Le roi prononce quelques mots, puis la cérémonie à proprement parler démarre.

Elle s'approche d'un petit écran fixé sur un support ; c'est un moniteur qui nous montre tout ce qui se passe dans la Salle des Banquets. Les décorateurs ont fait de l'excellent travail. Un tapis rouge divise la salle en deux ; d'un côté, les tribunes réservées aux invités et aux journalistes, de l'autre nos quatre fauteuils. Tout au fond les trônes, qui attendent la famille royale.

Une petite porte s'ouvre derrière l'estrade et le roi, la reine et Maxon font leur apparition, accueillis par un tonnerre d'applaudissements et un orchestre déchaîné. Ils vont prendre place sur leurs trônes respectifs et les musiciens se lancent dans l'interprétation d'une mélodie moins entraînante et plus adaptée à la circonstance.

— C'est à nous, chuchote Silvia. Tête haute.

Elise me lance un regard lourd de sous-entendus et se jette dans l'arène. On distingue aussitôt le crépitement des flashs. Elise ne se laisse pas intimider, nous le constatons sur le moniteur que Silvia ne quitte pas des yeux. Vient le tour de Celeste, qui n'oublie pas de se recoiffer. Le sourire de Kriss illumine la salle lorsqu'elle s'avance vers la famille royale.

— America, souffle Silvia. À vous.

J'essaie d'effacer l'angoisse qui marque mes traits. Je m'apprête à détruire une partie de moi-même en participant à une parodie de procès et en m'aplatissant devant le roi. Les appareils photo me mitraillent, les flashs m'aveuglent et les spectateurs murmurent des éloges à l'oreille de leurs voisins tandis que je remonte le tapis rouge d'un pas lent. Je croise le regard de Maxon. Il voit sûrement à quel point je suis tendue. Je repère l'endroit où je dois poser ma branche et j'exécute une révérence avant de placer mon offrande aux pieds du roi. Tout le long, je garde la tête baissée.

À la seconde où je m'assieds sur mon fauteuil, la musique se tait. Le timing est parfait. Le roi Clarkson quitte son trône et vient se poster au bord de l'estrade, les quatre branches d'olivier à ses pieds.

— Mesdames et messieurs, cher peuple d'Illeá, aujourd'hui les dernières candidates de la Sélection, quatre magnifiques jeunes filles, se présentent devant nous pour se soumettre à la loi de notre royaume. Nos lois estimées, c'est le ciment de notre nation, ce qui lui garantit la paix dont nous jouissons depuis si longtemps.

La paix ? De qui se moque-t-il ?

— L'une de ces jeunes filles va se présenter devant vous, le front ceint d'un diadème. En tant que membre de la famille royale, sa mission sera de promouvoir ce qui est juste, pas pour son propre bénéfice, mais pour le vôtre uniquement.

Quelqu'un peut me donner la recette ?

— Saluez avec moi, je vous prie, l'humilité et le courage dont elles font preuve en se soumettant à nos lois.

Le roi se met à battre des mains et les spectateurs l'accompagnent avec enthousiasme. Les ovations s'éteignent quand il regagne son trône, et je risque un coup d'œil vers mes camarades. Le seul visage que je distingue vraiment bien, c'est celui de Kriss. Elle hausse les épaules et m'adresse un sourire en demi-teinte avant de se mettre debout de toute sa hauteur.

Un héraut posté près de la porte claironne :

— Nous demandons au criminel Jacob Digger de se présenter devant Sa Majesté le roi Clarkson, Sa Majesté la reine Amberly et Son Altesse Royale le prince Maxon.

Au ralenti, sûrement gêné par toute cette mise en scène, Jacob fait son entrée, des menottes aux poignets. Les flashs le font tressaillir. Il s'approche d'Elise et se prosterne devant elle. Je me concentre sur les répliques que mon amie récite et que nous devons débiter chacune notre tour.

— Jacob, quel crime as-tu commis ? demande-t-elle d'une voix forte qui contraste avec ce caractère réservé que nous connaissons si bien.

— J'ai volé, estimée demoiselle.

— Et combien d'années de prison pour expier tes fautes ?

— Douze, estimée demoiselle.

Lentement, sans attirer l'attention de quiconque, Kriss tourne la tête vers moi. Elle arrive à exprimer le doute qui l'envahit sans jamais changer de mine. J'ai un hochement de tête.

De simples larcins, des vols sans conséquence, nous a-t-on dit. Si c'était la vérité, cet homme aurait été fouetté sur la place centrale de sa ville ou de son village ou, s'il avait été envoyé au cachot par un juge moins conciliant, il aurait écopé de deux ou trois ans, maximum. En un seul mot, Jacob confirme toutes mes craintes.

Je risque un coup d'œil vers le roi, qui jubile. Il n'arrive même pas à cacher le plaisir qu'il tire de cette comédie. Ce Jacob n'est pas un simple voleur. Le roi veut l'humilier, et en public.

Elise quitte son fauteuil, se dirige vers Jacob Digger et pose une main sur son épaule. Pour la première fois, le condamné ose lever les yeux.

— Va, loyal sujet, et paie ta dette au roi.

Sa voix résonne dans le silence de la salle. Jacob opine de la tête, puis il interroge le roi du regard et je devine qu'il veut faire quelque chose. Riposter, accuser, se défendre. Pourtant, sa langue reste nouée. Un innocent devra payer pour les écarts au protocole qu'il pourrait se permettre aujourd'hui, cela ne fait aucun doute dans mon esprit. Il se relève et quitte la Salle des Banquets sous les hourras du public.

L'accusé suivant se déplace avec beaucoup de difficulté. Lorsqu'il pose le pied sur le tapis écarlate qui le conduit vers Celeste, il trébuche et s'étale de tout son long. Un cri d'effroi s'élève des tribunes et deux gardes accourent pour le relever et le traîner jusqu'à Celeste, qui s'adresse à l'homme d'une voix chevrotante.

Kriss demeure égale à elle-même quand l'homme qu'elle doit juger se présente devant elle. De tous, c'est le plus jeune – il doit avoir notre âge – et il marche d'un pas ferme, presque déterminé. J'aperçois sur sa nuque un tatouage qui, de loin, ressemble à une croix, un peu ratée. Kriss récite ses répliques à la perfection, même si une pointe de regret teinte sa voix. Le public l'applaudit avec ferveur et elle retourne s'asseoir, toujours souriante.

Le héraut crie un nom – « Adam Carter » – et je réalise que mon tour est venu. Adam, Adam, Adam. Il faut que je retienne son prénom. Maxon pourrait me pardonner un échec ou un cafouillage, mais pas le roi, ni même la reine. Si je veux conserver une chance de remporter la Sélection, je dois faire ce qu'on exige de moi.

Adam est un homme d'âge mûr, peut-être aussi vieux que mon père, et il a un problème à la jambe. Il prend tellement de temps pour remonter le tapis que ça devient une véritable torture. Je veux qu'on en finisse au plus vite.

Tandis qu'il s'agenouille devant moi, je repasse mes répliques dans ma tête.

— Adam, quel crime as-tu commis ?

— J'ai volé, estimée demoiselle.

— Et combien d'années de prison pour expier tes fautes ?

Adam s'éclaircit la voix.

— Jusqu'à ma mort, estimée demoiselle.

Aux quatre coins de la salle se font entendre des murmures étonnés.

— Tu peux répéter, s'il te plaît ?

— Jusqu'à ma mort.

Adam est au bord des larmes. Je jette un coup d'œil à Maxon, qui a l'air bouleversé, et aussi désolé que moi. Mes yeux se posent une fraction de seconde sur le roi, qui se tortille de bonheur. Il masque de la main un sourire cruel.

Le souverain m'a tendu un piège.

Soit je refuse d'obéir et je passe pour une effrontée, soit j'envoie un homme croupir derrière les barreaux le restant de ses jours et je deviens la bête noire d'Illeá. Bien joué, Clarkson.

— Adam, dis-je à voix basse, qu'est-ce que vous avez volé ?

Ma question tombe dans un silence de mort. Le public du Verdict retient son souffle, mais nous sommes trop loin pour que les spectateurs puissent nous entendre.

Le malheureux Adam risque un rapide coup d'œil vers le roi.

— Des habits pour mes filles.

— Mais ce n'est pas pour ça qu'on veut vous envoyer en prison, n'est-ce pas ?

Imperceptiblement, Adam secoue la tête, une fois.

Je ne peux pas me résoudre à ça. C'est impossible. Il faut que je trouve une solution.

Une idée surgit dans mon esprit, aussi aveuglante que l'éclair. Je ne sais pas si cela va permettre à Adam de recouvrer sa liberté, mais c'est la seule chose à faire, même si elle nécessite un sacrifice de ma part.

Je quitte mon fauteuil et je m'approche d'Adam. Il frémit, prêt à entendre la sentence.

— Levez-vous.

Il me dévisage, désorienté.

— Je vous en prie.

Je prends une de ses mains menottées dans la mienne et il me suit jusqu'à l'estrade d'où la famille royale nous observe. Arrivée au pied de l'escalier, je me tourne vers Adam et, avec un soupir à fendre l'âme, j'enlève les boucles d'oreilles que Maxon m'a offertes pour les déposer dans sa paume. Il reste planté là, frappé de stupeur, tandis que je réserve le même sort au bracelet. Ensuite – parce qu'il faut que j'aille jusqu'au bout de ma conviction –, je retire le collier au rossignol, un cadeau de mon père. J'espère qu'il regarde le Verdict à la télévision, qu'il ne m'en voudra pas trop d'avoir donné ce collier à un inconnu. Une fois délestée de tous mes joyaux, je referme les doigts d'Adam sur ce trésor inespéré, puis je m'écarte d'un pas pour le laisser seul face au roi Clarkson.

— Va, loyal sujet, et paie ta dette au roi.

Des murmures et des cris d'étonnement s'élèvent tout autour de moi, mais je préfère ne pas y prêter attention. Tout ce qui m'intéresse, c'est l'expression revêche sur le visage du roi. S'il veut jouer à ce petit jeu, je peux y jouer aussi.

Adam gravit lentement les marches, avec dans le regard une joie mêlée à de la peur. Arrivé au niveau du roi, il tombe à genoux et tend ses mains qui débordent de bijoux. Le roi me fusille du regard, puis il accepte l'offrande. La foule nous acclame. Adam s'écarte à toute vitesse du roi, peut-être de crainte qu'il ne change d'avis. Mon espoir, c'est qu'avec ces nuées d'appareils photo et ces hordes de journalistes, quelqu'un aura l'idée de suivre le dossier d'Adam et s'assurera qu'il est bien rentré chez lui, en un seul morceau. Lorsque Adam repasse devant moi, en larmes, il tente de me serrer contre lui. C'est l'homme le plus heureux du monde quand il repart vers ses geôliers.

20.

La famille royale quitte la Salle des Banquets par une sortie dérobée, les membres de l'Élite repartent par la porte principale sous l'œil des caméras et les hourras du public. Je vois bien, au regard de Silvia, que j'ai signé mon arrêt de mort. On dirait qu'elle se retient de m'étrangler. Elle nous conduit jusqu'à un petit salon.

— Entrez là-dedans, ordonne-t-elle d'une voix sèche avant de refermer la porte derrière nous.

Elise lance l'offensive.

— Il faut toujours que tu te fasses remarquer !

— J'ai joint les actes à la parole. C'est toi qui n'as pas voulu me suivre !

— Tu joues toujours à la petite sainte. C'étaient des criminels. On faisait exactement ce qui est attendu d'un magistrat. Sauf qu'on portait une jolie robe.

— Elise, tu as vu ces hommes ? Certains étaient malades. Et ils ne méritaient pas des peines aussi lourdes.

— Elle a raison, renchérit Kriss. De la prison à vie pour un vol ? À moins qu'il n'ait vidé le palais avec ses petits bras, qu'est-ce qu'il aurait pu voler pour être condamné à la prison à vie ?

— Rien. Il a pris des vêtements pour sa famille. Écoutez, vous, vous avez de la chance. Vous êtes nées au sein de castes privilégiées. Chez les plus pauvres, quand une famille perd celui qui fait bouillir la marmite… ça se passe très mal. Envoyer cet homme en prison jusqu'à la fin de ses jours, cela revient à condamner sa famille à l'indigence. C'est inhumain.

— Où est ton amour-propre, America ? s'étonne Elise. Où est ton sens du devoir, ton honneur ? Tu es une fille ordinaire ; tu n'es même pas princesse. Et si tu étais princesse, tu n'aurais pas toutes les libertés que tu te permets aujourd'hui. Les règles que nous impose le roi, tu t'assieds dessus ! Depuis le premier jour !

C'est là que je perds mon calme :

— Peut-être qu'elles sont mauvaises, ces règles !

À cet instant la porte s'ouvre à la volée et le roi Clarkson entre comme une tornade. La reine Amberly et Maxon sont restés dans le couloir. Il se rue sur moi, m'attrape par le bras et me pousse dehors.

— Où est-ce que vous m'emmenez ?

Pas de réponse. Je jette un dernier coup d'œil par-dessus mon épaule tandis que le roi me traîne à l'extérieur du salon. Celeste s'est recroquevillée sur elle-même et Elise a glissé sa main dans celle de Kriss. Il y a de la panique dans leur regard.

— Clarkson, pas de décision hâtive, dit la reine.

Nous tournons à l'angle du couloir et il me force à entrer dans une petite pièce. La reine et Maxon nous rejoignent à l'instant où le roi me force à m'asseoir sur un canapé.

Il fait les cent pas tel un lion en cage, puis il se tourne vers Maxon et se met à rugir :

— Tu m'as fait une promesse ! Tu m'as assuré qu'elle avait retenu la leçon. D'abord son éclat au Bulletin, ensuite cette expédition sur le toit, maintenant ça ? Cette plaisanterie est terminée, Maxon !

— Père, avez-vous entendu les applaudissements ? Les gens l'apprécient. Elle est devenue votre principal atout.

— Je te demande pardon ?

— Lorsqu'elle a suggéré que le peuple se défende contre les Renégats, le public a réagi de manière positive. J'ose dire que c'est grâce à son intervention qu'il n'y a pas eu davantage de victimes à déplorer. Et ce soir ? Père, moi-même je serais incapable d'envoyer un homme finir ses jours en prison à cause d'un simple larcin. Elle apporte une bouffée d'air frais. Vous ne pouvez pas demander à une personne qui a dû voir plusieurs de ses amis fouettés en place publique de châtier un de ses semblables ! La majorité de la population appartient aux castes modestes, ces gens se retrouvent en elle.

Le roi se remet à arpenter la pièce.

— Je l'autorise à rester parce qu'elle t'a sauvé la vie. Mets-toi ça dans le crâne : c'est toi mon atout le plus précieux, pas elle. Si nous te perdons, nous perdons tout.

Un immense silence accueille ses paroles. Il poursuit son accusation.

— Tu te laisses influencer, Maxon. Tu changes un peu plus chaque jour, tu te fais enfumer. Ces filles, et celle-ci en particulier, sont désespérantes de nullité.

La reine esquisse un pas en avant.

— Clarkson, peut-être que…

D'un seul regard, le roi fait taire son épouse, puis il pivote vers Maxon.

— J'ai une proposition pour toi.

— Ça ne m'intéresse pas.

— Écoute au moins jusqu'au bout.

Maxon pousse un soupir.

— Ces filles sont un désastre ambulant. Même les relations de l'Asiatique ne m'ont servi à rien. La Deux est obnubilée par la célébrité ; et l'autre, eh bien, tous les espoirs ne sont pas encore perdus mais elle n'est pas au niveau, si tu veux mon avis. Celle-ci, elle s'est disqualifiée par ses caprices. La Sélection a pris une tournure catastrophique. Et je te connais. Je sais que tu as peur de passer à côté de ta vie, alors voilà ce que je te propose : annulons tout. Renvoyons ces incapables chez elles ! insiste le roi en tournant autour de Maxon. Non, je ne te suggère pas de rester célibataire. Je dis simplement que les fiches de toutes les filles du royaume en âge de se marier sont encore stockées quelque part. Tu ne trouverais pas formidable de les choisir toi-même ? Et peut-être même d'en trouver une qui ressemblera à la fille du roi de France ; la mignonne ne te laissait pas indifférent, tu t'en souviens ?

Je baisse les yeux. La fille du roi de France ? Maxon ne m'a jamais parlé d'elle. J'ai l'impression que le roi vient de me planter un poignard en plein cœur.

— Père, je n'y arriverai pas.

— Oh que si. Tu es l'héritier du trône. Et j'estime que ce groupe-là a prouvé de mille façons qu'il est défectueux. Tu pourrais avoir un vrai choix ce coup-ci.

Maxon a le regard vissé au sol. Je vois bien qu'il est pris dans un dilemme.

— Cela pourrait même calmer les Renégats, temporairement. Imagine ! ajoute le roi. Si nous renvoyons ces filles-là d'où elles viennent et si nous nous faisons discrets quelques mois, de façon à faire croire que la Sélection est annulée, nous pourrons réunir un autre groupe de jeunes femmes plus amènes, spirituelles, instruites… le scénario serait complètement différent ! Quoi qu'il en soit, s'il y a une question que tu dois te poser, c'est celle-ci : as-tu vraiment envie de faire ta vie avec… ça. Une pauvresse narcissique motivée par le gain et à peine regardable. Ne me dis pas que tu lui trouves de l'attrait !

Mon regard croise, une fraction de seconde, celui de Maxon et je dois me détourner, humiliée.

— Je t'accorde quelques jours de réflexion, relance le roi. Pour l'instant, il faut que je gère les journalistes. Amberly !

La reine se rapproche du roi à pas précipités et glisse son bras sous le sien. Nous restons seuls, frappés quelques instants de stupeur. Maxon vient m'aider à me remettre debout.

— Je ferais mieux de les accompagner. Les journalistes auront sûrement des questions à me poser à moi aussi.

— C'est une offre plutôt généreuse qu'il vient de vous faire.

— Peut-être la plus généreuse de toute sa vie, me répond Maxon, l'air grave.

Mes femmes de chambre m'informent que chaque candidate doit dîner seule dans sa chambre ce soir, et elles prennent congé lorsqu'elles comprennent que je ne suis pas d'humeur à bavarder. Je m'allonge sur le lit, perdue dans le dédale de mes pensées.

Tout à l'heure, avec Adam, j'ai agi en mon âme et conscience, non ? La justice, c'est important pour moi, mais le Verdict, ça n'a rien à voir avec la justice, la vraie. En même temps, le roi trouvera bien un moyen de se venger d'Adam, si c'est son ennemi personnel. Ce que j'ai fait n'a servi à rien, alors ? Et pourquoi Maxon ne m'a jamais parlé de cette

Française ? Est-ce qu'ils se voyaient souvent ? C'est un secret qu'il me cache ?

On frappe à la porte. Sûrement le dîner, même s'il est encore un peu tôt. Je ne prends même pas la peine de me lever.

— Entrez.

La porte s'ouvre et la crinière noire de Celeste apparaît dans l'embrasure.

— Tu veux bien qu'on discute ? s'enquiert-elle.

Kriss surgit derrière elle et je vois Elise qui se tient en retrait. Je me redresse aussitôt.

— Bien sûr.

Elles entrent en file indienne, laissant la porte ouverte. Celeste grimpe sur mon lit sans même me demander la permission. J'avoue que ça ne me dérange pas tant que ça, même si j'ai toutes les peines du monde à m'habituer à ses sourires sincères. Toujours bien élevées, Kriss et Elise se perchent toutes les deux au bord.

D'une voix douce, Kriss pose courageusement la question qui leur brûle les lèvres.

— Il t'a fait mal ?

— Non. Il ne m'a pas frappée ni rien ; il m'a juste un peu tordu le bras.

— Et qu'est-ce qu'il t'a dit ? s'inquiète Elise.

— Il est furieux de mon initiative. Si cela ne tenait qu'à lui, il m'aurait déjà éjectée de la Sélection depuis longtemps.

— Mais ce n'est pas lui qui décide, me console Celeste. Maxon t'adore, et le peuple aussi.

— Je ne sais pas si cela suffit.

Et le roi vous méprise aussi, j'ajoute en mon for intérieur.

— Excuse-moi de t'avoir crié dessus, me lance Elise. C'est pénible. Je fais tellement d'efforts pour garder mon calme et mon assurance, mais j'ai l'impression que rien n'a d'importance. Vous m'éclipsez toutes.

— Ce n'est pas vrai, proteste Kriss. À ce stade, on compte toutes pour Maxon. Sinon il ne nous aurait pas gardées.

— Il a peur de choisir les trois dernières. La date butoir arrive quand, dans quatre jours ? Il s'accroche à moi pour repousser cette décision.

— Et qui te dit que ce n'est pas à moi qu'il s'accroche ? rétorque Celeste.

— Écoutez, après ce qui s'est passé aujourd'hui je vais sûrement être la prochaine sur la liste. De toute façon cela devait arriver tôt ou tard. Je ne suis pas de taille.

— Aucune de nous n'arrive à la cheville d'Amberly, pas vrai ?

— J'aime trop choquer les gens, avoue Celeste avec un demi-sourire.

— Et je préfère rester dans mon coin que d'être obligée de faire la moitié des choses qu'elle fait, confie Elise.

— Quant à moi, je suis incontrôlable.

Et je hausse les épaules, indifférente.

— Jamais je n'aurai son assurance, se lamente Kriss.

— Voilà. Nous avons toutes des défauts. Mais Maxon doit faire son choix, alors qui vivra verra, enchaîne Celeste. Mais je pense qu'on est toutes d'accord pour dire que je suis la pire des candidates.

— Comment ça ?

— Ne fais pas comme si tu ne savais pas, Kriss. J'ai déjà eu une discussion à ce sujet avec America, et j'ai parlé avec mes femmes de chambre l'autre jour, mais je ne vous ai jamais présenté mes excuses à vous deux.

Kriss et Elise échangent un regard furtif.

— Kriss, j'ai saboté ta fête, lâche Celeste. Tu es la seule qui a pu fêter son anniversaire au palais, et je me suis arrangée pour tout gâcher. Je m'en veux, tu ne peux pas savoir combien.

— Ça s'est bien terminé, tu sais. Grâce à toi, Maxon et moi on a eu une grande conversation. Je t'ai pardonné il y a longtemps.

— C'est très généreux de ta part, étant donné que j'ai du mal à me pardonner à moi-même. Je ne savais pas comment retenir son attention, alors j'ai employé des moyens déloyaux.

— Sur le moment j'ai cru que je n'allais pas m'en remettre mais franchement, ce n'est pas grave. Au moins, je n'ai pas fini comme Anna.

— Ne me parle pas d'Anna. Des fois je me demande jusqu'où elle serait allée si je n'avais pas…

Celeste se tourne alors vers Elise.

— Je ne sais pas comment tu as pu tirer un trait sur toutes les horreurs que je t'ai fait subir. Même celles pour lesquelles personne ne m'a soupçonnée.

— Tu veux dire les bouts de verre dans mes escarpins, les robes déchirées dans ma penderie, l'eau de Javel dans mon shampoing ? récite Elise, très calme.

— De l'eau de Javel ! je m'exclame.

Elle confirme d'un signe de tête.

— J'ai raté une matinée entière au Boudoir parce que mes bonnes ont dû me teindre les cheveux en catastrophe. Je savais que c'était toi, ajoute-t-elle, le regard braqué sur Celeste, comme pour la défier.

— Tu n'as rien dit, tu as à peine réagi. À mes yeux tu étais la cible la plus facile, et je ne comprenais pas pourquoi tu ne te mettais jamais en pétard, répond Celeste, mortifiée.

— Jamais je ne jetterais le déshonneur sur ma famille en quittant la Sélection.

— Ils devraient être fiers de toi. Si mes parents apprenaient ce que j'ai fait… je ne sais pas comment ils réagiraient. Les parents de Maxon m'auraient déjà virée à coups de pied dans les fesses. Je ne suis pas faite pour ce monde.

Je prends les mains de Celeste dans les miennes.

— Je crois que cette confession prouve le contraire, Celeste.

Elle me répond d'un sourire attristé.

— De toute façon, je ne pense pas que Maxon veuille de moi. Et même, quelqu'un m'a rappelé récemment que je peux très bien me passer d'un homme pour atteindre mes objectifs dans la vie.

Nous échangeons un sourire complice et elle se tourne à nouveau vers Elise.

— Je suis impardonnable, je sais, mais je dois te dire que je regrette sincèrement. Excuse-moi, Elise.

Elise demeure impassible. Maintenant que Celeste est à sa merci, je m'attends à une exécution en bonne et due forme.

— Je pourrais tout dire à Maxon. America et Kriss sont témoins, et il serait obligé de te renvoyer chez toi, de te chasser comme une malpropre. Mais je ne vais pas m'abaisser à ça. Jamais je ne forcerai la main à Maxon et si je dois gagner, je veux gagner à la loyale. Alors mettons toutes ces histoires derrière nous.

Ce n'est pas un pardon à proprement parler, mais c'est beaucoup plus que ce que Celeste espérait. Elle hoche la tête et chuchote un « merci » à l'adresse d'Elise.

— Eh bien, fait Kriss, je ne t'aurais pas dénoncée non plus, Celeste, mais… je ne pensais pas qu'Elise mettrait l'honneur avant le reste.

— C'est ce qui me motive, avoue Elise. Je m'y accroche par tous les moyens, surtout que je vais être une tache sur la réputation de ma famille si je ne remporte pas la Sélection.

— Mais tu n'as pas ton mot à dire là-dedans ! Comment ta famille peut croire que tu vas amener la honte sur eux ? s'étonne Kriss.

— À cause des mariages arrangés. Les filles de bonne famille se retrouvent appariées aux célibataires les plus en vue et vice versa. Maxon est la perfection incarnée. Si je perds, ça signifie que je n'étais pas à la hauteur. Que je n'étais pas parfaite. Ma famille ne tiendra pas compte des sentiments qui auront conduit Maxon à ce choix, cela leur est bien égal. Ce qui compte dans leur façon de voir, c'est la raison. J'ai reçu une éducation qui devrait me rendre digne des plus grands du royaume, alors si Maxon me laisse sur le bord de la route, qui voudra de moi ensuite ?

— Presque toutes les autres filles sont déjà fiancées à des hommes fantastiques, insiste Kriss. Tu es une Sélectionnée, ce qui te rend inestimable. En plus, tu fais partie de l'Élite désormais. Crois-moi, Elise, les garçons vont faire la queue pour te supplier de les épouser.

— Pas besoin qu'ils fassent la queue, plaisante Elise. Un seul me suffit.

— Eh bien moi, il m'en faut plusieurs dizaines, déclare Celeste, ce qui provoque l'hilarité générale.

— J'en aimerais bien deux ou trois, suggère Kriss. Une file d'attente, ça fait un peu peur.

Elles me regardent toutes. Je réponds d'une voix qui n'admet aucune réplique :

— Un seul.

— Tu es cinglée, assène Celeste.

Nous discutons quelques instants de Maxon, de notre famille, de nos espoirs, sans fard et sans détour. Kriss et moi, nous essayons depuis quelques semaines d'être honnêtes l'une envers l'autre et je sais que notre amitié va dépasser les murs du palais. Les racines et la culture d'Elise m'obligent à élargir mes perspectives. Et la fille canon : Celeste. Si quelqu'un m'avait dit que la brune qui s'est avancée vers moi, perchée sur ses talons aiguilles, avec son regard de tueuse, le premier jour à l'aéroport, finirait par devenir une bonne copine, je lui aurais ri au nez. Au fil de la conversation, je remarque que les autres l'acceptent comme j'ai fini par l'accepter. Libérée du poids de ses secrets, elle n'a plus rien à voir avec la Celeste à laquelle nous sommes habituées. Elle ne se sert plus de sa beauté comme d'une arme, un masque qui détourne la lumière à son seul profit. Devenue elle-même, elle rayonne, littéralement.

Maxon a dû entrer dans la chambre sur la pointe des pieds car je ne sais pas depuis combien de temps il nous observe, planté près de la porte. C'est Elise qui l'aperçoit la première.

— Votre Altesse, lance-t-elle en inclinant la tête.

Il nous salue.

— Mesdemoiselles. Je n'avais pas l'intention de vous interrompre. Je crois que je viens de gâcher un moment très spécial.

Nous échangeons un regard, à peu près certaines d'être du même avis. *Tu n'as rien gâché du tout, au contraire. Tu l'as provoqué.*

— Encore une fois, pardonnez mon intrusion, mais je dois parler à America. En tête-à-tête.

Celeste se met debout avec un soupir et un clin d'œil à mon intention. Elise se lève elle aussi à toute vitesse et Kriss l'imite en sautant à bas du lit. Avant de quitter la chambre, Elise s'incline devant Maxon et Kriss se permet de rectifier le revers de son veston. Celeste en profite pour lui chuchoter quelques mots à l'oreille. Il lui sourit et répond du tac au tac :

— Ce ne sera pas nécessaire, ma chère.

— Parfait, rétorque Celeste, et elle claque la porte derrière elle.

— Qu'est-ce qu'elle vous a dit ?

— Oh, elle m'a fait comprendre que si je vous causais de la peine, elle allait me le faire chèrement payer.

— J'ai déjà été victime de ses représailles, alors soyez prudent.

— Fort bien, mademoiselle.

— Alors ?

— Alors quoi ?

— Vous allez accepter l'offre de votre père ?

— Non. J'avoue que cela m'a interpellé, mais je n'ai guère envie de reprendre la procédure à zéro. Je suis attaché à mes candidates, aussi imparfaites soient-elles. Par ailleurs, père ignore l'existence d'August, comme il ignore les objectifs réels des Renégats du Nord. Changer de train en marche, c'est une solution à court terme seulement.

Je pousse un soupir de soulagement. J'avais l'espoir que Maxon tiendrait assez à moi pour ne pas me laisser partir, mais je craignais que les autres soient sacrifiées.

— De plus, poursuit Maxon, vous auriez dû voir la presse.

— Pourquoi ? Qu'est-ce qui s'est passé ?

— Vous avez impressionné tout le monde, une fois encore. Je ne suis même plus sûr d'arriver à capter l'humeur du pays à l'heure qu'il est. On dirait que… que les habitants d'Illeá sentent que tout pourrait basculer du jour au lendemain. Le roi gouverne le pays comme il élève son fils unique, avec la même brutalité. Il pense qu'à part lui personne n'est capable de prendre les bonnes décisions, alors il utilise la contrainte. Et, après avoir lu les carnets de Gregory Illeá, j'ai l'impression que c'est une méthode qui traverse les siècles. Et qui appartient à une époque révolue. Vous terrifiez mon père, mais il ne peut pas se débarrasser de vous. Le peuple veut avoir les rênes de son destin. Il vous adore, America.

— Le peuple m'adore ?

— Et… et c'est ce que je ressens aussi. Alors, quoi que mon père dise, quoi qu'il fasse, ne perdez pas espoir. Ce n'est pas fini.

Le choc. La Sélection va se poursuivre et j'ai encore toutes mes chances, d'autant que le peuple est derrière moi.

Malgré cette avalanche de bonnes nouvelles, je n'ai toujours pas l'esprit tranquille.

— Maxon, je sais que ma question va paraître stupide mais… qui est la fille du roi de France ?

Maxon reste muet quelques secondes, puis il va s'asseoir au bord du lit.

— Elle s'appelle Daphné. Avant la Sélection, c'était la seule jeune femme que j'aie vraiment fréquentée.

— Et ?

— Et un peu tard j'ai découvert que ses sentiments allaient un peu plus loin que l'amitié. Mais ces sentiments étaient à sens unique. Je ne pouvais pas l'aimer.

— Il y avait un problème avec elle ou…

Maxon m'attrape par la main et me force à le regarder droit dans les yeux.

— America, arrêtez de vous torturer. Daphné est une amie. Et elle restera mon amie, point. J'ai passé ma vie à vous attendre, à vous attendre toutes les quatre. Je n'ai jamais eu de sentiment amoureux à l'égard de Daphné. Je n'aurais jamais mentionné son nom en votre présence, et je suis à peu près certain que mon père l'a fait uniquement dans le but de vous faire douter.

Parce que le roi ne connaît que trop bien mes faiblesses.

— Je vous observe, America. Vous vous comparez à ma mère, à vos camarades de l'Élite, à une version de vous-même que vous idéalisez, et vous vous apprêtez à vous comparer à une personne dont vous ignoriez l'existence il y a encore quelques heures.

Il lit en moi comme en un livre ouvert. Je me demande déjà si cette Daphné est plus jolie que moi, plus intelligente, si elle prononçait le nom de Maxon avec un accent ridicule, si elle était du genre à minauder.

— America, si elle avait compté pour moi, je vous l'aurais dit. Je vous dois la vérité, comme vous me la devez à moi aussi.

Je me laisse tomber dans ses bras. C'est le seul endroit au monde où je me sens vraiment à ma place.

21.

Celeste a décidé de prendre en main notre nouvelle amitié. C'est elle qui a eu l'idée de réunir nos femmes de chambre au grand complet et d'apporter tout un tas de miroirs dans le Boudoir pour un grand relooking collectif. Il s'agit de passer un bon moment toutes ensemble et de se détendre un peu.

— Tu as déjà pensé à te faire une frange ? me demande Kriss en me tripotant les cheveux.

— Une fois ou deux. Mais ma sœur en a une et elle finit toujours par s'en lasser, alors je change d'avis.

— Je crois que ça t'irait très bien. J'en ai fait une à ma cousine une fois. Si tu veux, je peux te couper les cheveux.

— C'est ça, ricane Celeste. Laisse Kriss s'approcher de ton visage avec des ciseaux, America. Excellente idée.

L'hilarité est générale. Un petit rire se fait entendre à l'autre bout de la pièce. Je jette un coup d'œil. Pinçant sévèrement les lèvres, la reine tente de se concentrer sur le dossier qu'elle a devant elle. Je crois que c'est la première fois que je la vois aussi heureuse.

— Et si on se prenait en photo ? s'enthousiasme Elise.

— Quelqu'un a un appareil photo ? Je suis une vraie pro quand il s'agit de photographie, affirme Celeste.

— Maxon en a un !

J'attrape une feuille de papier.

— Attendez, on va lui écrire. Bon, je commence. « Votre Altesse Suprêmissime, les gentes demoiselles de l'Élite exigent, séance tenante, l'usage plein et entier de vos appareils photo pour… »

— Oh ! Un exercice de diplomatie féminine appliquée. Silvia serait ravie, rigole Elise.

— C'est une blague ou quoi ? demande Kriss.

— Blague ou pas, l'important c'est de se marrer, non ? lance Celeste en rejetant sa crinière en arrière.

Le message est envoyé. Une vingtaine de minutes plus tard, Maxon frappe à la porte et passe la tête par l'entrebâillement, un appareil photo à la main.

— Je peux entrer ?

Kriss se précipite vers lui et lui arrache des mains l'objet de toutes les convoitises.

— Non. C'est ça qui nous intéresse.

Et elle lui claque la porte au nez. Celeste s'écroule par terre tellement elle rit. Kriss est pliée en deux, moi aussi.

— Mais qu'est-ce que vous trafiquez là-dedans ? interroge Maxon, la voix assourdie par la porte.

On prend la pose derrière les plantes en pot, on souffle des baisers en direction de l'objectif et Celeste nous montre comment « capter la lumière ». Kriss et Elise vont s'étendre sur une méridienne et Celeste les mitraille sous tous les angles. Je vois la reine esquisser un sourire ravi. Cela me gêne un peu de l'exclure de ce moment de détente. Je vais chercher une brosse sur ma coiffeuse et je m'approche d'elle.

— Bonjour, mademoiselle America.

— Me permettez-vous de vous brosser les cheveux, Majesté ?

Une multitude d'émotions semblent s'imprimer sur le visage de la reine en une fraction de seconde. Enfin, elle hoche la tête et répond à voix basse :

— Avec grand plaisir.

Je me place derrière elle, j'attrape une mèche de cette chevelure sublime et, tout en lui donnant des coups de brosse, j'observe les autres filles.

— Cela me réchauffe le cœur de vous voir vivre en si bonne entente, me dit la reine.

— Moi aussi. Je les aime beaucoup… Écoutez, je voulais vous présenter mes excuses pour ce qui s'est passé pendant le Verdict. Je sais que je n'aurais pas dû.

— Je sais, mon enfant. Vous m'avez exprimé votre point de vue. C'est une tâche difficile. Et je reconnais que les hommes que vous avez eu à juger étaient en petite forme.

En petite forme ? Je me rends compte qu'Amberly vit dans sa bulle, qu'elle est complètement déconnectée de la réalité. Ou peut-être qu'elle a choisi de croire que son mari est la crème des hommes.

— Je sais, America, que vous trouvez Clarkson un peu sévère, mais c'est un cœur d'or. Vous n'imaginez pas combien il est difficile d'être l'incarnation vivante du pouvoir. Pour me remettre de ses crises de rage, il me faut beaucoup de repos ; Maxon, lui, se réfugie derrière l'humour.

— C'est tellement vrai !

— Je me demande comment vous, vous allez réussir à vous adapter à son tempérament. Vous avez la fougue de la jeunesse, c'est l'un de vos plus grands atouts. Si vous pouviez vous assagir, vous feriez une princesse de tout premier plan.

— Je suis désolée de vous avoir déçue comme je l'ai fait.

— Non, ma chère enfant, vous avez beaucoup de potentiel. À votre âge je travaillais dans une usine. J'étais sale, j'avais faim, et il m'arrivait de ressentir de la colère. Mais j'aimais le prince d'Illeá de tout mon cœur, et quand l'occasion s'est présentée de le faire mien, j'ai appris à ravaler cette colère. Vous aussi, vous devez apprendre à faire la paix avec vous-même.

— Oui, maman.

La reine me lance un regard réprobateur.

— Je veux dire madame, oui madame !

— Si cela se termine comme je le soupçonne, vous pourrez m'appeler maman.

Mon regard s'embue, je dois cligner des yeux. Je n'ai pas l'intention de trouver une remplaçante à maman mais cela fait immensément plaisir d'être acceptée, avec tous mes défauts, par la mère de l'homme que je vais peut-être épouser.

Celeste accourt vers nous.

— Vous êtes trop mignonnes ! Allez, un sourire.

Je me penche vers l'avant, enveloppant la reine Amberly de mes bras, et elle pose ses mains sur les miennes. Nous nous prenons toutes en photo avec elle à tour de rôle et elle accepte même de faire la grimace, une fois. Les femmes de chambre prennent ensuite plusieurs photos de groupe, et quand la séance touche à sa fin, je peux dire, sans mentir, que c'est la meilleure journée que j'ai passée au palais, et de loin. Le problème, c'est que je ne sais pas si la magie va perdurer.

Mes femmes de chambre me recoiffent pour réparer les expériences capillaires ratées d'Elise quand on toque à la porte. Mary découvre sur le seuil un garde dont j'ignore le nom. Je l'ai souvent croisé dans les couloirs du palais, toujours aux côtés du roi. La nervosité me gagne lorsqu'il s'approche de moi.

— Mademoiselle America, le souverain réclame votre présence sur-le-champ.

— Il y a un problème ?

— Sa Majesté répondra à toutes vos questions.

Mon sang se glace dans mes veines. Les scénarios les plus désastreux défilent dans ma tête. Ma famille est en danger. Le roi va enfin se venger de toutes les fois où je lui ai manqué de respect. Il est au courant de notre expédition nocturne dans les rues d'Angeles. Ou, pire encore, il a découvert qu'Aspen est plus qu'un garde pour moi et nous allons payer chèrement notre secret.

— Très bien, je vous suis.

Nous nous engageons dans l'escalier qui nous mène au deuxième étage. Je ne sais pas trop quoi faire de mes mains, alors j'arrange quelques mèches de cheveux, je lisse ma robe ou j'entremêle mes doigts, histoire de m'occuper. Sur le palier, j'aperçois Maxon un peu plus loin, et un soulagement indescriptible me submerge. Il s'arrête devant une porte et m'attend. Aucune inquiétude dans son regard, mais c'est vrai qu'il sait mieux que moi cacher ses sentiments.

— Pouvez-vous m'expliquer ce qui se passe ? je chuchote.

— Je n'en sais pas plus que vous, me répond-il sur le même ton.

Le garde se poste à côté de la porte et Maxon m'accompagne à l'intérieur d'une immense pièce aux murs tapissés de livres. Plusieurs cartes d'Illeá sont exposées sur des chevalets. Le roi est assis derrière un gigantesque bureau, un papier à la main. Il se redresse à la seconde où il nous aperçoit.

— Qu'est-ce que c'est que cette histoire avec la princesse italienne ? aboie-t-il, les yeux braqués sur moi.

Je me fige sur place. Le financement des Renégats... Ça m'était complètement sorti de la tête. Comploter avec une puissance étrangère pour fournir des armes à des gens qu'il considère comme ses ennemis, c'est vraiment une mauvaise idée.

— Je ne vois pas de quoi vous parlez, Votre Altesse...

— Cela fait des décennies que nous essayons de conclure une alliance avec les Italiens, et d'un coup de baguette magique la famille royale veut absolument que nous leur rendions visite. Et pourtant... – de l'index, le roi cherche un passage sur la feuille qu'il tient – ah, ici : « Nous serions honorés d'accueillir Sa Majesté, ainsi que sa famille, mais nous espérons également que Mlle America pourra se joindre à nous. Nous ne voyons pas candidate plus apte à marcher sur les traces de la reine. » Alors, que veut dire ce miracle ?

Consciente que le ciel ne va pas me tomber sur la tête – pas aujourd'hui –, je me détends imperceptiblement.

— J'ai fait de mon mieux pour être agréable à la princesse et à sa mère pendant leur visite, c'est tout. Je ne savais pas qu'elle m'appréciait autant.

Le roi Clarkson roule des yeux furibards.

— Vous préparez un mauvais coup. Je vous ai à l'œil, vous êtes venue ici avec un objectif en tête ; et cet objectif, ce n'est pas mon fils, j'en mettrais ma main au feu !

Je m'empresse de protester :

— Ce n'est pas vrai !

— Dans ce cas, expliquez-moi comment une fille sortie de nulle part, une moins-que-rien sans relations ni influence, obtient en un claquement de doigts ce que ce pays essaie de conquérir depuis des années ? fulmine le roi.

— C'est vous-même qui nous avez confié la mission d'accueillir la délégation italienne. Jamais je n'aurais pu les rencontrer dans le milieu d'où je viens. Et c'est la princesse qui vous a écrit, c'est elle qui m'a invitée. Je n'ai rien demandé, moi. Peut-être qu'en étant moins désagréable vous l'auriez déjà signée depuis longtemps, votre alliance avec les Italiens.

— Pas d'insolence, jeune fille.

— Il vaut peut-être mieux regagner votre chambre, America, me propose Maxon.

Ce n'est pas ce que le roi Clarkson a dans l'idée.

— Qu'elle reste ici. Je n'en ai pas fini avec elle. Cette invitation change la donne. Il devient dès lors impossible de relancer la Sélection, sous peine de froisser les Italiens. Ils ont le bras long. Ils peuvent nous ouvrir pas mal de portes. Il va falloir persévérer dans cette voie. Nous devons accorder aux Italiens le temps de se faire à l'idée qu'il n'y a pas que cette America parmi les candidates, sans les offenser. Peut-être que nous pouvons organiser un voyage en Italie dans les plus brefs délais, afin de leur présenter les autres options.

Il a l'air content de lui, content de ses petites manigances. Je me demande jusqu'où il compte aller. Il va briefer Celeste, peut-être. Ou arranger un tête-à-tête entre Kriss et Nicoletta. Je parie qu'il va se débrouiller pour donner une mauvaise image de moi, comme il a essayé de le faire au cours du Verdict, et cela ne va pas l'empêcher de dormir. S'il sort toutes les cartes qu'il a dans sa manche, il ne va faire qu'une bouchée de moi.

Maxon intervient :

— Père, je ne suis pas sûr que ce soit judicieux. Les Italiennes ont rencontré toutes les candidates. Si elles témoignent une préférence pour America, c'est qu'elles ont vu en elle quelque chose qui a retenu leur attention. Vous ne pouvez pas leur imposer d'autres affections.

Le roi foudroie son fils du regard.

— Tu es en train de me dire que tu as fait ton choix, alors ? La Sélection est terminée ?

Mon cœur s'arrête de battre une seconde.

— Non, pas du tout. Je m'interroge simplement sur le bien-fondé de votre suggestion.

Le roi nous dévisage tour à tour, Maxon et moi, comme si nous lui présentions une équation qu'il n'arrive pas à résoudre.

— Elle doit encore prouver qu'elle est digne de confiance, assène-t-il. En attendant, tu ne peux pas la choisir.

— Et que proposez-vous ? rétorque Maxon. Vous n'en demandez pas un peu trop ?

Le roi semble amusé par sa réaction. Il réfléchit quelques instants et va chercher un dossier dans un tiroir.

— Même en mettant de côté son récent coup d'éclat lors du Bulletin, il semble y avoir des frictions ces derniers temps entre les différentes castes. Je cherche un moyen de… d'apaiser les esprits ; mais il m'est apparu que quelqu'un d'aussi jeune, candide et, oserais-je le dire, populaire, y arrivera bien mieux que moi.

C'est alors qu'il pose le dossier sur le bureau et le fait glisser dans ma direction.

— On dirait que le public apprécie les chansons que vous leur servez. Peut-être pourriez-vous en interpréter une de ma composition.

— Qu'est-ce que c'est ?

— Quelques annonces que nous allons diffuser très bientôt. Nous adressons à chaque province des messages individualisés en fonction de leur composition sociale. Pour encourager les castes qui y sont majoritaires.

Je feuillette le dossier.

— Qu'est-ce que c'est, America ? me demande Maxon, visiblement désorienté.

— Ce sont comme… des publicités. Des spots qui nous enjoignent à nous contenter de notre situation, à ne pas nouer de relations avec les autres castes…

— Père, qu'est-ce donc ?

— Rien de sérieux. J'essaie tout simplement de museler les agitateurs. Si je n'agis pas en amont, tu te retrouveras avec une insurrection sur les bras au moment où tu monteras sur le trône.

— Comment ça ?

— Les castes les plus indigentes ont tendance à faire leur mauvaise tête de temps en temps – c'est naturel. Mais il faut éteindre les braises très vite et étouffer les idées pernicieuses dans l'œuf, avant qu'elles prennent de l'ampleur et réduisent à néant notre grande nation.

Maxon fixe son père du regard sans comprendre. Si Aspen ne m'avait pas dit que les Renégats ont des partisans aux quatre coins du royaume, j'aurais pu être aussi perdue que lui. Diviser pour régner, c'est la devise du roi Clarkson. S'assurer que les castes se contentent de ce qu'elles ont – même si on traite certains membres d'entre-elles comme des sous-hommes – et les monter les unes contre les autres. Un terme que j'avais trouvé dans le vieux livre d'histoire de mon père me revient subitement à l'esprit.

— C'est de la propagande.

— Non, non, proteste le roi d'une voix mielleuse. C'est une suggestion. Un conseil avisé. Une façon d'entretenir l'optimisme.

— L'optimisme. Alors vous voulez que je dise à un Sept… – je prends un passage au hasard : « Vous assumez les tâches les plus prestigieuses du royaume. Ce sont vos mains et vos bras qui construisent les routes et édifient les bâtiments qui font notre puissance »… et là encore : « Aucun Deux, aucun Trois ne peut se prévaloir de vos compétences, alors détournez-vous d'eux dans la rue. Inutile de communiquer avec ces gens, peut-être mieux placés socialement, mais dont la contribution au royaume est bien moindre que la vôtre. »

— À coup sûr, cela va dresser le peuple contre nous, fait remarquer Maxon.

— Au contraire. Cela va les inciter à rester bien sagement à leur place et à penser que le palais a leurs intérêts à cœur.

Je m'insurge devant tant d'hypocrisie :

— Et c'est vrai ?

— Bien sûr que c'est vrai ! hurle le roi. Il faut mener les gens du peuple le mors aux dents, avec des œillères, comme des chevaux. Autrement ils se détournent du droit chemin, ils foncent dans le mur. Ces communiqués froissent peut-être votre sensibilité, mais ils sauvent plus de vies que vous ne le ferez jamais.

Je demeure plantée là, muette. Le roi est inquiet, je le sens. Il considère chacun comme un traître en puissance et il tourne le dos à la réalité. Sa solution, c'est de manipuler les gens, comme Gregory Illeá.

— Je ne peux pas dire ça.

— Alors vous n'épouserez pas mon fils.

— Père ! s'exclame Maxon.

— Nous sommes arrivés à un tournant, Maxon. Je t'ai laissé agir selon ta fantaisie, à présent la fête est finie. Si tu veux que cette jeune personne reste, elle doit m'obéir. Si elle se révèle incapable d'assumer ne serait-ce que la tâche la plus simple, la conclusion qui s'impose, c'est qu'elle ne t'aime pas. Dans ce cas, elle ne mérite pas l'affection que tu lui témoignes si ostensiblement.

Je plonge mon regard dans celui du roi. Je le hais.

— Alors ? Vous l'aimez ?

Hors de question de m'abaisser à son niveau, d'accepter son chantage minable.

— Comme c'est triste, Maxon. Elle a besoin d'examiner la question, ricane le roi.

Ne pas pleurer. Surtout, ne pas pleurer.

— Je vais vous accorder un peu de temps. Si vous refusez de vous soumettre, au diable le règlement, c'est moi qui me ferai un plaisir de vous mettre à la porte la veille de Noël. Un beau cadeau que je vais faire à vos parents. J'espère qu'ils apprécieront.

La veille de Noël. Trois jours de sursis.

Le roi affiche un sourire carnassier. Je repose le dossier sur le bureau et je tourne les talons en m'appliquant à sortir sans perdre ma dignité. Ne manquerait plus que je le conforte dans l'idée que je n'ai que des défauts.

— America ! hurle Maxon. Attendez !

Il me rattrape dans le couloir et me saisit par le poignet.

— Mais qu'est-ce qui vous a pris, bon sang ?

— Il est complètement fou !

Je suis au bord des larmes. Si le roi quitte son bureau et me voit pleurer comme une fontaine, je ne vais pas y survivre.

— Ce n'est pas lui le problème, répond Maxon. C'est vous. Pourquoi n'avez-vous pas accepté ?

— C'est un piège, Maxon. Il veut me tendre un piège.

— Si vous aviez accepté son offre, j'aurais immédiatement mis fin à la Sélection.

Incrédule, je contre-attaque :

— Deux secondes plus tôt, vous avez eu l'occasion de le faire et vous vous en êtes bien gardé. Alors ne me mettez pas tout sur le dos, s'il vous plaît.

— Mais vous me refusez votre amour. Il n'y a rien qui me fait battre plus le cœur depuis le début de la compétition. J'attends que vous parliez, et vous restez silencieuse, vous creusez un abîme entre nous. Vous n'avez pas pu avouer vos sentiments devant lui, je le conçois. Mais en lui donnant votre accord, sans tout ce psychodrame, j'aurais compris.

— Et pourquoi accepter, puisqu'il a encore le pouvoir de m'éjecter de la Sélection ? Quand il ne se prive pas de m'humilier, dès que l'occasion se présente, sans que cela vous arrache une protestation ? Ce n'est pas de l'amour, Maxon. Vous ne savez pas ce que c'est, l'amour, le vrai.

— Je ne sais pas ce que c'est ? Avez-vous la moindre idée de ce que j'ai dû endurer…

— Maxon, vous m'avez dit que vous en aviez assez de nos disputes incessantes. Alors arrêtez de me donner des raisons de me disputer avec vous !

Je m'éloigne à toutes jambes. Pourquoi je perds encore mon temps avec lui ? Je continue à me torturer pour un garçon qui n'a aucune idée de ce que c'est, la fidélité. Qui pense que l'amour, c'est choisir une femme comme on choisit des légumes au supermarché. Notre histoire est faussée dès le départ. Vouée à l'échec.

Alors que je m'engage dans l'escalier, Maxon m'attrape à nouveau par le bras. J'essaie de me dégager de cet étau, mais c'est peine perdue.

— Je ne suis pas lui, assène-t-il.

— Quoi ?

— America, ne faites pas semblant de ne pas comprendre. Je ne suis pas lui, d'accord ?

— Lui qui ?

— Je sais que, des années durant, vous vous êtes consacrée corps et âme à une personne qui a fait le serment de vous vouer un amour éternel, du moins dans l'idéal que vous en aviez ; et, mis face aux réalités de la vie, il a fini par vous abandonner. Je ne suis pas lui, America. Je n'ai pas l'intention de renoncer à vous.

— Vous êtes complètement à côté, Maxon. Il m'a abandonnée, c'est vrai, mais au moins je le connaissais. Après tout ce temps, j'ai toujours la sensation que vous êtes un inconnu pour moi. Et vous le resterez jusqu'au bout. Pour moi, mais aussi pour les autres candidates.

Lorsque je parviens à dégager mon bras, Maxon ne me retient pas.

22.

Le Bulletin passe comme en rêve. Assise sur mon fauteuil, je me dis que chaque seconde me rapproche un peu plus de mon départ. Si Maxon n'a pas le courage de clamer haut et fort son amour, comment trouverait-il le courage de me protéger de mon plus grand ennemi : son père ? Je risque un coup d'œil vers ma gauche, là où sont installées mes camarades de l'Élite, et, les nerfs à fleur de peau, je cherche timidement la main de Celeste. À la seconde où elle sent mes doigts frôler les siens, elle pose sur moi un regard inquiet.

Qu'est-ce qui se passe ?

En guise de réponse, je hausse les épaules.

Elle me serre la main. Un voile de tristesse vient assombrir ses traits. Pendant que des pseudo-experts en costume-cravate débitent des banalités, elle tend l'autre bras et prend la main de Kriss dans la sienne.

Quelques secondes plus tard, Kriss va chercher la main d'Elise.

Nous voilà toutes les quatre accrochées l'une à l'autre, comme une chaîne humaine. La perfectionniste, la fiancée idéale, la diva… et moi.

Je passe la matinée dans le Boudoir où je me fais aussi discrète que possible. Plusieurs membres de la famille royale ont fait le voyage jusqu'à Angeles, impatients de fêter Noël sous les ors du palais. Ce soir nous attend un grand banquet et l'atmosphère sera réchauffée par des chants de circonstance. Même si j'adore Noël, cette année je ne suis pas dans l'ambiance.

Le banquet est un régal pour les papilles mais je n'ai aucun appétit, et nous recevons des cadeaux somptueux auxquels je jette à peine un coup d'œil. J'ai le moral à zéro.

Tandis que les convives vident consciencieusement leur coupe de champagne, je m'éclipse discrètement. De retour dans mon antre, je congédie mes femmes de chambre et vais m'asseoir à mon bureau. J'ai besoin de me retrouver avec moi-même. Avant la fin de la soirée, je dois dire au roi si j'accepte ou non de participer à son programme de propagande. Je n'ai pas envie de dicter leur conduite aux gens. Pas envie de décourager la solidarité entre castes, ni d'être la voix d'une campagne qui leur ordonnera :

« Restez tranquilles. Laissez faire votre bon roi. Il sait quoi faire, lui. »

Mais… j'aime Maxon, non ?

Soudain, on toque à la porte. Je vais ouvrir en traînant les pieds. Maxon se tient sur le seuil, muet.

Et je comprends tout à coup la source de ma colère : je le veux pour moi, et pour moi seule. J'en ai assez que les autres – les filles, ses parents, Aspen – viennent parasiter notre relation. Et cela me fait l'aimer encore plus.

Il me tend la main.

— Vous venez ?

Je referme la porte derrière moi et je suis Maxon dans le couloir, jusqu'à l'escalier principal.

— Vous avez raison, commence-t-il. J'ai peur de me livrer, de me dévoiler. Vous connaissez certaines facettes de ma personnalité, Kriss en connaît d'autres, Elise et Celeste aussi. Et nos relations fonctionnent et évoluent selon des dynamiques différentes. Vous, America, j'aime vous rendre visite dans votre chambre. Un peu comme si vous me laissiez entrer dans votre monde. Vous comprenez où je veux en venir ?

— Oui, plus ou moins.

— Je me suis dit que l'heure était venue de vous montrer un autre pan de mon univers, un pan qui vous était resté fermé jusqu'ici.

Nous nous arrêtons devant une porte close.

— Ma chambre, déclare Maxon.

— Vraiment ?

— Seule Kriss est venue ici, et je l'ai invitée un peu sur un coup de tête. Ce n'est pas que je le regrette, mais j'ai la sensation que les choses sont allées trop vite entre nous. Vous me connaissez, je suis assez pudique.

— C'est vrai.

— Je n'ai que trop tardé avec vous, ajoute-t-il, la main sur la poignée de la porte. Ce n'est rien d'exceptionnel, je vous l'accorde, mais c'est mon chez-moi. Mon havre de paix. Alors, bienvenue chez moi.

— Merci.

Il est intimidé, je le sens, peut-être parce que cela représente beaucoup pour lui, ou parce qu'il a peur de faire une erreur. Avec une profonde inspiration, il ouvre la porte.

Sa chambre est gigantesque. Les murs sont habillés de lambris taillés dans un bois de couleur sombre. Tout au fond trône une immense cheminée qui ne semble attendre qu'une chose, qu'un bon feu vienne réchauffer la pièce. Elle risque de patienter longtemps, vu la douceur qui règne à Angeles de janvier à décembre. À proximité de la cheminée, une bibliothèque et une table. Je me demande combien de repas solitaires cette table a accueillis. Par la porte entrouverte de la salle de bains j'aperçois un carrelage sophistiqué, ainsi qu'une luxueuse baignoire. Près de la porte-fenêtre qui s'ouvre sur le balcon, je remarque une vitrine dans laquelle est exposée une collection d'armes à feu. J'avais oublié que Maxon est un chasseur émérite.

Son lit, sculpté également dans un bois aux nuances profondes, est immense. J'ai bien envie d'aller vérifier s'il est aussi confortable qu'il en a l'air.

— Maxon, on pourrait y mettre une équipe de foot !

— J'ai essayé, une fois. C'est moins drôle qu'on pourrait le penser.

Je lui mets une petite tape sur le bras, heureuse de le voir de si bonne humeur. C'est alors que je me retourne, et ce que je vois me coupe le souffle.

À côté de la porte un mur entier est tapissé de photos, on dirait du papier peint multicolore. Il n'y a pas vraiment d'ordre ni de hiérarchie ; il s'agit d'un méli-mélo qui doit lui rappeler certains souvenirs.

Je contemple des clichés qu'il a dû prendre lui-même, parce que j'y reconnais des détails du palais, et c'est au palais qu'il passe l'essentiel de son temps. Des tapisseries photographiées en gros plan, des éléments du plafond qu'il a dû immortaliser allongé sur le tapis, d'innombrables images des jardins. Il y a d'autres clichés, qui représentent peut-être des endroits qu'il aimerait visiter, ou qu'il a déjà explorés. Un océan au bleu lumineux. Quelques ponts, une structure qui ressemble à un mur et qui a l'air de s'étirer sur des kilomètres.

Par-dessus cette exposition hétéroclite, je découvre mon visage répété des dizaines et des dizaines de fois. Je repère le portrait tiré de mon dossier de candidature à la Sélection, le portrait publié dans un magazine où on nous voit ensemble, Maxon et moi. C'est la première fois que je vois cette photo, tout comme celle de l'article sur le bal d'Halloween. Je me souviens que Maxon regardait par-dessus mon épaule les croquis de mon costume.

Puis il y a les photos qu'il a prises lui-même, sur le vif. Une de moi, la mine scandalisée, pendant la visite du roi et de la reine de Suédie. Une autre où on me voit assise sur le plateau du Bulletin en compagnie de Marlee, nous rions toutes les deux de bon cœur. Il devait être caché derrière les projecteurs, le malin. Et une autre, encore un moment volé : assise sur mon balcon, je suis en train d'admirer la lune.

Les autres candidates sont présentes aussi, les gagnantes comme celles qui sont parties trop tôt. Là j'aperçois les yeux d'Anna, qui se cache sous un paysage, ici le sourire radieux de Marlee. Il y a aussi Kriss et Celeste qui prennent la pose dans le Boudoir pendant qu'Elise fait semblant de tourner de l'œil sur une causeuse, et moi les bras enroulés autour de la reine. Ça s'est passé hier. Comment a-t-il pu obtenir les photos si vite ?

— Maxon, c'est magnifique.

— Vous aimez ?

— Je suis émerveillée. Ces photos, vous les avez prises vous-même ?

— Presque toutes, sauf celles-ci, précise-t-il en me montrant le cliché publié dans un magazine. J'en ai demandé un tirage. Celle-là, je l'ai prise sur la pointe sud d'Honduragua. Je la trouvais esthétique à une époque, mais maintenant elle m'attriste.

La photo dont il parle représente un entrelacs de tuyaux qui crachent de la fumée vers le ciel.

— J'étais hypnotisé par ce que je voyais, mais je me souviens qu'il flottait une odeur pestilentielle. Et les gens respirent cet air empoisonné de leur naissance à leur mort. J'étais trop occupé à me regarder le nombril.

— Et ça, ça se trouve où ? je demande en montrant l'interminable mur en briques.

— En Nouvelle-Asie. Au nord de ce qui constituait la frontière chinoise. Ils appelaient ça la Grande Muraille. Il n'en reste plus que des ruines, hélas. Le monument s'étire à peu près jusqu'au milieu de la Nouvelle-Asie. C'est dire combien leur territoire est étendu.

— Impressionnant. J'aime. Beaucoup. Je veux que vous fassiez une photo rien que pour moi.

— Vraiment ?

— Oui. Ou que vous m'appreniez. Combien de fois j'aurais voulu immortaliser des moments de ma vie pour les garder avec moi, je ne saurais le dire. J'ai quelques vieilles photos toutes déchirées de ma famille et une très récente avec le bébé de ma sœur, mais rien d'autre. Je n'ai jamais eu l'idée de tenir un journal ou de prendre des notes…

Je glisse mon bras sous le sien et nous restons ainsi quelques secondes, sans parler. Alors, une question que j'aurais dû poser il y a des siècles me vient à l'esprit.

— Maxon ?

— Oui ?

— Si la situation était différente, si vous n'étiez pas prince et vous pouviez choisir votre métier, c'est ça que vous choisiriez ?

— Photographe, vous voulez dire ?

— Oui.

— Absolument. Photographe d'art, ou spécialisé dans les portraits de famille. Ou pour la publicité, n'importe quoi ferait l'affaire. C'est ma passion. Vous pouvez le constater vous-même, je crois.

— Oui, je le vois bien.

— Alors pourquoi me poser la question ?

— C'est juste que… vous deviendriez un Cinq.

— Et ce serait une fierté pour moi, me répond Maxon avec un sourire serein.

— Pour moi aussi.

Subitement, comme sur un coup de tête, Maxon se tourne vers moi et prend mes mains dans les siennes.

— Dites-le, America. Je vous en conjure. Dites que vous m'aimez, que vous voulez être à moi, et à moi seul.

— Je ne peux pas, pas avec toutes les filles encore dans la compétition.

— Et je ne peux pas renvoyer les autres candidates chez elles tant que je ne suis pas certain de vos sentiments.

— Et moi, je ne peux pas vous donner ce que vous voulez en sachant que demain, vous pourriez refaire avec Kriss ce que vous avez fait avec moi.

— Refaire quoi avec Kriss ? Elle est déjà venue ici, je vous l'ai dit.

— Non, pas ça. L'attirer vers vous, je veux dire, lui faire sentir que…

— Que quoi ? Soyez plus précise.

— Qu'elle est la seule qui compte. Kriss est folle de vous. Elle me l'a dit. Et je pense qu'elle ne vous laisse pas indifférent.

Maxon pousse un soupir et cherche ses mots.

— Je ne peux pas vous affirmer qu'elle ne signifie rien pour moi. Le fait est que vous comptez plus qu'elle.

— Et vous voulez que je vous croie sur parole ?

Un sourire s'affiche sur son visage et Maxon se rapproche de moi.

— J'ai en tête quelques autres façons de vous prouver ma sincérité, murmure-t-il d'une voix rauque.

Je frissonne lorsqu'il effleure mon cou de ses lèvres entrouvertes, son souffle chaud caresse ma peau.

— Je vous veux, America, chuchote-t-il au creux de mon oreille. Je vous veux pour moi seul. Et je veux tout vous donner. Je veux vous donner des choses dont vous n'avez pas idée. Je veux... désespérément...

Son souffle se mêle au mien.

C'est alors qu'on frappe à la porte. Si fort que je sursaute. J'étais perdue dans la chaleur de Maxon, dans ses paroles, dans son parfum. Nous nous tournons vivement vers la porte, mais Maxon colle ses lèvres sur les miennes.

— Ne bougez pas. J'ai la ferme intention de poursuivre cet entretien.

Il m'embrasse langoureusement, puis il se détache de moi et va ouvrir. Je me recoiffe à la va-vite en essayant de me ressaisir. Encore un peu et je vais manquer d'air.

— Pardonnez-moi, Votre Altesse, déclare une voix masculine. Nous cherchons Mlle America, et ses dames de compagnie nous ont envoyés ici.

Les sourcils froncés, Maxon ouvre grand la porte et laisse entrer un garde qui me toise des pieds à la tête, comme pour s'assurer que je suis bien celle qu'il cherche. Une fois satisfait, il se penche vers Maxon et lui murmure quelques mots à l'oreille. Les épaules de Maxon s'affaissent et il porte la main à son front, manifestement terrassé par une mauvaise nouvelle.

— Un problème, Maxon ?

Il se tourne vers moi, les traits décomposés.

— Je suis terriblement désolé, America. Pardonnez-moi de devoir vous annoncer cela… Votre père est mort.

Sur le coup, je ne comprends pas. Je ne comprends vraiment pas ce qu'il me dit.

Puis la pièce se met à tourner autour de moi et la dernière chose dont je me souviens, ce sont les bras de Maxon qui me rattrapent avant que je m'effondre par terre.

23.

— Je comprends… Elle voudra rendre visite à sa famille.

— Si elle quitte le palais, ce sera pour une journée, tout au plus. Je ne l'apprécie guère mais le peuple se retrouve en elle, sans parler de la famille royale italienne. Ce serait très gênant si elle venait à disparaître de la circulation.

Je bats des paupières. Je suis étendue sur mon lit, tout habillée. Du coin de l'œil, j'aperçois Mary.

Des voix étouffées me parviennent du couloir, juste derrière la porte. Maxon et le roi.

— Ça ne suffira pas. Elle aimait tendrement son père ; il lui faudra plus de temps.

— Très bien. Quatre jours. C'est mon dernier mot.

— Et admettons qu'elle décide de ne pas revenir ? Même si les Renégats ne sont pas impliqués dans ce décès, peut-être voudra-t-elle demeurer en Caroline.

— Si elle est assez stupide pour abandonner la compétition, bon débarras ! Si elle refuse de participer à l'enregistrement des spots télévisés, autant qu'elle reste chez elle.

— Elle accepte. Elle me l'a dit un peu plus tôt dans la soirée, ment Maxon, sûrement pour me protéger.

— Pas trop tôt ! Dès son retour, nous la conduirons au studio d'enregistrement. Il faut en finir avec cette histoire avant la nouvelle année, fulmine le roi, alors même qu'il a obtenu ce qu'il voulait.

Un silence, puis Maxon reprend la parole.

— Je veux l'accompagner.

— Pas question !

— Il n'y en a plus que quatre, père. Cette jeune fille pourrait devenir ma femme. Et vous voulez que je l'abandonne en pleine tourmente ?

— Oui ! Si elle meurt, tant pis. Si toi tu meurs, c'est une tout autre histoire. Tu restes ici !

— Je ne suis pas un meuble. Et elle non plus ! J'aimerais qu'au moins une fois tu me considères comme un être humain.

La porte s'ouvre alors et Maxon entre dans ma chambre. Il vient s'asseoir à mon chevet.

— Pardonnez-moi. Je ne voulais pas vous réveiller.

— C'est un cauchemar, c'est ça ?

— Hélas non, très chère. Votre père nous a quittés. Un problème cardiaque.

Je me redresse, je me jette dans les bras de Maxon, qui me serre contre lui, et je pleure le nez dans son épaule.

— Papa. Papa…

— Chut, trésor. Tout va s'arranger. Vous allez prendre l'avion demain matin à la première heure pour aller lui rendre un dernier hommage.

— Je n'ai même pas eu la chance de lui dire au revoir. Je n'ai pas…

— America, écoutez-moi. Votre père vous aimait. Il était fier de vous. Il ne vous en aurait pas voulu pour ça.

Je sais que Maxon a raison. Papa était fier de moi, il n'a pas arrêté de le répéter depuis que j'ai intégré la Sélection.

— Écoutez, voilà ce que vous allez faire. Vous allez dormir sur vos deux oreilles. Vous prendrez l'avion demain et vous passerez quatre jours avec votre famille. Quatre jours, c'est peu, mais père insiste.

— Ce n'est pas grave.

— Vos caméristes sont en train de confectionner une tenue pour les funérailles, elles se chargeront de vos bagages. L'une d'elles vous accompagnera, vous serez protégée par plusieurs gardes… Ah, vous tombez à pic ! lance Maxon en saluant la silhouette qui a surgi sur le seuil. Officier Leger, merci d'être venu aussi vite.

Ils échangent une poignée de main.

— Je vous en prie, Votre Altesse. Excusez-moi, je ne suis pas en uniforme.

— C'est le cadet de mes soucis. Je suis certain que vous savez pour quelle raison je vous ai fait venir.

— En effet. Toutes mes condoléances, mademoiselle, dit Aspen en se tournant vers moi.

— Merci.

Maxon reprend :

— Comme les Renégats ne semblent pas faire de trêve, nous avons tous à cœur la sécurité de Mlle America. Nous avons déjà missionné plusieurs soldats qui doivent surveiller son lieu de résidence et les endroits qu'elle fréquentera ces prochains jours. Mais, à mon sens, c'est tout à fait insuffisant.

— Je comprends, Votre Altesse.

— Et vous connaissez le secteur ?

— Comme ma poche.

— Très bien. Je vous nomme à la tête du détachement. Choisissez qui bon vous semble, entre six et huit hommes.

Aspen hausse un sourcil.

— Je sais, c'est peu, mais trois des gardes que nous avons envoyés en Caroline ont déjà abandonné leur poste. Et je veux qu'elle soit en sécurité autant, sinon plus, qu'au palais.

— Je m'en charge, Sire.

— Excellent. Elle sera accompagnée d'une suivante, sur laquelle je vous demande aussi de veiller.

Qui voulez-vous désigner comme compagne de voyage ? me demande Maxon.

Je hausse les épaules. Aspen parle à ma place :

— Permettez-moi, je sais qu'Anne est votre caméριste en chef, si je puis dire, mais je crois me souvenir que Lucy s'entendait particulièrement bien avec votre mère et votre sœur. Peut-être que cela les réconforterait de voir un visage amical.

— D'accord, alors Lucy.

— Très bien, lance Maxon. Officier, vous n'avez pas beaucoup de temps. Vous partez demain matin.

— Je prends immédiatement les dispositions nécessaires. À demain matin, mademoiselle.

Et Aspen nous laisse seuls. À cet instant, j'aurais plus que tout besoin de son soutien. Aspen connaissait bien mon père, et j'aurais aimé qu'une personne qui le comprenait aussi bien que moi reste à mes côtés pour joindre ses pleurs aux miens.

Maxon revient s'asseoir près de moi.

— Une dernière chose avant de vous laisser. Parfois, quand vous êtes troublée, le sang se met à bouillir dans vos veines. Essayez de garder la tête froide en dehors du palais. Ne commettez aucune imprudence.

— Je ferai attention. Promis.

— Merci.

Une sérénité nouvelle s'empare de moi. La douleur devient presque supportable.

Maxon se penche et appuie son front contre le mien. Je l'entends prendre une profonde inspiration, comme s'il allait ajouter quelque chose, avant de se raviser. Enfin, il dépose un tendre baiser sur ma joue.

— Soyez prudente.

Puis il me laisse à mon chagrin.

Il fait froid en Caroline. Une masse nuageuse a quitté l'océan pour s'aventurer à l'intérieur des terres. J'espère en secret qu'il va neiger, mais c'est un espoir vide de sens. Papa est mort. Je devrais avoir honte d'espérer quoi que ce soit.

J'ai passé ces dernières semaines à échafauder plusieurs scénarios pour le jour de Noël. Je me voyais déjà éliminée. Ma famille et moi, nous serions réunis autour du sapin, déçus par mon échec dans la dernière ligne droite mais heureux d'être à nouveau ensemble. Je me voyais aussi déballer des cadeaux sous l'immense sapin du palais, me gaver de chocolats et échanger des plaisanteries avec Maxon et les autres filles, pendant que la compétition serait mise en sourdine. Jamais je n'aurais imaginé que je reviendrais chez moi enterrer mon père.

Lorsque la limousine s'engage dans ma rue, j'aperçois la foule massée sur les trottoirs. Les gens préfèrent faire le pied de grue dans le froid plutôt que de passer les fêtes en famille. Je me rends compte qu'ils espèrent me voir, ne serait-ce qu'une fraction de seconde, et la nausée me gagne. Ils montrent notre véhicule du doigt sur son passage, je remarque même des équipes de télévision.

La limousine se gare devant ma petite maison et les badauds m'accueillent par des applaudissements. Je suis désarçonnée. Ils ne connaissent pas la raison de mon retour ? Lucy et moi, nous remontons le trottoir lézardé, encerclées par six gardes.

— Mademoiselle America !

— Je peux avoir un autographe ? hurle quelqu'un, et d'autres prennent le relais.

Je file, le regard fixé droit devant moi. Pour une fois, je crois que j'ai droit à un peu d'intimité. Levant la tête, je pose les yeux sur la guirlande lumineuse que papa a fixée au toit. Qui va l'enlever maintenant qu'il n'est plus là ?

En tête du groupe, Aspen frappe à la porte et attend. Un autre garde vient ouvrir. Les deux collègues échangent quelques mots et nous sommes autorisés à franchir le seuil. Tout ce petit monde se serre dans l'entrée et, une fois au salon, je me rends compte que quelque chose cloche.

Je ne suis plus chez moi.

J'ai perdu la boule, c'est certain. Bien sûr que je suis toujours chez moi. C est tout simplement la situation qui sort de l'ordinaire. Personne ne manque à l'appel, d'ailleurs. Kota est là, lui aussi. Kenna tient entre ses bras un bébé que je n'ai vu jusqu'ici qu'en photo. Tant de changements auxquels je vais devoir m'habituer.

Et tandis que maman porte son éternel tablier et que Gerad traîne en pyjama, on dirait que je reviens d'une soirée de gala : les cheveux relevés en chignon, des saphirs aux oreilles, des escarpins aux pieds et une robe sublime qui froufroute jusqu'aux chevilles. Une fraction de seconde, j'ai l'impression d'être une intruse. Alors May se précipite vers moi et tout redevient comme avant.

Kenna se met debout, son bébé dans les bras.

— America ! Comme tu es belle !

— Merci.

Elle m'étreint de son bras resté libre et je glisse un coup d'œil entre les plis de la couverture pour faire enfin connaissance avec ma nièce. Astra dort paisiblement et, de temps à autre, je la vois desserrer son petit poing ou gigoter un peu. Je suis tellement émue par sa bouille que j'ai du mal à respirer.

Aspen s'éclaircit la voix.

— Madame Singer, je vous prie d'accepter mes condoléances.

— Merci, Aspen, lui répond maman avec un sourire las.

— Cela me navre que ce retour ait lieu dans des circonstances aussi tragiques, mais, quoi qu'il en soit, il va falloir renforcer la sécurité. Je vais vous demander de ne quitter la maison sous aucun prétexte. Je sais que nous allons être un peu à l'étroit mais nous vous laisserons tranquilles dans quelques jours. Et les gardes seront logés à un jet de pierre d'ici pour pouvoir se relayer auprès de vous. Nous allons essayer de nous imposer le moins possible.

« James, Kenna, Kota, dès que vous êtes prêts, nous irons chez vous récupérer des affaires de première nécessité, ajoute-t-il avec des accents d'autorité dans la voix. S'il vous faut plus de temps pour dresser une liste, pas de problème. Votre emploi du temps est le nôtre.

Je souris un peu, heureuse de voir Aspen dans son nouveau rôle. Il a tellement mûri.

— Je ne peux pas quitter mon atelier, gémit Kota. J'ai des délais à respecter, des contrats. Il y a des œuvres que je me suis engagé à livrer.

— Tous les outils et les matériaux peuvent vous être livrés à l'atelier. Nous ferons autant de voyages que nécessaire.

— Cet endroit est un dépotoir, marmonne Kota.

— Très bien. À vous de choisir. Soit vous travaillez dans ce dépotoir, soit vous risquez votre vie chez vous.

Kota blêmit. Soudain, il y a de l'électricité dans l'air. Je décide de détourner la conversation.

— May, tu peux dormir avec moi. Kenna et James iront s'installer dans ta chambre.

Ma sœur et son mari acceptent mon offre d'un hochement de tête.

— Lucy, je veux t'avoir près de moi. Tu vas peut-être devoir dormir par terre.

— Je ne veux pas vous quitter une seule seconde, mamselle, me répond Lucy en se redressant de toute sa hauteur.

— Et moi, je dors où ? lance Kota.

— Avec moi, suggère Gerad, un peu à contrecœur.

— Hors de question ! Je ne dors pas sur un lit superposé avec un gamin !

Je commence à perdre patience.

— Kota, tu peux dormir sur le canapé ou dans le garage ou dans la cabane, je m'en fiche ; mais si tu ne révises pas ton attitude, je te renvoie séance tenante chez toi ! Tu devrais remercier Aspen qu'il veuille bien assurer ta sécurité. Dois-je te rappeler que demain, nous enterrons notre père ? Alors soit tu arrêtes de te lamenter, soit tu rentres chez toi !

Je pivote sur mes talons et je remonte le couloir comme une flèche. Je sais que Lucy arrive juste derrière moi, elle traîne ma valise.

Elle me rejoint dans ma chambre et je claque la porte.

— J'y suis allée un peu fort, non ?

— C'était parfait ! Vivement que vous soyez princesse, mamselle. Vous êtes fin prête.

24.

La journée du lendemain est un tourbillon. Il y a foule à l'enterrement, des gens que je ne connais pas. Des amis de mon père ou des étrangers poussés par une curiosité malsaine ? Je l'ignore.

Le pasteur de notre paroisse orchestre la cérémonie et, pour des raisons de sécurité, on a demandé aux membres de la famille de ne pas prononcer de discours. Les proches endeuillés se retrouvent ensuite autour d'un buffet, élégant et bien garni, complètement hors de nos moyens. Je suis à peu près certaine que Silvia, ou un autre collaborateur du palais, a joué un rôle dans l'organisation de cette réception somptueuse.

Aspen reste à mes côtés de la première à la dernière minute et sa présence me réconforte. S'il y a quelqu'un en qui j'ai une totale confiance, c'est bien lui.

— Je n'ai pas versé une seule larme depuis que je suis descendue de l'avion. J'ai cru que j'allais être une vraie loque.

— Ça te tombera dessus à des moments bizarres, me répond-il. J'étais un vrai zombie les jours qui ont suivi la mort de mon père, et ensuite je me suis rendu compte que je devais me secouer, pour ma famille. Mais parfois, quand il m'arrivait quelque chose et que je voulais en parler à mon père, tout me revenait d'un coup, comme une gifle, et je m'effondrais.

— Alors… je suis normale ?

— Tout à fait normale.

— Je ne connais pas la plupart de ces gens.

— Ils sont tous d'ici. On a vérifié leurs papiers. S'il y a autant de monde, c'est sûrement ta présence qui les a fait venir. Mais je crois que ton père a peint un tableau pour les Hampshire, et je l'ai vu discuter avec M. Clippings et Albert Hammers au marché assez souvent. C'est difficile de tout savoir des gens qui te sont proches, même ceux que tu aimes à la folie.

Il insinue quelque chose, ses paroles cachent un message auquel je dois répondre, je le sens. Mais mon cerveau refuse de fonctionner.

— Il va falloir qu'on s'y habitue, ajoute Aspen.

— Qu'on s'habitue à quoi ? À ce que la vie soit une succession de catastrophes ?

— Non. Ce qui nous paraissait normal ne l'est plus. Tout ce qu'on tenait pour acquis est bousculé.

— À qui le dis-tu…

— Il faut qu'on arrête d'avoir peur du changement.

Il me scrute, le regard implorant. Je me demande de quel changement il parle.

— Je vais être forte, promis. Mais pas aujourd'hui.

Après l'enterrement, nous essayons de ne pas perdre le moral. Il reste des cadeaux de Noël à déballer. Gerad reçoit exceptionnellement la permission de jouer au ballon à l'intérieur et maman passe une grosse partie de l'après-midi avec Kenna et Astra. Nous laissons Kota s'enfermer dans le garage sans prendre la peine d'aller le voir une seule fois, car il est d'une humeur massacrante. C'est May qui m'inquiète le plus. Elle passe son temps à dire qu'elle veut s'occuper les mains, mais elle refuse de travailler dans un endroit d'où papa est absent.

Prise d'une inspiration subite, je l'entraîne avec Lucy dans ma chambre pour un moment de détente entre filles. Lucy se laisse brosser les cheveux sans protester, elle lâche même un petit cri lorsque le pinceau à poudre lui chatouille la joue.

Avec sa palette de fards, May a vraiment un don ; ses yeux d'artiste peuvent travailler sur n'importe quel support, une toile ou un visage humain. Elle enfile l'uniforme des femmes de chambre du palais, même s'il est trois fois trop grand pour elle, et Lucy essaie mes robes. En particulier un délicat fourreau bleu qu'on fait tenir dans son dos à l'aide d'épingles.

— Il lui faut des chaussures ! s'écrie May en allant chercher une paire d'escarpins assortis.

— Mais j'ai les pieds trop larges, gémit Lucy.

— N'importe quoi.

Docilement, Lucy s'assied au bord du lit tandis que May se bat avec les escarpins. Il y a de quoi rire aux larmes. Lucy a des grands pieds, c'est la vérité, et à chaque fois que May tente de visser les chaussures dessus, elle rigole tant qu'elle hoquette. Quant à moi, je suis pliée en deux. Nous faisons tellement de bruit qu'au bout d'un moment, quelqu'un vient frapper à la porte. Trois coups, puis la voix d'Aspen nous parvient depuis le couloir.

— Tout va bien là-dedans ?

Je cours lui ouvrir et je lui montre Lucy d'un geste ample du bras. May l'aide à se mettre debout. L'ourlet de la robe cache ses pauvres pieds nus.

— Officier Leger, venez voir notre chef-d'œuvre

Aspen étudie May dans son uniforme trop large et il éclate de rire, puis il inspecte Lucy avec sa robe de princesse.

— Phénoménal, commente-t-il avec un sourire qui s'étire d'une oreille à l'autre.

— Bon, maintenant on va te faire un beau chignon, s'exclame May.

Lucy lève les yeux au ciel et se laisse entraîner vers le miroir.

— C'était ton idée ? me demande Aspen à voix basse.

— Oui. May avait l'air tellement perdue. Il fallait que je lui change les idées.

— Elle a l'air mieux. Et Lucy est heureuse, aussi.

— Cela leur fait autant de bien qu'à moi. L'idée, c'est de retrouver le goût des petits plaisirs futiles.

— C'est une bonne idée, oui. Ça ne va pas se faire du jour au lendemain, mais tout va finir par s'arranger.

Je repense à papa et les larmes me montent soudain aux yeux. Vite, changeons de sujet.

— Cela me gêne de représenter la caste la plus modeste dans la compétition. Regarde Lucy. Question physique, caractère et intelligence, elle n'a rien à envier aux trente-cinq candidates de départ mais elle restera toujours une bonniche, elle. C'est profondément injuste.

— Ces derniers mois j'ai appris à connaître toutes les personnes qui travaillent à ton service, et c'est quelqu'un qui sort de l'ordinaire.

— Puisqu'on parle de mes femmes de chambre, il faut que je te dise quelque chose.

Aspen se raidit.

— Je sais que c'est gênant, mais j'ai promis de t'en parler.

— Très bien.

— Qu'est-ce que tu penses d'Anne ?

— Anne ? répète-t-il sur un ton incrédule. Pourquoi elle ?

— Je crois qu'elle t'aime bien. Et elle est vraiment adorable.

— Je sais que tu veux que je tourne la page, mais ce n'est pas du tout le genre de fille avec qui je veux faire ma vie. Elle est tellement… coincée.

— C'est l'image que j'avais de Maxon avant d'apprendre à le connaître. En plus, je crois que ça n'a pas toujours été tout rose dans sa vie.

— Et alors ? Lucy aussi, et regarde-la.

— Elle t'a raconté comment elle est arrivée au palais ?

Aspen fait oui d'un signe de tête.

— J'ai toujours trouvé abominable le système des castes, America, tu le sais. Mais avant Lucy, je ne savais pas qu'on pouvait exploiter les gens à ce point, en faire des esclaves.

Je pousse un soupir, les yeux posés sur May et Lucy, sur ce moment de joie dans la tornade du malheur.

— Prépare-toi à entendre une chose que tu pensais ne jamais entendre, me lance Aspen. Figure-toi que je me réjouis que Maxon t'ait rencontrée. Je sais, je sais, ça t'étonne. Mais jamais il ne se serait penché sur le sort des castes les plus indigentes si tu ne l'avais pas poussé du coude. C'est ton influence qui a changé la donne, America…

Nous échangeons un regard furtif. Je me souviens de notre discussion dans la cabane quand il m'avait poussée à soumettre ma candidature à la Sélection, dans l'espoir que je décrocherai un passeport pour une vie meilleure. Je ne sais pas encore si l'avenir va me sourire – c'est toujours flou –, mais la perspective de rendre radieux celui du peuple d'Illeá dans sa totalité... cette possibilité signifie beaucoup pour moi.

— Je suis fier de toi, America. Très fier. Et ton père aussi serait fier de toi déclare Aspen en quittant la chambre.

25.

Le lendemain, nous restons cloîtrés à la maison. De temps en temps, j'entends le parquet grincer et je tourne la tête, certaine que papa va sortir du garage avec de la peinture plein les cheveux, que rien n'a changé. Mais mon chagrin est adouci par la voix de May ou le parfum du talc que Kenna saupoudre sur les fesses d'Astra. La maison est pleine de vie et c'est aussi une forme de consolation pour moi.

J'ai pris la décision de ne pas mettre mes robes d'apparat pendant mon séjour et j'ai aussi donné l'ordre à Lucy de troquer son uniforme contre quelques-uns de mes vieux vêtements, trop petits pour moi mais encore trop grands pour May. Elle proteste un peu, pour la forme, avant d'accepter. Comme maman se change les idées en s'affairant aux fourneaux, la tâche principale dont elle est chargée, c'est de jouer avec May et Gerad, et elle s'en acquitte avec plaisir.

Nous sommes tous réunis au salon et chacun tue le temps comme il peut. J'ai un livre entre les mains et Kota est scotché à l'écran de la télévision, un peu comme Celeste. Cette comparaison m'arrache un sourire. Affalés par terre, Lucy, May et Gerad jouent aux cartes et chaque victoire est ponctuée par des explosions de joie. Astra est en train de téter goulûment son biberon entre les bras de son père, qui rayonne de bonheur même si l'épuisement a creusé son visage. Quel tableau serein. On dirait presque que rien n'a changé. Alors, du coin de l'œil, j'aperçois Aspen qui monte la garde et sa présence me rappelle qu'en réalité, plus rien ne sera jamais comme avant.

J'entends soudain maman renifler à tout-va dans la cuisine, puis je la vois remonter le couloir et s'approcher de nous, plusieurs enveloppes à la main.

— Comment tu te sens, maman ?

— Ça pourrait être pire. J'ai du mal à croire qu'il est parti.

Et elle ravale ses larmes. Étrange. Toutes ces fois où je me suis dit que maman ne tenait pas du tout à papa… ils n'échangeaient jamais ces témoignages d'affection que j'ai pu surprendre chez d'autres couples. Même Aspen était plus démonstratif, alors que nous devions cacher notre amour.

Mais son mari est mort et jamais elle ne pourra se remettre d'une perte pareille.

— Kota, tu pourrais éteindre la télé une minute ? Et Lucy, ma puce, emmène donc May et Gerad dans la chambre d'America. Je dois discuter de certaines choses avec les grands.

— Bien sûr, madame, lui répond Lucy. Venez, les terreurs, on s'en va.

May n'a pas l'air enchantée d'être exclue, mais elle prend le parti d'obéir. Parce qu'elle veut ménager maman, peut-être, ou parce qu'elle adore Lucy. Je ne saurais le dire, mais je suis contente qu'elle ne fasse pas sa mauvaise tête.

Maman s'adresse à nous, les aînés.

— Vous savez que le problème de santé de votre père est héréditaire. Je pense qu'il savait qu'il ne lui restait plus beaucoup de temps, parce qu'il y a trois ans environ, il vous a écrit ces lettres… Il m'a fait promettre de vous les donner, ajoute-t-elle, le jour où il lui arriverait quelque chose. J'ai aussi des lettres pour May et Gerad, mais je me demande s'ils ne sont pas un peu trop jeunes. Je ne les ai pas lues, je vous assure. Elles vous sont destinées à vous, alors… je me suis dit que le moment était venu. Voici pour toi, Kenna, lâche-t-elle en commençant sa distribution. Kota. Et America.

Et elle me tend une enveloppe, que j'accepte. Je ne sais pas trop si j'ai vraiment envie de l'ouvrir. Ce sont les derniers mots de mon père, l'adieu auquel je pensais n'avoir jamais droit. Je fais courir mes doigts sur l'enveloppe. À la place du point sur le *i* de mon prénom, il y a un petit gribouillis. Je sens un sourire venir à mes lèvres. Qu'est-ce qui a pu le pousser à faire ça ? Est-ce que ça a une importance, d'ailleurs ? Peut-être qu'il voulait me remonter le moral. C'est alors que je remarque un détail. Le gribouillis a été ajouté après coup. L'encre de mon prénom est décolorée mais la tache est plus foncée, tracée à une date plus récente. Je retourne l'enveloppe. Elle a été ouverte, puis recollée avec du scotch.

Je jette un coup d'œil à Kenna et à Kota, déjà plongés dans leurs lettres respectives. Ils semblent captivés, on voit bien qu'ils ne savaient rien de l'existence de ces lettres. Deux options : soit maman a menti et elle a lu la mienne, soit papa a rouvert l'enveloppe. Il ne m'en faut pas plus pour me décider. Avec mille précautions, je retire le morceau de scotch et j'ouvre l'enveloppe.

J'y trouve une lettre rédigée sur une feuille jaunie, puis un mot plus court sur du papier immaculé. Je devine que je dois lire la lettre d'abord si je veux comprendre la note. Je vais m'installer, la lettre à la main, près de la fenêtre, au soleil.

America,

Ma chère petite. Je ne sais même pas par quel bout commencer tellement j'ai de choses à te dire. Même si j'aime mes enfants d'une égale manière, tu occupes une place spéciale dans mon cœur. Kenna et May s'appuient sur ta mère, Kota est tellement indépendant qu'il attire Gerad comme un aimant, mais toi, c'est toujours vers moi que tu te tournais. Quand tu t'écorchais le genou ou quand les gamins des castes supérieures se moquaient de toi, c'est dans mes bras que tu venais te réfugier. Cela signifie beaucoup pour moi de savoir que j'ai été un modèle pour l'un de mes enfants.

Même si tu ne m'aimais pas comme tu m'aimes, sans retenue, je serais toujours terriblement fier de toi. Tu deviens une musicienne accomplie, et la façon dont tu joues du violon, la façon dont tu chantes, tout en toi me ravit. Je regrette de ne pas t'avoir donné de scène à la hauteur de ton talent, America. Tu mérites tellement plus que de rester dans l'ombre pendant des cocktails guindés. Je continue à espérer que tu feras partie des chanceux qui arrivent à se libérer du carcan de leur caste. Je crois que Kota peut y arriver, lui aussi. Il est très doué. Mais c'est aussi un arriviste, et tu n'as pas cet instinct en toi. Tu n'es pas du genre à écraser les autres pour te faire une place au soleil, comme le sont souvent nos semblables. Et c'est aussi pour ça que je t'aime.

Tu as un cœur d'or, America. Je sais que cela va te surprendre, mais c'est très rare dans notre monde. Attention, je ne prétends pas que tu es parfaite ; je t'ai vue piquer des colères énormes, je sais que c'est loin d'être le cas ! Mais tu as bon cœur, et tu es éprise de justice. Avec ta nature généreuse, je te soupçonne de voir des choses qui sont visibles de toi seule.

Lorsque j'ai écrit à tes sœurs et à tes frères, j'ai ressenti le besoin de leur transmettre mon savoir, mon expérience. Je vois des failles dans leur personnalité qui pourraient leur rendre l'existence difficile s'ils ne font pas l'effort de lutter contre les obstacles que la vie mettra sur leur chemin. Toi, tu n'as pas besoin de ça. J'ai le sentiment que tu ne te laisseras pas entraîner dans une voie dont tu ne veux pas. Peut-être ai-je tort, alors laisse-moi te dire une bonne chose : bats-toi, America ! Pas pour l'argent ni la célébrité, mais bats-toi quoi qu'il arrive. Peu importent tes ambitions, America, rassemble toute ton énergie pour les atteindre.

Si tu parviens à tenir la peur à distance et à ne pas te contenter des seconds rôles, alors je serai comblé. Vis ta vie. Sois aussi heureuse que possible, tourne le dos à ce qui n'a aucune importance, et bats-toi.

Je t'aime, ma puce. Au-delà de ce que les mots peuvent exprimer. Je pourrais peut-être peindre mon amour, mais une toile ne rentrerait pas dans cette enveloppe. De toute façon je t'aime au-delà de la peinture, au-delà de la musique, au-delà des mots. Et j'espère que tu sentiras toujours cet amour, même quand je ne serai plus à tes côtés.

Ton papa qui t'aime.

Je ne sais pas à quel moment j'ai commencé à pleurer, mais c'est difficile de rester concentrée jusqu'au bout. Si seulement j'avais eu l'occasion de lui confier à quel point je l'aime, moi aussi…

Je tourne la tête et je découvre que Kenna pleure elle aussi, les yeux toujours vissés sur sa lettre. Kota a l'air complètement perdu, il tourne et retourne les feuilles, comme s'il les relisait en diagonale.

Je me concentre maintenant sur le petit mot, en espérant que sa lecture sera moins éprouvante que celle de la lettre. J'ai eu ma dose d'émotion pour aujourd'hui.

America,

Pardonne-moi. Quand nous t'avons rendu visite au palais, j'ai trouvé par hasard le journal de Gregory Illeá dans ta chambre. Si tu as des ennuis, c'est par ma faute. Et je suis certain qu'il y aura des répercussions à cause de mes activités, et des personnes à qui j'en ai parlé. Cela m'attriste de te trahir ainsi mais crois-moi, je l'ai fait dans l'espoir d'un avenir meilleur, pour toi et pour les autres.

Tourne-toi vers l'étoile Polaire,
Ton guide loyal.
Que la vérité, l'honneur, la justice
Soient ta boussole.
Avec tout mon amour,

Shalom.

Je reste plantée près de la fenêtre plusieurs minutes, en essayant de résoudre cette énigme. Quelles répercussions ? Ses activités, les personnes à qui il en a parlé ? Et d'où il sort, ce poème ?

Lentement, les paroles d'August me reviennent en mémoire. Ce n'est pas mon exposé pendant le Bulletin qui leur a mis la puce à l'oreille, ils savaient déjà en grande partie ce que ces carnets contenaient...

Mes activités... à qui j'en ai parlé... Tourne-toi vers l'étoile Polaire...

Je fixe la signature de papa. J'ai toujours trouvé bizarre la façon dont il signait les lettres qu'il m'envoyait au palais, en particulier le *l* de Shalom, son prénom. C'est une étoile à huit points – une étoile Polaire.

Et le gribouillis qui couronne le *i* d'America ? Est-ce que c'est un message, aussi ? Une information codée qu'il essaie de me transmettre parce qu'il sait qu'August et Georgia sont entrés en contact avec nous ? August et Georgia ! La boussole à son collier : huit points. Les motifs que Georgia a brodés sur sa veste en jean, ce ne sont pas du tout des fleurs, mais des étoiles. Le tatouage que le garçon que Kriss a dû condamner pendant le Verdict avait sur la nuque. C'était une étoile, pas une croix. L'étoile, c'est leur signe de ralliement !

Mon père était un Renégat du Nord.

J'ai l'impression d'avoir vu cette étoile à d'autres endroits. Peut-être en me promenant au marché, ou même au palais. Est-ce que ça fait des années que je l'ai sous le nez ? Frappée de stupeur, je lève la tête. Aspen attend, avec dans le regard des questions qu'il ne peut pas poser à voix haute.

Mon père était un Renégat. Un livre d'histoire en lambeaux caché dans sa chambre, des amis qui sont pour moi de parfaits étrangers et qui viennent assister à ses funérailles… une fille qu'il a baptisée America. Si j'avais été plus attentive, je l'aurais compris il y a des années.

— C'est tout ? s'étonne Kota, presque indigné, en brandissant sa lettre. Qu'est-ce que je suis censé faire de ça ?

— Il y a un problème ? lui demande maman, qui est revenue au salon chargée d'un service à thé.

— La lettre de papa. Il m'a légué la maison. Qu'est-ce que je dois faire avec cette porcherie ?

— Kota, papa t'a écrit cette lettre avant que tu démenages, explique Kenna, toujours émue. Il essayait de t'assurer un avenir.

— Eh bien il a raté son coup, non ? D'aussi loin que je me souvienne, on a toujours crevé de faim. Cette baraque n'aurait rien changé à l'affaire. Je me suis débrouillé tout seul.

Et Kota balance les feuilles de sa lettre aux quatre coins du salon, comme des feuilles mortes.

— Vous avez de l'alcool quelque part ? Aspen, va me chercher à boire, ordonne-t-il avec sa grossièreté habituelle.

Sur le visage d'Aspen défilent des dizaines d'émotions : l'agacement, la compassion, l'orgueil, la soumission. Résigné, il met le cap vers la cuisine. Je le retiens :

— Stop !

Kota lève la tête, énervé.

— C'est à ça qu'il sert, America.

— Non, absolument pas. Tu l'as peut-être oublié, mais Aspen est un Deux à présent. Ce serait plutôt à toi d'aller lui chercher à boire. Pas seulement par rapport à son statut, mais par rapport à tout ce qu'il a fait pour nous.

— Cause toujours. Est-ce que Maxon est au courant ? rétorque Kota avec un rictus mesquin. Il sait que vous roucoulez ensemble ?

Mon cœur s'arrête de battre un instant.

— Qu'est-ce qu'il ferait, à ton avis ? poursuit mon frère d'un air mauvais. Il y a déjà eu un châtiment en place publique et pas mal de gens disent que cette traînée méritait pire.

Je ne pipe mot. Aspen ne répond rien, lui non plus, et je me demande si notre absence de repartie nous condamne.

Enfin, maman brise le silence.

— C'est vrai ? Vous êtes ensemble ?

— Aspen, va voir si Lucy a besoin de toi.

— Non, il reste ! proteste Kota.

— Et moi je dis qu'il s'en va ! Et vous, asseyez-vous !

On dirait que la foudre est tombée au milieu du salon. Maman se laisse choir sur le canapé, médusée. Aspen disparaît dans le couloir et Kota, lentement, s'assied lui aussi.

— C'est vrai, avant la Sélection, je suis sortie avec Aspen. On avait l'intention de l'annoncer une fois qu'on aurait économisé assez d'argent pour se marier. On a fini par se séparer et ensuite j'ai rencontré Maxon. Je tiens à lui et, même si Aspen me consacre beaucoup de temps, il ne se passe plus rien entre nous.

Puis je m'adresse directement à Kota :

— Si tu crois, ne serait-ce qu'une seule seconde, que tu peux essayer de me faire du chantage à cause de mon passé, tu ferais mieux d'y réfléchir à deux fois. Tu m'as demandé un jour si j'avais parlé de toi à Maxon, et la réponse est oui. Il sait bien que tu es un imbécile, un lâche et un ingrat.

« Et sache qu'il m'adore. Si tu crois que ta parole a plus de poids que la mienne, tu pourrais être désagréablement surpris. Surtout si le bourreau reçoit l'ordre de sortir son assortiment de cannes et de fouets. Ça te tente ?

Kota serre les poings. S'il recevait des coups de badine sur les mains, comme Marlee, cela signerait la fin de sa carrière de sculpteur.

— Bien. Et si je t'entends encore dire un mot de travers sur papa, je ne vais pas me priver de ce petit plaisir. Tu as eu de la chance d'avoir un père qui t'aimait autant. Il t'a laissé la maison et il aurait pu te la reprendre après ton départ, mais il ne l'a pas fait. Il avait encore de l'espoir pour toi, ce qui est loin d'être mon cas.

Je quitte le salon comme une tornade et, une fois dans ma chambre, je claque la porte derrière moi. J'avais oublié que Gerad, May, Lucy et Aspen m'y attendaient.

— Alors tu es sortie avec Aspen ? demande May d'une petite voix.

— Vous parliez un peu fort, explique Aspen.

Il me vouvoie devant les autres, pour ménager les apparences.

Lucy a les yeux voilés de larmes. Je ne peux pas la forcer à garder un secret, encore un – d'autant plus que cela a l'air de la bouleverser. Elle est tellement honnête, tellement loyale. Je me décide donc :

— Je vais en informer Maxon dès notre retour. Je croyais que je te protégeais, je croyais que je me protégeais aussi, mais je n'ai fait que mentir. Et si Kota est au courant, alors il ne doit pas être le seul. Je veux que Maxon l'apprenne de ma bouche…

26.

Je passe le reste de la journée enfermée dans ma chambre. Je n'ai pas envie de croiser le visage mauvais de Kota ni d'affronter les questions de maman. Le pire, c'est Lucy. On croirait que le ciel lui est tombé sur la tête. Je finis par la congédier. J'ai trop de soucis à gérer pour l'avoir dans les pattes, de toute façon. Je répète le discours – la confession – que j'ai préparé à l'intention de Maxon. Enfin, mes pensées dérivent vers papa et je me demande de quelle nature étaient les activités qu'il mentionne dans sa lettre. Est-ce que les inconnus qui ont assisté à ses funérailles sont tous des Renégats ? Ils sont vraiment aussi nombreux ? Faut-il que je mette Maxon dans la confidence, d'ailleurs ? Accepterait-il de m'épouser s'il savait que ma famille est liée aux Renégats ? Et si cela provoquait ma défaite ? C'est peu probable, mais je dois me méfier.

Je me demande aussi ce que fait Maxon en ce moment. Il travaille, sûrement. Ou il cherche un moyen d'éviter de travailler. Je ne suis pas là pour me promener avec lui, discuter. Kriss profite peut-être de mon absence pour me voler ma place... Trop de questions tourbillonnent sous mon crâne. Comment vais-je m'en sortir ?

On frappe à la porte.

— Entrez.

Kenna s'introduit dans ma chambre. Exceptionnellement, Astra n'est pas dans ses bras.

— Ça va ?

En guise de réponse, je fonds en larmes. Elle prend place à côté de moi, au bord du lit.

— Papa me manque. Sa lettre était tellement...

— Je sais. Il ne parlait pas beaucoup. Mais il nous a laissé ces lettres éloquentes. Et, en un sens, je suis contente. Je ne sais pas si je me serais souvenue de tout cela s'il ne l'avait pas mis par écrit.

— Je comprends.

— Alors... toi et Aspen ?

— C'est fini, je te jure.

— Et je te crois. Quand tu passes à la télé, tu devrais voir les regards que tu lances à Maxon. Mais l'autre, Celeste ? Elle essaie de faire croire qu'elle est folle amoureuse de lui, on voit bien que c'est du pipeau. Elle n'arrive à convaincre personne, d'ailleurs.

— Tu n'imagines pas combien tu es proche de la réalité.

— Je me demandais combien de temps ça a duré. Entre Aspen et toi, je veux dire.

— Deux ans. Ça a démarré après ton mariage et le départ de Kota. On se donnait rendez-vous une fois par semaine dans la cabane. On mettait de l'argent de côté pour se marier.

— Tu étais amoureuse, alors ?

— Je crois, oui. Mais ça ne faisait pas...

— Ça ne faisait pas comme avec Maxon ?

— Ça paraît tellement bizarre, quand j'y pense. Pendant deux longues années, Aspen était le seul avec qui je croyais faire ma vie. J'étais prête à devenir une Six. Et maintenant ?

— Maintenant tu es à deux doigts de devenir princesse, déclare Kenna d'une voix pince-sans-rire qui remet les choses en perspective.

Nous éclatons de rire en chœur.

— Merci d'essayer de me remonter le moral.

— Il faut bien que ça serve à quelque chose, une grande sœur.

— Pardon de ne pas te l'avoir dit plus tôt.

— Tu me le dis à présent.

— Ce n'est pas parce que je ne te faisais pas confiance. C'est en partie ce qui rendait notre relation exceptionnelle. Ce qui la pimentait, en fait. Qu'on se fréquente en secret.

— Je comprends, America, je t'assure. J'espère juste que tu n'as jamais eu l'impression d'être brimée, soumise à tout un tas de contraintes. Parce que tout le monde t'aurait soutenue. Alors, il se passe encore quelque chose entre Aspen et toi ? Il a encore des sentiments ?

— Il essaie toujours de me parler, de me dire quelque chose. Et je sais que je devrais lui avouer que j'aime Maxon, mais…

— Mais ?

— Et si Maxon en choisit une autre ? Je ne peux pas quitter le palais les mains vides. Si Aspen pense toujours qu'on a une chance ensemble, peut-être qu'on pourrait repartir de zéro quand tout sera fini.

— Ne me dis pas que tu utilises Aspen comme filet de sécurité ! s'exclame Kenna, scandalisée.

J'enfouis mon visage entre mes mains.

— Je sais. Je suis horrible, pas vrai ?

— America, tu vaux mieux que ça. Et si tu tiens vraiment à lui, tu lui dois la vérité, comme tu dois la vérité à Maxon.

On frappe à nouveau à la porte. Je rougis jusqu'aux oreilles lorsque Aspen apparaît sur le seuil, avec à sa suite une Lucy malheureuse comme les pierres.

— Mademoiselle America, vous devez vous habiller et faire vos bagages.

— Il y a un problème ?

— Tout ce que je sais, c'est que Maxon veut que vous regagniez le palais séance tenante.

Voilà qui m'étonne. On m'a promis quatre jours, pas trois. Kenna m'enveloppe un instant de ses bras avant de retourner au salon. Aspen s'en va lui aussi et Lucy part enfiler son uniforme dans la salle de bains, refermant la porte derrière elle.

Kenna a raison. Je sais déjà quels sentiments j'éprouve vis-à-vis de Maxon et l'heure est venue de suivre le conseil de papa : je vais me battre. Avant toute chose, je dois tout lui avouer. Une fois ce souci derrière moi, je trouverai les mots pour m'adresser à Aspen. Il faut que je prenne mes responsabilités. Il faut que je me libère d'Aspen, que je le libère lui aussi…

Les mains plongées dans ma valise, je découvre au fond un objet empaqueté dans un carré d'étoffe que je défais pour révéler mon fidèle bocal. La pièce de monnaie n'est plus seule, elle a pour compagnon le bracelet qu'Aspen m'a fabriqué, mais cela n'a plus aucune importance à présent. Je pose le bocal sur le rebord de ma fenêtre, un endroit qu'il n'aurait jamais dû quitter.

Je passe la majeure partie du trajet à corriger et peaufiner ma confession. C'est la seule solution pour aller de l'avant : que Maxon sache la vérité.

Installée dans un confortable fauteuil à l'arrière du jet privé, je lève la tête. Aspen et Lucy sont assis près de la cabine du pilote, de part et d'autre du couloir. Lucy, qui ne s'est toujours pas remise du choc de la révélation, semble donner des instructions à Aspen, lequel l'écoute religieusement. Elle se réfugie au fond de son siège et Aspen se lève.

Je replonge brusquement le nez dans mon livre, j'espère qu'il ne m'a pas vue les espionner.

— Plus qu'une petite demi-heure, d'après le commandant de bord, déclare Aspen.

— Très bien. Parfait.

— Je suis désolé, pour l'accrochage avec Kota.

— Tu n'as pas à être désolé. Il est odieux, voilà tout.

— Non, tu ne sais pas tout. Il y a des années il m'a chambré en m'accusant d'avoir craqué pour toi et sur le coup je l'ai envoyé promener ; mais je crois qu'il n'était pas dupe. Il a dû m'observer depuis ce jour-là. Je n'ai pas été assez prudent. J'aurais dû…

— Aspen…

— Oui ?

— Tout va bien se passer. Je vais dire la vérité à Maxon, je vais endosser toute la responsabilité. Tu as une famille qui compte sur toi. S'il t'arrive quoi que ce soit…

— America, tu as essayé de me protéger mais j'ai refusé de t'écouter, et voilà le résultat. Tout est de ma faute.

— Non, c'est faux.

Alors, Aspen prend une profonde inspiration.

— Écoute… il faut que je te dise quelque chose. Je sais que ça va être difficile à entendre, mais ça ne peut plus attendre. Quand je t'ai juré un amour éternel, j'étais sincère. Et aussi…

— Je t'arrête tout de suite. Je ne suis pas prête, pas maintenant. Mon monde vient d'être bouleversé et je m'apprête à accomplir quelque chose qui me terrifie. J'ai besoin que tu me laisses respirer.

Aspen se rembrunit.

— Vos désirs sont des ordres, mademoiselle, fait-il, et il s'éloigne sans m'accorder un seul regard.

Mon cœur saigne encore plus qu'il y a cinq minutes.

27.

Je suis terriblement heureuse de retrouver le palais. Ce qui m'aurait comblée, c'est que Maxon vienne m'accueillir à mon retour. Une domestique que je vois pour la première fois me débarrasse de mon manteau tandis qu'Aspen explique à un de ses collègues qu'il va transmettre un rapport détaillé sur notre déplacement demain matin. Je m'engage dans l'escalier, quand une autre domestique me rattrape.

— Vous ne souhaitez pas assister à la réception, mademoiselle ?

— Pardon ?

— Dans le Boudoir. Je suis sûre que tout le monde vous attend.

Tout le monde ? Je suis en train de me perdre en conjectures quand un véritable brouhaha jaillit par la porte du Boudoir. Qu'est-ce que c'est encore que cette histoire ?

Je passe la tête à l'intérieur, un peu hésitante. À la seconde où Tiny – mais qu'est-ce qu'elle fabrique ici ? – m'aperçoit, elle se met à piailler.

— Elle est là ! America est rentrée !

Hurlements de joie tout autour de moi. Emmica, Ashley, Bariel… toutes les Sélectionnées sont là, au grand complet. À l'exception de Marlee, bien sûr, qui est devenue une vraie paria.

Celeste se rue sur moi, elle me serre dans ses bras à m'étouffer.

— Ahh, ma copine, je savais que tu n'allais pas nous lâcher !

À cet instant, Kriss nous rejoint et me hurle dans l'oreille. Elle sent l'alcool à plein nez, le verre qu'elle tient à la main prouve qu'elle n'a pas l'intention d'en rester là.

— C'est nous ! Maxon annonce ses fiançailles demain ! C'est ou toi ou moi !

— Tu es sûre ?

— Elise et moi, on s'est fait virer hier soir, confirme Celeste, mais il a invité toutes les filles à venir faire la fête, alors on n'est pas parties. Elise le prend assez mal, rapport à sa famille ; pas besoin de te faire un dessin. Elle croit qu'elle a raté sa vie.

— Et toi ?

— Moi, c'est moi, me répond-elle avec un sourire qu'elle accompagne d'un haussement d'épaules.

J'éclate de rire et, une seconde plus tard, quelqu'un me fourre un verre entre les mains.

— À Kriss et America, les survivantes !

Soudain, j'ai le vertige. Maxon a décidé de tout arrêter, de renvoyer tout le monde. Et il l'a fait pendant mon absence. Est-ce que ça veut dire que je lui ai manqué ? Ou il s'est rendu compte que mon absence le laissait de marbre ?

— Allez, bois un coup ! insiste Celeste.

Je vide ma coupe de champagne d'un trait et je me mets à tousser. Entre le décalage horaire, le stress et l'afflux d'alcool, j'ai immédiatement la tête qui tourne.

Je regarde les autres filles danser sur les canapés, bien décidées à s'amuser aux frais de la princesse, en quelque sorte. Celeste a traîné Anna dans un coin du Boudoir, on dirait bien qu'elle lui présente des excuses. Elise se rapproche discrètement et me serre contre son cœur avant de s'éclipser. Je me retrouve contaminée par l'euphorie générale. Kriss se matérialise à côté de moi.

— Bon, on se fait la promesse que demain, quoi qu'il arrive, je vais être heureuse pour toi et vice versa.

— Ça me va très bien.

Je laisse mon regard dériver et c'est alors que le déclic se produit. Ce pendentif en argent que Kriss porte autour du cou prend une signification qu'il n'avait pas il y a encore quelques jours. Ma respiration se bloque dans ma gorge. Kriss me lance un regard inquiet. Je l'attrape par le bras et je l'entraîne en vitesse dans le couloir.

— Où est-ce qu'on va ? America, qu'est-ce qui te prend ?

Je la conduis jusqu'à un salon de toilette et je vérifie que nous sommes bien seules avant de l'accuser :

— Tu travailles pour les Renégats.

— Quoi ? Mais tu es folle !

Et sa main s'envole vers sa gorge. Elle s'est trahie.

— Je sais ce que signifie cette étoile, Kriss, alors ne mens pas.

Après un court silence, elle pousse un soupir théâtral.

— Je n'ai rien fait d'illégal. Je ne fomente aucun complot ; je ne fais que soutenir la cause.

— Très bien, mais dis-moi si tu as vraiment intégré la Sélection par amour pour Maxon. Ou alors c'est ton clan qui voulait placer une de leurs sympathisantes sur le trône.

Elle se tait de longues secondes, comme prise de court par ma question. Les mâchoires serrées, elle va ensuite fermer la porte à double tour.

— Si ça t'intéresse, alors oui, j'ai été... présentée au roi, disons, de manière officieuse. Je suis sûre que tu as compris depuis longtemps que la loterie est une vaste farce.

« Le roi ne savait pas – et il ne sait toujours pas – combien de filles liées aux Renégats du Nord ont été retenues pendant cette loterie. J'ai été la seule à aller au bout du processus et, au début, j'étais complètement dévouée à ma cause. Je ne comprenais pas

Maxon, il ne semblait pas du tout s'intéresser à moi. Mais j'ai appris à le connaître et son indifférence m'a fait de la peine. Après le départ de Marlee tu as perdu ton emprise sur lui et je l'ai vu sous un tout autre jour.

« Peut-être que tu juges mes motivations mauvaises, et tu en as parfaitement le droit. Mais tout a changé. J'aime Maxon, et je me bats toujours pour lui. Nous pouvons accomplir de grandes choses ensemble. Alors si tu as l'intention de me faire chanter ou de me dénoncer, oublie ! Je vais m'accrocher. Est-ce que c'est clair ?

C'est la première fois que Kriss fait preuve d'agressivité et je ne sais pas si c'est sa conviction qui parle, ou les nombreuses coupes de champagne qu'elle a éclusées. En fait, je ne sais pas trop quoi répondre. Elle a l'air d'une lionne qui veut protéger ses petits.

Elle prend mon silence pour un oui et adopte une posture moins menaçante.

— Très bien. Maintenant, si tu veux bien m'excuser, je retourne m'amuser.

Et elle quitte le salon de toilette après m'avoir foudroyée du regard. Je suis complètement perdue. Est-ce que je dois tenir ma langue ? Mettre les autres au courant ? Est-ce vraiment si grave que ça, d'ailleurs ?

Comme l'envie de faire la fête m'est totalement passée, j'emprunte un escalier de service qui mène à ma chambre. Enfin seule. Affalée sur le lit, je me replonge dans mes pensées. Ainsi donc, Kriss agit en douce pour faire avancer la cause des Renégats. Je ne sais toujours pas si je dois m'en réjouir, ou me lamenter sur mon sort. C'est sûrement à elle qu'August et Georgia apportent leur soutien. Qu'est-ce qui m'a pris de soupçonner Elise, ne serait-ce qu'une seule minute ?

Est-ce que c'est Kriss qui les a aidés à s'introduire dans l'enceinte du palais, qui les a mis sur la piste des objets qu'ils convoitaient ? On dirait que chaque candidate a des secrets qu'elle garde jalousement. Si je tente de montrer à Maxon le vrai visage de Kriss, on m'accusera de vouloir salir ma rivale. De toute façon, les coups bas, ça ne m'intéresse pas. Je veux gagner à la loyale, comme dirait Elise. En montrant à Maxon que je l'aime.

Soudain, on frappe à la porte. Sûrement Kriss qui vient me harceler, ou une autre des filles qui veut me traîner au Boudoir. Dommage, parce que je ne suis pas d'humeur. Au bout de quelques secondes d'hésitation, je me relève lourdement et je vais ouvrir.

Maxon est là, une enveloppe dans une main, un petit paquet dans l'autre. À la seconde où nos regards se croisent, l'air se charge d'électricité.

— Bonsoir, Maxon.

Il semble frappé de stupeur.

— Bonsoir…

Nous nous fixons du regard dans un silence suffocant.

— Vous voulez entrer ?

— Oh. Euh, oui, merci.

Je m'écarte afin de le laisser passer. Il explore la chambre du regard, comme si j'avais changé la décoration depuis sa dernière visite.

— Comment vous sentez-vous ?

— Pas trop mal. Je n'ai pas vraiment l'impression que mon père est mort, et encore moins depuis mon retour au palais.

— Et votre famille ?

— Maman tient le coup, Kenna est un roc. C'est surtout May et Gerad qui m'inquiètent. Kota a été égal à lui-même, ignoble. On aurait dit qu'il n'aimait pas du tout mon père, et je ne comprends pas son attitude. Vous l'avez rencontré, mon père. Il était adorable.

— C'est vrai. Je me félicite d'avoir eu ce privilège, ne serait-ce qu'une fois. Vous me le rappelez, vous savez, par certains aspects.

— Vraiment ?

Maxon me conduit jusqu'au lit et me force à m'asseoir.

— Tout à fait ! Votre sens de l'humour, tout d'abord. Et votre ténacité. Quand nous avons discute, lui et moi, durant sa visite, il m'a passé sur le gril. C'était épuisant, mais en même temps assez drôle. Vous non plus, vous ne me laissez jamais souffler. Et, bien entendu, vous avez ses yeux et son nez. Et vous débordez d'optimisme. Il m'a aussi fait cette impression-là.

Je bois les paroles de Maxon. Et moi qui croyais qu'il ne connaissait pas mon père…

— Ce que j'essaie de dire, c'est qu'il est normal de ressentir le poids du deuil, mais vous pouvez être sûre qu'il a laissé ici-bas ce qu'il y avait de mieux en lui.

Je noue mes bras autour de son cou.

— Merci, Maxon.

— Je suis sincère.

— Je sais. Merci, encore une fois. Mais qu'est-ce que c'est que cette enveloppe ?

— C'est pour vous. Un cadeau de Noël en retard.

Il me présente une épaisse enveloppe qu'il pose sur ma table de chevet.

— J'ai longuement hésité, et je vous demande d'attendre que j'aie quitté la chambre avant de l'ouvrir mais… c'est à vous, et bien à vous.

— Très bien.

— Ceci, c'est un peu moins embarrassant, déclare-t-il en me donnant le second paquet. Désolé pour l'emballage.

— C'est pourtant très réussi.

Et je retiens un fou rire en étudiant le papier un peu déchiré et plié de travers.

En le déballant, je découvre une photo encadrée qui représente une maison. Une maison particulière, très belle, de plain-pied, à la façade jaune tournesol et aux fenêtres larges et hautes, entourée d'un jardin verdoyant. Des arbres centenaires projettent des ombres à la fraîcheur bienfaisante, je remarque même une balançoire suspendue à une branche. Rien qu'à regarder cette photo, j'ai envie de gambader pieds nus dans l'herbe. J'essaie d'évaluer la qualité artistique du cliché. C'est certainement Maxon qui a pris cette maison en photo, même si je ne sais pas quand il a pu sortir du palais pour photographier son sujet.

— Magnifique. C'est de vous ?

— Oh non. Ce n'est pas la photo le cadeau. C'est la maison…

— Pardon ?

— Je me suis dit que vous voudriez avoir votre famille à proximité. C'est assez près en voiture, et il y a assez de place, je pense, pour recevoir votre sœur, son mari et la petite.

— Quoi… je…

— Vous m'avez dit de renvoyer toutes les autres chez elles. C'est ce que j'ai fait. Il a fallu que je garde une seconde candidate – le règlement l'exige – mais… vous m'avez dit que si je vous prouvais mon amour…

— … c'est moi ?

— Bien sûr que c'est vous.

Stupéfaite, je laisse échapper un rire nerveux et je fais pleuvoir des baisers sur le visage de Maxon. Il se met à rire, lui aussi.

— On va se marier ?

— Oui, on va se marier.

Je me jette sur lui, et il se laisse faire.

Je le dévore de baisers… et, au bout d'un moment, la fébrilité me gagne. Les sourires s'effacent, les contacts, d'abord joueurs, se font plus sensuels. Maxon me serre dans ses bras, je sens son cœur galoper dans sa poitrine. Aiguillonnée par le désir, je fais glisser son veston sur ses épaules et il m'aide à le retirer tout en s'accrochant à moi. Je laisse tomber mes escarpins, qui atterrissent sur le sol avec un bruit sourd. Maxon se déchausse aussi. Sans détacher ses lèvres des miennes, il me soulève et m'installe plus confortablement dans le lit, avec douceur. Je desserre sa cravate et je la jette quelque part sur le tapis. Elle va rejoindre les chaussures.

— Vous enfreignez beaucoup de règles, mademoiselle Singer, souffle Maxon.

— C'est vous le prince. Vous pouvez m'accorder votre pardon.

Je déboutonne maladroitement sa chemise, qui connaît le même sort que la cravate. La dernière fois que j'ai vu Maxon torse nu, je n'en ai pas vraiment profité. Mais maintenant… je fais courir mes doigts sur ses abdominaux, les yeux brillants d'admiration. Quand ma main arrive à sa ceinture, je la saisis et j'attire Maxon vers moi. Il ne résiste pas. Lorsqu'il glisse une main sous mes jupes, je perds complètement la tête et j'enfonce mes ongles dans son dos. Aussitôt, il se détache de moi.

— Qu'y a-t-il, Maxon ?

— Est-ce que… est-ce que cela vous répugne ? me demande-t-il d'une voix nerveuse.

— De quoi voulez-vous parler ?

— Les cicatrices sur mon dos

— Maxon, vous avez pris des coups de fouet aussi à cause de moi, et pour cette raison je vous aime davantage encore.

Un instant, il suffoque.

— Qu'avez-vous dit ?

— Je vous aime.

— Vous pouvez répéter, s'il vous plaît ? C'est juste que…

— Maxon Schreave, je vous aime… Je t'aime.

— Et je vous aime, America Singer. De tout mon cœur, je t'aime.

Il recommence à m'embrasser, avec un regain de passion, je pose à nouveau les mains sur son dos et, cette fois-ci, il ne s'écarte pas. Au contraire, il s'enhardit et cherche à défaire mon corsage.

— Mais qu'est-ce que c'est que cette cuirasse ? gémit-il.

— C'est une catastrophe, non ? Vraiment…

Maxon s'assied bien droit, place ses mains de part et d'autre du corsage et, d'un geste assuré, déchire la robe jusqu'à la taille, révélant la combinaison que je porte dessous.

Il y a un silence pesant durant lequel le regard de Maxon se raccroche au mien. Sans le quitter des yeux, je me redresse et je fais glisser les manches de ma robe. J'ai un peu de mal à m'en dépêtrer mais, quand je réussis enfin à m'en débarrasser, je suis collée contre Maxon, et nos lèvres sont scellées en un baiser passionné. J'ai envie d'explorer toute la nuit cette nouvelle sensation que nous avons découverte ensemble. J'ai l'impression que nous sommes seuls au monde... jusqu'à l'instant où un bruit assourdissant nous parvient du couloir. Maxon fixe la porte du regard. Il est tendu, plus effrayé que jamais.

— Ce n'est pas lui, Maxon, rassure-toi. Sûrement une des Sélectionnées qui regagne sa chambre, ou une domestique qui fait le ménage. Tout va bien.

Maxon vide ses poumons d'un coup et se laisse tomber sur le lit, un bras ramené en visière sur ses yeux.

— Je ne peux pas, America. Pas comme ça.

— Mais tout va bien, Maxon. Nous ne craignons rien ici.

— Je veux qu'il n'y ait aucune barrière entre toi et moi. Tu le mérites. Et je ne peux pas. Pas maintenant. Excuse-moi.

— Ce n'est pas grave.

— Ne sois pas déçue. Je veux t'offrir une lune de miel inoubliable. Dans un endroit intime. Pas de responsabilités officielles, pas de photographes, pas de gardes. Ce sera mille fois mieux. Et je pourrai te combler comme tu le mérites.

— J'ai déjà tout ce dont je pourrais rêver, Maxon.

— Oh, je sais. Je n'ai pas l'intention de te couvrir de cadeaux. Enfin si, c'est mon intention, mais ce n'est pas le but ultime. Je vais t'aimer comme aucun homme n'a jamais aimé une femme, mille fois plus que dans tes rêves les plus fous. Cela, je t'en fais la promesse.

Les baisers qui suivent sont tendres et pleins d'espoir. Et la possibilité d'être aimée avec une telle force me remplit tout à la fois de crainte et de joie.

— Maxon ?

— Oui ?

— Tu veux bien rester avec moi cette nuit ? Je vais être sage, promis. Seulement… tu veux bien rester dormir ?

Maxon observe un instant le plafond, puis il cède.

— D'accord. Mais je dois me lever tôt.

— D'accord.

— Très bien.

Il enlève son pantalon et ses chaussettes, puis il va plier soigneusement ses vêtements sur une chaise pour qu'ils ne soient pas trop froissés à son réveil. Il regagne le lit et s'allonge près de moi, son torse collé à mon dos.

Dormir entre les bras de Maxon, c'est une expérience hors du commun.

— Bonne nuit, ma douce America.

— Je t'aime.

— Je t'aime aussi.

Couchée là, je suis au comble du bonheur. À peine quelques secondes plus tard, la respiration de Maxon ralentit. Il est déjà endormi. Lui qui ne dort jamais.

Je me fais la promesse de lui parler d'Aspen dès demain. Il faut que je lui avoue tout avant le dénouement de la Sélection, par respect pour la vérité. Pour l'instant, je vais savourer cette petite bulle de sérénité entre les bras de l'homme que j'aime

28.

Je me réveille quand je sens que Maxon m'enlace. Au cours de la nuit, j'ai changé de position et j'ai appuyé ma tête sur son torse, les battements apaisés de son cœur résonnent dans mon oreille. Sans un mot, il dépose un baiser dans mes cheveux et me serre plus fort. Incroyable. Je suis ici avec Maxon, nous avons dormi ensemble, nous nous réveillons dans mon lit. Ce matin il va m'offrir une alliance…

— Je veux bien me réveiller comme ça chaque matin, marmonne-t-il, encore somnolent.

— Tu lis dans mes pensées.

— Comment te sens-tu, mon trésor ?

— Ne m'appelle plus « mon trésor », jamais. Ça me donne envie de hurler.

— Très bien. Ma chérie ? Ma puce ? Mon amour ?

— Les trois feront l'affaire, tant que tu me les dis à moi et à moi seule. Et moi, comment tu veux que je t'appelle ?

— Mon Royal Époux. C'est exigé par la loi d'Illeá, j'en ai bien peur.

Il me caresse de la paume de ses mains et trouve une zone particulièrement sensible sur ma nuque. Je me détache de lui en piaillant.

— Non !

— Mais tu es chatouilleuse ?

Malgré mes protestations, il fait courir ses mains sur mon corps et je me mets à pousser des petits cris. Mauvaise idée. La porte s'ouvre à la volée et un garde surgit dans la chambre, une arme à la main.

Ce coup-ci je hurle pour de bon et je me cache sous la couette, tellement effrayée que je ne reconnais pas tout de suite Aspen. La honte me brûle les joues

Aspen est pétrifié. C'est alors que Maxon éclate de rire. Car il est parfaitement à l'aise à moitié nu. En fait, il semble ravi d'avoir été surpris en galante compagnie.

— Je vous assure, Leger, que mademoiselle ne court aucun danger, déclare-t-il avec une pointe d'arrogance dans la voix.

Aspen se racle la gorge, trop gêné pour croiser le regard de l'un ou de l'autre.

— Bien évidemment, Votre Altesse.

Puis il s'incline et quitte la chambre en refermant la porte derrière lui. J'enfonce le visage dans mon oreiller et je me lance dans un concert de gémissements. Comment survivre à une humiliation pareille ? J'aurais dû parler à Aspen dans l'avion, quand l'occasion s'est présentée.

— Ne t'en fais pas, me conseille Maxon. Ce n'est pas comme si nous étions nus comme des vers. Il va falloir t'y faire.

— C'est tellement embarrassant.

— D'être surprise au lit avec moi ?

— Non ! Ça n'a rien à voir. C'est simplement que, comment dire, c'est un moment qui est censé rester entre toi et moi.

— Je suis navré. Tu vas beaucoup en souffrir, j'en ai conscience, mais sache qu'à partir de maintenant aucun de nos faits et gestes n'échappera au public. Les premières années, beaucoup de gens mettront le nez dans notre intimité. Tous les couples royaux n'ont eu qu'un unique héritier. Certains par choix personnel ; mais après les problèmes de santé dont a souffert ma mère, ils voudront sûrement s'assurer que nous sommes capables de fonder une famille.

— Hé, j'ai quatre frères et sœurs, tu as oublié ? J'ai de très bons gènes de ce côté-là. Tout se passera bien.

— Je l'espère de tout mon cœur. En partie parce que oui, notre devoir est de fournir des héritiers à la couronne. Mais aussi… je veux tout vivre avec toi, America. Je veux les vacances et les biberons, les semaines au rythme trépidant et les week-ends tranquilles. Je veux que des petits doigts laissent des traces de beurre de cacahouètes sur mon bureau. Je veux des plaisanteries que nous serons les seuls à comprendre et je veux qu'on se dispute, et tout le reste. Je veux faire ma vie avec toi.

— Moi aussi, c'est ce que je veux.

— Et si nous officialisions la chose dans les prochaines heures ?

— C'est un excellent programme.

Maxon me projette sur le lit et me mange de baisers de longues minutes, puis il se met debout et va s'habiller pendant que je rajuste ma chemise de nuit. Je suis sur un petit nuage. Maxon m'embrasse une dernière fois avant de partir vaquer à ses affaires. Je ne pensais pas que la séparation serait un déchirement. Mais l'attente en vaudra la peine.

Devant la porte, je l'entends murmurer :

— Mademoiselle apprécierait votre discrétion, officier Leger.

J'imagine qu'Aspen lui a répondu d'un hochement de tête solennel. Je reste plantée là, hésitante. Les minutes s'écoulent. Je prends une profonde inspiration et, enfin, j'ouvre. Aspen vérifie que nous sommes bien seuls, puis il pose son regard sur moi et le poids de la culpabilité me terrasse.

— Je suis désolée, Aspen.

— Ce n'était pas vraiment une surprise. Ça m'a fait un choc, c'est tout.

— J'aurais dû t'en parler.

— Laisse tomber. J'ai juste du mal à croire que tu aies couché avec lui.

— Ce n'est pas ce qui s'est passé, Aspen. Je te le jure.

Je plaque les mains sur son torse et c'est à cet instant que le ciel me tombe sur la tête.

Maxon surgit au coin du mur, main dans la main avec Kriss. Son regard se fixe sur moi, il me voit collée de tout mon long contre Aspen. Je recule d'un pas mais c'est trop tard, le mal est fait. Kriss est bouche bée. Comment leur expliquer que ce n'est qu'un malentendu ?

Il faut quelques secondes à Maxon pour reprendre contenance. Il s'éclaircit la voix.

— J'ai croisé Kriss dans le couloir et j'ai voulu lui expliquer mon choix en ta présence avant l'arrivée des journalistes, mais il semblerait que le programme doive être bousculé à la dernière minute. Kriss, aurais-tu l'amabilité de regagner ta chambre ? Aussi discrètement que possible ?

Kriss bâcle sa courbette et disparaît dans le couloir, les épaules affaissées. Maxon nous scrute à nouveau.

— Je m'en doutais. Je me répétais que j'étais fou, parce que je te faisais confiance. Je te croyais honnête avec moi. J'aurais dû plutôt faire confiance à mon instinct. Dès la première rencontre, j'ai su. Les regards que tu lui lançais, ta distraction. Ce maudit bracelet, le petit mot sur le mur, ta valse-hésitation… c'était toi.

— Votre Altesse, tout est ma faute, ment Aspen. C'est moi qui suis revenu à la charge. Elle m'a expliqué de manière claire et nette qu'elle ne s'intéressait qu'à une seule personne, vous, mais j'ai insisté.

Maxon s'approche d'Aspen et le toise.

— Comment t'appelles-tu ? Ton prénom ?

— Aspen.

— Aspen Leger. Hors de ma vue, avant que je ne t'envoie te faire trouer la peau en Nouvelle-Asie.

— Votre Altesse, je...

— Dehors !

Aspen risque un dernier coup d'œil dans ma direction, puis il tourne les talons et s'éloigne.

Je reste figée, presque statufiée, et morte de peur. Lorsque j'ose enfin affronter le regard de Maxon, il m'ordonne de regagner ma chambre d'un mouvement du menton et je lui obéis. Il me suit et referme la porte derrière lui. Je vois ses yeux s'attarder sur le lit aux draps défaits. Il laisse échapper un rire sans joie.

— Depuis combien de temps ?

— Tu te souviens de notre dispute...

— Nous nous disputons depuis le premier jour, America ! Il va falloir être plus précise !

— Après l'anniversaire de Kriss.

— Donc, en gros, depuis son arrivée au palais, conclut Maxon, la voix dégoulinant de sarcasme.

— Maxon, pardonne-moi. Au début je le protégeais, puis c'est moi que j'ai protégée. Et après le châtiment de Marlee, j'ai eu peur de te dire la vérité. Je ne pouvais pas te perdre.

— Me perdre ? Me perdre ? Tu rentres chez toi avec une petite fortune, tu fais un bond dans la hiérarchie sociale et tu t'es trouvé un homme qui est fou de toi au point de prendre des risques inconsidérés ! C'est moi qui suis perdant dans l'affaire, America !

— Alors je rentre chez moi ?

— Combien de fois me briseras-tu le cœur, America ? Tu penses honnêtement que je vais t'épouser alors que tu me mens depuis le début ? Tu vas faire de ma vie un enfer. Tu as peut-être remarqué que ce n'est pas facile tous les jours, déjà.

J'éclate en sanglots, je bafouille .

— Maxon, pardon. Excuse-moi ; c'est une erreur. Je te le jure. Je t'aime !

— De tous les mensonges que tu m'as servis, c'est celui qui me fait le plus souffrir.

— Mais ce n'est pas…

Son regard me fait taire.

— Que vos caméristes ne lésinent pas sur les dentelles et les bijoux, mademoiselle. Votre départ doit se faire en grande pompe.

Il passe à côté de moi et quitte la chambre sans me faire l'aumône d'un regard. Les deux mains plaquées sur le ventre, les jambes flageolantes, je m'écroule sur le lit. Et je pleure toutes les larmes de mon corps car mon bonheur m'a filé entre les doigts. C'est alors que je pose les yeux sur l'enveloppe que Maxon m'a donnée hier soir. C'est tout ce qui va me rester de lui, alors je l'ouvre, en proie au désespoir.

29.

Le 25 décembre, 16 h 30

Chère America,

Vous avez quitté le palais il y a très exactement sept heures. Par deux fois déjà j'ai voulu aller vous voir dans votre chambre pour vous demander si les cadeaux vous plaisaient toujours, avant que la triste réalité se rappelle à moi. Votre absence bouscule tous mes repères. J'ai failli décrocher le téléphone pour entendre votre voix, mais je n'ai pas envie que vous vous sentiez étouffée. Le soir de votre arrivée, vous m'avez dit que le palais vous évoquait une cage. Je crois qu'avec le temps vous avez appris à conquérir votre liberté, et mon rôle est de la préserver. Il faut que je trouve un moyen de me changer les idées jusqu'à votre retour.

J'ai décidé de vous écrire, en espérant instaurer une forme de conversation avec vous. Pour l'instant, je m'en contente. Je vous imagine assise à mes côtés, accueillant cette idée avec un petit sourire, ou peut-être un hochement de tête, comme pour me signifier que je me conduis comme un enfant. Vous êtes la seule personne qui sait exprimer cela sans me donner l'impression qu'elle me prend pour un simple d'esprit. Mes petites manies vous font sourire, vous les acceptez de bonne grâce, sans m'enlever votre amitié. Vous comprendrez qu'au bout de sept petites heures, je me sente nostalgique.

J'espère que vous êtes arrivée chez vous sans encombre et que votre famille vous a réservé l'accueil que vous méritez. J'essaie de me représenter votre maison. Je me souviens de certains détails : petite, avec une cabane dans l'arbre du jardin et un garage transformé en atelier. Pour le reste je dois faire appel à mon imagination. Je vous imagine faire un câlin à votre sœur, jouer au ballon avec votre petit frère. Je n'ai pas oublié, vous voyez ? Vous m'avez dit que c'était un footballeur accompli.

Oui, j'aurais aimé voir l'endroit où vous avez grandi. J'aimerais voir votre frère courir dans les couloirs, votre mère vous prendre dans ses bras. J'aurais aimé être assis au salon et m'enivrer des bonnes odeurs qui sortiraient de la cuisine. J'ai toujours pensé qu'un foyer, un vrai, doit embaumer le pain qui sort du four ou le ragoût qui mijote dans sa casserole. Je n'emporterais aucun dossier avec moi. Au diable l'armée, le budget, la diplomatie. Je resterais assis près de vous, peut-être pour travailler sur mes photographies pendant que vous jouez du piano. Nous mènerions une vie de Cinq ensemble, comme vous l'avez dit. Je pourrais me joindre à votre famille pour le dîner et le repas serait ponctué de joie et de rires. Et peut-être que je dormirais sur un lit pliant ou sur le canapé. Ou par terre, à côté de vous, si vous me le permettez.

En songe je m'endors parfois à vos côtés, comme cette nuit-là, dans le refuge. Quel bonheur de vous entendre et de se sentir en paix avec soi-même, libéré de la solitude.

Cette lettre prend une tournure ridicule et vous savez combien je déteste être ridicule. Et pourtant je prends ce risque. Pour vous.

Maxon.

Le 25 décembre, 22 h 35

Chère America,

Je ne vais pas tarder à aller me coucher et j'essaie de me détendre, mais c'est peine perdue. Toutes mes pensées se tournent vers vous. Je sais que je serais le premier informé s'il vous arrivait quelque chose et cela provoque en moi une sorte de paranoïa. Dès qu'un messager s'approche de moi, mon cœur se fige un instant, redoutant le pire

J'aimerais tant que vous soyez là. J'aimerais tant vous voir, ne serait-ce qu'un instant. Votre sourire me hante, tout comme l'inquiétude de ne jamais vous revoir.

Vous ne recevrez jamais ces lettres. Ce serait une humiliation dont je ne me relèverais pas.

J'espère que vous allez me revenir, America.

Joyeux Noël,

Maxon.

Le 26 décembre, 10 heures du matin

Chère America,

Miracle des miracles, j'ai survécu à cette nuit. Au réveil, j'ai fini par me convaincre que je m'inquiétais pour rien, je me suis fait la promesse de me concentrer exclusivement sur mes tâches et de vous laisser au second plan.

J'ai tenu parole durant le petit déjeuner et une grande partie de ma réunion avant que votre souvenir ne revienne me consumer. J'ai prétexté une migraine foudroyante et je me cache à présent dans ma chambre, d'où je vous écris. Je suis d'un égoïsme sans nom. Aujourd'hui vous allez enterrer votre père et moi, tout ce qui me préoccupe, c'est vous ramener ici. Vous êtes là où les événements vous appellent, point. Je crois que je me répète, mais vous devez apporter un immense réconfort à votre famille.

Ce que je ne vous ai pas dit, honte à moi, c'est que vous vous êtes blindée depuis notre première rencontre. Je pense, sans aller jusqu'à prétendre que j'ai joué un rôle là-dedans, que l'expérience de la Sélection vous a métamorphosée. Je sais que moi, j'ai changé. Depuis le tout début vous faites preuve d'une certaine forme de courage. Vous êtes plus posée, plus mûre. Et je parie que votre famille s'en rend compte. Oui, j'aurais dû vous le dire, je regrette mon oubli. J'espère vous revoir au plus vite pour réparer cette impardonnable erreur.

Maxon.

Le 26 décembre, 19 h 40

Chère America,

Je repensais à notre premier baiser. Je suppose que « nos premiers baisers » serait plus conforme à la réalité, mais celui dont je parle, c'est le deuxième, celui que vous m'avez invité à partager avec vous. Vous ai-je déjà raconté ce que j'ai ressenti ce soir-là ? Ce n'était pas un premier baiser comme les autres. Jamais je n'ai connu quelque chose d'aussi douloureusement beau que ce baiser. Si seulement je pouvais le saisir dans un filet, le faire sécher entre les pages d'un livre, le conserver puis le montrer au monde, à l'Univers tout entier, et clamer haut et fort : Voyez, voilà ce que l'on ressent quand l'amour vous saisit.

Ces lettres sont terriblement gênantes. Je vais les brûler avant votre retour.

Maxon.

Le 27 décembre, midi

America,

Autant tout vous avouer, puisque votre femme de chambre va s'empresser de vous le raconter. Parfois vous fredonnez quand vous vous promenez dans les couloirs du palais. Parfois, quand je m'approche de votre chambre, j'entends les mélodies gravées dans votre cœur s'envoler derrière la porte. Sans elles, le palais me semble vide.

Votre parfum me manque aussi. Celui que vous laissez dans votre sillage quand vous rejetez la tête en arrière pour partir dans un grand éclat de rire ou quand vous flânez dans les allées du jardin. Ce parfum m'enivre. Je me suis rendu aujourd'hui dans votre chambre pour en asperger mon mouchoir, un autre stratagème stupide pour apaiser la douleur de votre absence. Tandis que je quittais votre chambre, Mary m'a surpris. Je ne sais pas trop ce qu'elle faisait là, puisque vous n'y êtes pas ; mais elle m'a vu, elle a poussé un grand cri, et un garde a accouru, une matraque à la main et une lueur menaçante dans le regard. J'ai failli prendre un coup. Tout ça parce que votre parfum me manquait.

Maxon.

Le 27 décembre, 23 h 00

Ma chère America,

Je n'ai jamais écrit de lettre d'amour, alors pardonnez-moi si j'échoue…

Le plus simple, ce serait de vous dire que je vous aime. Mais cela ne se limite pas à ces trois mots. Je me suis tenu à distance par peur. Peur qu'en vous révélant l'étendue de mes sentiments, vous preniez peur, justement, et la fuite en même temps. Peur que quelque part au fond de votre cœur les braises de cet amour que vous portez à un autre ne s'éteignent jamais. Peur de commettre une erreur, une erreur monumentale qui vous poussera à vous retrancher dans ce monde silencieux qui est le vôtre. Aucune réprimande d'un percepteur, aucun coup de fouet de mon père, aucun moment de solitude ne me fait plus souffrir que la distance que vous avez établie entre nous.

Et vous prendre pour femme, c'est tout ce qui compte à mes yeux. Je vous aime. J'ai eu très longtemps peur de l'avouer, mais c'est à présent une certitude.

J'ignore combien de temps encore j'aurais hésité si je n'avais pas été obligé d'imaginer une vie sans vous. Je sais désormais que je n'en veux pas. America, mon amour, vous êtes le rayon de soleil qui transperce le feuillage. Vous êtes l'éclat de rire qui chasse la tristesse. Une brise fraîche un jour de canicule. La clarté au milieu de la confusion. Mon monde tourne autour de vous et vous êtes tout ce qui le rend vivable. Sans vous, je dépérirais.

Je vous aime, America.

À vous éternellement,

Maxon.

30.

La Salle des Banquets est noire de monde. Pour une fois, ce n'est pas le couple royal qui retient les regards, c'est son fils. Sur une estrade, Maxon, Kriss et moi, nous avons pris place autour d'une table richement ornée. Je me trouve à la droite de Maxon – la place d'honneur, comme je l'ai toujours cru – et, pour l'instant, il ne m'a pas adressé la parole une seule fois. Pourtant, je sais quel sort il me réserve. J'essaie de faire contre mauvaise fortune bon cœur. Dans un coin de la pièce, Gavril commente la scène en direct devant une caméra. Ashley m'adresse un sourire qu'elle accompagne d'un geste de la main et Anna, sa voisine, me fait un clin d'œil. Trop nerveuse pour parler, je lui réponds d'un hochement de tête. Tout au fond de la salle, August, Georgia et quelques-uns de leurs compagnons de lutte sont assis à une table, mêlés au reste des invités. Bien entendu, Maxon a voulu les convier pour qu'ils fassent connaissance avec l'élue de son cœur. Loin de se douter qu'elle connaît mieux les Renégats que lui.

Ils ont l'air tendus, comme s'ils craignaient qu'un garde ne les reconnaisse. Mais les gardes ne leur prêtent aucune attention. En fait, c'est la première fois que je les vois si distraits, à croire qu'ils ont perdu tout leur professionnalisme. Ils explorent vaguement la salle du regard, à peine concernés par ce qui se passe. Je remarque même que deux ou trois d'entre eux ne se sont pas rasés, ils semblent être tombés du lit. Pourtant, c'est un événement historique qui se déroule en direct. La pression, peut-être.

Mes yeux se posent brièvement sur la reine Amberly, en grande conversation avec sa sœur Adele, entourée de ses enfants. Elle rayonne, cela fait une éternité qu'elle attend ce jour. Elle va aimer Kriss comme sa propre fille. Une fraction de seconde, la jalousie me ronge le cœur.

Je me retourne et, cette fois-ci, mon regard croise celui de Celeste. Depuis sa chaise, elle me pose une question muette : *Qu'est-ce qui t'inquiète autant ?* Je secoue la tête, pour lui faire comprendre que ce n'est pas moi, la gagnante. Avec un sourire crispé, elle articule : « Ça va bien se passer » et elle se détourne vivement, riant à une plaisanterie de sa voisine de table.

Aspen est posté à quelques mètres de la table. Les sourcils froncés, il observe attentivement ses collègues. Comme s'il cherchait la solution d'une devinette. Il ne s'intéresse pas le moins du monde à moi. Bizarre autant qu'étrange.

Maxon se penche vers moi.

— Tâchons de nous parler un peu plus tard, en tête à tête, vous voulez bien ? me propose-t-il.

— Pas question.

— Ça n'a aucune espèce d'importance, de toute façon. La famille de Kriss arrive dans le courant de l'après-midi pour une fête en petit comité, la vôtre pour vous ramener chez vous. Afin d'éviter les éclats et les crises d'hystérie. La dernière à partir a tendance à être mauvaise perdante.

Le ton est froid, distant. Ce n'est pas le Maxon que je connais.

— Vous pouvez garder la maison si vous voulez. Les traites ont été payées. Je vous saurais gré malgré tout de me rendre mes lettres.

— Je les ai lues. J'en ai eu le cœur chaviré.

— J'ai fait preuve d'une faiblesse inexplicable.

— S'il te plaît, ne fais pas ça. Je t'en supplie. Je t'aime.

— Je ne vous permets pas, siffle Maxon. Souriez pour les téléspectateurs, et jusqu'à la dernière seconde.

Je ravale mes larmes et j'esquisse une risette malheureuse.

— Cela fera l'affaire. Et restez ainsi, compris ? J'ai vraiment hâte de vous voir partir, crache-t-il.

Et il se tourne, l'air de rien, vers Kriss. Je garde les yeux braqués sur mes genoux une longue minute, le temps de me calmer, de me ressaisir.

Lorsque je relève la tête, je n'ose regarder personne et je fixe mes yeux sur les murs de la salle. C'est ainsi que je remarque l'instant où tout bascule. Une partie des gardes avancent d'un pas, comme s'ils obéissaient à un signal invisible, sortent de leur poche une bande de tissu rouge et la nouent autour de leur front. Hébétée, je vois l'un d'eux s'approcher de Celeste par-derrière et lui tirer une balle dans le crâne.

La fusillade démarre aussitôt. Je me jette face contre terre. Des hurlements de douleur remplissent la salle et s'ajoutent à la cacophonie des chaises qui raclent le sol, des corps projetés contre les murs et du sauve-qui-peut général. Il y a des cris, des menaces, des pleurs. L'effroi me brouille la vue. La mort me cerne de toutes parts. Je cherche le roi et la reine du regard, mais ils ont disparu. Et Adele, et les enfants ? Je ne les vois nulle part. Catastrophe.

À côté de moi, Maxon s'efforce de calmer Kriss.

— Reste couchée. On va s'en sortir.

Aspen a pris position, un genou planté dans le sol, il vise et tire sans hésiter au milieu de la foule. Du coin de l'œil, j'aperçois une tache rouge, et un garde surgit devant nous. Soudain, toutes les pièces du puzzle s'imbriquent dans mon esprit. *C'est un Renégat, un Sudiste.* Anne me l'a raconté, les Renégats se sont déjà introduits au palais après avoir dérobé des uniformes. Est-ce qu'ils ont refait le coup ? C'est alors que je comprends que les gardes chargés de surveiller les maisons des Sélectionnées n'ont pas abandonné leur poste de leur plein gré, au contraire. Ces malheureux ont été tués par les Renégats et enterrés quelque part, et c'est leur uniforme qui est sur le dos de ceux qui nous attaquent aujourd'hui.

Je sais que je dois fuir, que Maxon et Kriss doivent prendre leurs jambes à leur cou s'ils veulent sauver leur peau. Mais c'est pétrifiée sur place que je vois le soldat lever son pistolet et le braquer sur Maxon avec un sourire amusé, puis décaler son arme de quelques centimètres sur la gauche et la diriger vers moi. C'est beaucoup plus drôle, il faut croire. L'idée de crier ne me passe même pas par la tête. Je reste immobile, mais Maxon se jette dans ma direction.

Je m'effondre par terre et je vois Maxon passer à toute vitesse devant moi. Lorsque je relève la tête, je découvre qu'Aspen a foncé jusqu'à la table et poussé ma chaise pour qu'elle me protège à la façon d'un bouclier.

— Je l'ai eu ! hurle quelqu'un. Allez trouver le roi !

Des cris de triomphe s'élèvent autour de moi. Je m'extirpe de ma stupeur tandis que des chaises heurtent le sol avec fracas. Des gardes aboient des ordres. Des coups de feu résonnent, me transpercent les tympans. L'enfer sur terre.

— Tu es blessée ? me demande Aspen.

J'arrive à faire non de la tête, je ne sais trop comment.

— Ne bouge surtout pas.

Je le regarde prendre position et viser. Il tire à plusieurs reprises, le regard dur, le corps souple. D'après les mouvements de son arme, j'ai l'impression qu'un nombre grandissant de Renégats nous cernent. Aspen les tient en respect.

Il se jette à genoux et montre Kriss d'un signe de tête :

— Je vais la faire sortir d'ici avant qu'elle ne perde complètement les pédales.

Il s'approche en rampant de Kriss qui s'est couvert les oreilles de ses mains et qui hurle de terreur. Aspen l'attrape par le menton et lui assène une gifle retentissante. Elle est sonnée, assez longtemps pour écouter ses ordres et le suivre à l'extérieur de la salle, recroquevillée sur elle-même.

Le silence se fait peu à peu autour de moi. Les gens ont dû quitter le Salon. Autre possibilité : ils sont tous morts.

C'est alors que je remarque une jambe qui dépasse de la nappe, immobile. Oh non ! Maxon ! Je me faufile à toute vitesse sous la table et je tombe sur un Maxon qui respire difficilement. Une tache écarlate s'étale sur sa chemise. Il a pris une balle sous l'épaule gauche et ça a l'air grave. Très grave.

— Maxon !

Sans trop savoir si mon idée est bonne, je roule en boule l'ourlet de ma robe et j'en tamponne la blessure. Maxon fait une grimace.

— Pardonne-moi, Maxon.

— Non, c'est à toi de me pardonner. J'allais gâcher notre vie.

— Ne parle pas. Ne te fatigue pas pour rien, d'accord ?

— Regarde-moi, America.

Malgré la douleur, il sourit.

— Brise-moi le cœur, murmure-t-il. Brise-le cent fois si ça te chante. De toute façon il a toujours été à toi.

— Chut.

— Je t'aimerai jusqu'à mon dernier souffle. Chaque battement de mon cœur t'appartient. Je ne veux pas mourir sans te le dire.

— Arrête, s'il te plaît. N'abandonne pas, Maxon. Je t'aime. S'il te plaît, tiens bon !

À cet instant Aspen se coule sous la table. Je pousse un cri d'épouvante avant de le reconnaître.

— Kriss est à l'abri, Votre Altesse, déclare-t-il, professionnel jusqu'au bout des ongles. À votre tour. Vous pouvez vous lever ?

— Ne perdez pas votre temps avec moi. Occupez-vous d'America.

— Mais, Votre Altesse…

— C'est un ordre !

— Très bien, Votre Altesse.

Je m'interpose :

— Non ! Je ne veux pas !

— Il va falloir suivre Aspen, me dit Maxon d'une voix lasse.

— Viens, America. Il n'y a pas de temps à perdre.

— Je reste ici !

Maxon s'agrippe à l'uniforme d'Aspen comme un noyé à une bouée.

— Elle doit vivre. Vous comprenez ? Elle doit vivre, quel qu'en soit le prix.

Aspen acquiesce et il m'attrape par le bras avec une force quasi surhumaine.

— Non ! Maxon, je t'en supplie !

— Sois heureuse, souffle-t-il en me serrant la main une dernière fois tandis qu'Aspen m'entraîne à l'extérieur de la salle.

Au moment de franchir la porte, Aspen me plaque contre le mur.

— Chut ! Ils vont t'entendre. Plus vite je te conduis à un refuge, plus vite je pourrai revenir le chercher. Tu dois m'obéir sans discuter, compris ?

De la tête je fais signe que j'ai compris, en effet.

— Bon, pas un bruit.

Il dégaine à nouveau son pistolet et m'emmène dans le couloir.

Nous jetons un coup d'œil à droite, puis à gauche, et nous apercevons une silhouette qui s'éloigne de nous tout au bout du couloir. Une fois sûrs que nous ne risquons rien, nous nous remettons en route.

En tournant le coin, nous trébuchons sur le corps d'un garde gisant par terre. Aspen vérifie s'il respire encore. Nous arrivons trop tard, hélas. Il récupère l'arme du garde et me la confie.

— Qu'est-ce que je dois faire avec ça ?

— Tu tires. Mais vérifie d'abord si c'est un ennemi ou un ami que tu vises. C'est le chaos ici.

Nous faisons le tour des refuges qui sont déjà occupés et verrouillés à double tour. La tension est à son comble. On dirait que les Renégats ont gagné les étages ou les jardins, car les bruits de la fusillade nous parviennent assourdis, comme étouffés par les murs.

Aspen risque un regard dans un couloir.

— Il y a un refuge tout au bout. C'est une voie sans issue, alors sois vigilante.

Nous nous précipitons dans le couloir, direction le refuge, et la première chose que je remarque, c'est le soleil qui déverse des flots de lumière par la fenêtre. Il brille encore ? Il ne sait pas que l'apocalypse s'est déclenchée sur terre ?

Aspen saisit la poignée de la porte du refuge.

— Allez, ouvre-toi, bon sang… Hourra !

Et il finit par l'ouvrir en masquant à ma vue une bonne partie du couloir.

— Aspen, je ne veux pas faire ça.

— Tu es obligée. Il faut que je te mette en sécurité, il y a des gens qui comptent sur toi. Et… j'aimerais que tu me rendes un service.

— Lequel ?

— S'il m'arrive quelque chose… il faut que je te dise…

Par-dessus son épaule, j'entrevois un éclair rouge à l'entrée du couloir. J'ai à peine le temps de lever mon arme, de viser un peu au hasard et de tirer. Aspen me pousse à l'intérieur du refuge et il claque la porte, me laissant seule dans le noir.

31.

Je ne sais pas combien de temps je reste enfermée là-dedans. J'ouvre les oreilles, même si je sais que cela ne sert à rien. Quand je me suis retrouvée avec Maxon entre les quatre parois d'un refuge il y a quelques semaines, aucun bruit ne nous parvenait de l'extérieur. Et pourtant, cette nuit-là, les dégâts avaient été colossaux.

N'empêche, je garde espoir. Peut-être qu'Aspen s'en est tiré, il va ouvrir cette porte d'une seconde à l'autre. Il ne peut pas mourir. Non, pas lui. Aspen est un battant ; c'est toujours comme ça que je l'ai connu. Quand la faim et la misère menaçaient, il s'est retroussé les manches. Quand son père est décédé, il a tenu sa famille à bout de bras. Quand la Sélection m'a enlevée, cela n'a pas soufflé la flamme de l'espoir dans son cœur. Aucune balle ne peut venir à bout d'Aspen Leger.

Je me frotte les yeux, priant de toutes mes forces. Il est évident que chacun au palais s'est lancé à la recherche de Maxon et de ses parents. Ce seront les premiers à recevoir de l'aide. On ne peut pas laisser mourir la famille royale. On ne peut pas laisser mourir Maxon.

Est-ce que sa blessure est si grave qu'elle en avait l'air ? Il était pâle comme un linge. Et trop faible pour me serrer la main.

Sois heureuse.

Il m'aime. Cela ne fait plus aucun doute. Tout comme moi, je l'aime. Nous sommes faits l'un pour l'autre. C'est le destin. Et je devrais être à ses côtés en cette heure tragique. Pas en train de me terrer comme un rat.

Je cherche à tâtons l'interrupteur encastré dans la paroi en acier métallique. Lorsque j'éclaire le refuge, je l'inspecte sous tous les angles. Celui-ci est plus petit que les autres. Il est équipé d'un lavabo mais il n'y a pas de toilettes, juste un seau dans un coin. Près de la porte, un banc et une étagère sur laquelle sont alignées des boîtes de conserve et des couvertures. Et enfin, par terre, le pistolet attend, glacé.

Il faut que je tente le coup. Je tire le banc jusqu'au centre de l'abri et je l'incline, le dossier dressé vers la porte. Ce sera mon bouclier, même s'il ne va pas protéger grand-chose. Il va falloir s'en contenter.

Lorsque je me mets debout, je me prends les pieds dans l'ourlet de ma robe. Quelle poisse. Je trouve sur l'étagère un canif qui sert sûrement d'ouvre-boîtes, mais il fera parfaitement l'affaire. Je taille ma robe sans aucun soin à hauteur des genoux, je me fabrique une ceinture rudimentaire avec la bande de tissu que j'ai récupérée et je glisse le canif dedans. Histoire d'avoir une arme à portée de main. Genre amazone des temps modernes.

J'attrape les couvertures, je m'enroule dedans, de façon à me protéger des projectiles et, accroupie derrière le banc, j'empoigne mon pistolet et je vise la serrure. Prenant une profonde inspiration, j'appuie sur la détente de l'arme.

Le bruit assourdissant me fait sursauter. Une fois certaine que la balle ne va pas ricocher sur les murs, je vais jeter un coup d'œil à la porte. Au-dessus de la serrure, un petit cratère révèle plusieurs strates métalliques. Pas mal, mais ce n'est pas encore ça. Ça m'ennuie d'avoir raté ma cible. Je retourne me cacher derrière mon banc et je fais une nouvelle tentative. Je tire, et je tire encore, mais je n'atteins jamais la cible. Au bout d'un moment, je perds patience et je me mets debout pour viser avec un peu plus de précision. Le résultat, c'est que les éclats qui volent dans ma direction m'entaillent les bras. Pas très concluant, comme technique.

Ce n'est qu'à l'instant où je distingue un petit déclic que je comprends que j'ai vidé le chargeur. Mince. Je jette mon arme par terre et je me jette sur la porte, que je frappe de toutes mes forces.

— Allez ! OUVRE-TOI !

Je la martèle de mes poings, en pure perte.

— Non ! Non, non, non ! Il faut que je sorte d'ici !

La porte ne bouge pas, sévère et muette. Elle semble se moquer de mon cœur qui rugit dans ma poitrine.

Je m'écroule par terre, je me mets en position fœtale et je fonds en larmes, le front appuyé à la porte.

— Si tu vis, je te laisserai m'appeler « mon trésor » tant que ça te chante. Je ne me plaindrai pas, promis.

Et l'attente commence, insupportable.

Les minutes s'égrènent au ralenti. C'est la première fois que je me sens impuissante à ce point et l'inquiétude me tue à petit feu.

Au bout d'une éternité, j'entends la serrure cliqueter. Quelqu'un vient me chercher, enfin. Me libérer. Ami ou ennemi, je l'ignore, alors je pointe mon pistolet déchargé sur la porte, qui s'entrouvre avec un grincement. La lumière du jour se déverse à l'intérieur du refuge. Aveuglée, je me cramponne à mon arme.

— Ne tirez pas, mademoiselle America ! s'exclame une voix masculine. Vous ne craignez rien !

— Et comment je peux en être sûre ? Qu'est-ce qui me prouve que vous n'êtes pas un Renégat ?

Le garde lance un regard dans le couloir. August surgit dans mon champ de vision, suivi de Gavril.

Même si son costume est en lambeaux, sa broche – qui ressemble à s'y méprendre à une étoile Polaire, je m'en rends compte à présent – reste fièrement fixée au revers de sa veste ensanglantée.

Il travaille donc depuis le début comme informateur au service des Renégats du Nord.

— C'est fini, America. Les Sudistes ont été terrassés, m'annonce August.

— Où est Maxon ? Il est vivant ? Et Kriss, elle s'en est sortie ? Il y avait un officier ; c'est lui qui m'a amenée ici. Il s'appelle Leger, vous l'avez vu ?

Les mots jaillissent de ma bouche en flot continu, presque incompréhensibles. J'ai la tête qui tourne.

— Je crois qu'elle est en état de choc. Emmenez-la à l'infirmerie, et vite ! ordonne Gavril, et le garde me cueille dans ses bras.

— Et Maxon ?

Pas de réponse. Ou peut-être que je m'évanouis à ce moment-là. Je ne me souviens plus.

Je me réveille allongée sur un lit qui n'est pas le mien. Mon bras est parcouru de picotements mais lorsque je l'inspecte, les entailles ont toutes été désinfectées par une main experte, les plus profondes ont été bandées. Je suis saine et sauve.

Je me redresse et je me rends compte que je me trouve dans un bureau aux dimensions exiguës. Grâce aux diplômes accrochés au mur, je comprends qu'il s'agit du cabinet du docteur Ashlar. Je ne peux pas rester ici. Il me faut certaines réponses.

Lorsque j'ouvre la porte, je découvre que le désordre règne à l'infirmerie. Les blessés sont installés à deux par lit, d'autres couchés à même le sol. Je devine que les cas les plus graves ont été relégués au fond de la salle, ils ont droit à des lits individuels. On entendrait une mouche voler. Je cherche du regard des visages familiers et je repère Tuesday et Emmica ensemble dans le même lit. Cramponnées l'une à l'autre, elles pleurent sans un bruit. Je reconnais aussi quelques femmes de chambre, même si je ne sais pas comment elles s'appellent. Elles me saluent d'un signe de tête, comme si je méritais d'être saluée.

L'espoir me quitte petit à petit, à mesure que j'avance. Je ne vois Maxon nulle part. Mais on m'a installée dans une pièce à part. Lui aussi, peut-être ? J'aperçois alors un garde – son visage est barré de cicatrices sanguinolentes – et je lui demande à voix basse :

— Est-ce que le prince est quelque part ici ?

Solennel, il secoue la tête négativement.

Sa réponse me frappe en plein cœur. J'ai l'impression que je vais me vider de mon propre sang. Aucun sparadrap, aucun point de suture ne pourra refermer cette blessure. Aucun cachet ne pourra faire taire cette douleur qui me déchire les entrailles. Je laisse mes larmes couler librement. Elles fonctionnent comme une promesse. *Rien ne pourra jamais te remplacer, Maxon.* Et voilà qui scelle définitivement mon amour.

— America ?

Je me retourne, un visage entouré de bandelettes de gaze me fixe depuis l'un des lits du fond. Aspen. Le souffle bloqué, je m'approche de lui à pas hésitants. Entre les bandages maculés de sang et le torse couvert de plaies, je suis effondrée. Mais le pire, c'est qu'il a une jambe dans le plâtre et l'autre en charpie. On voit bien toute l'étendue des dégâts.

— Qu'est-ce qui t'est arrivé ?

— Je préfère oublier certains détails. Disons que j'ai réussi à en neutraliser six ou sept avant de me prendre une balle dans la jambe. Le docteur dit que je pourrai sûrement remarcher, mais avec l'aide d'une canne. Je suis vivant, c'est déjà énorme… Tu m'as sauvé la vie, America. Quand tu as tiré, tu as effrayé le Renégat qui me mettait en joue et ça m'a laissé le temps de riposter. Sans toi, il m'aurait fauché, et c'était fini. Merci.

— C'est toi qui m'as sauvé la vie. Comme toujours. Est-ce que je vais réussir à te remercier un jour ?

— J'ai un peu trop tendance à jouer les héros, pas vrai ?

— Ton rêve, ça a toujours été d'être un chevalier en armure rutilante qui sauve les gentes demoiselles.

— America, écoute-moi. Quand je t'ai dit que je t'aimerais jusqu'à la fin de mes jours, j'étais sincère.

Et je pense que si nous étions restés en Caroline, on se serait mariés, on aurait été heureux ensemble. Pauvres, mais heureux. Mais on n'est pas restés en Caroline. Et tu as changé. Moi aussi, j'ai changé. Quand tu as dit que je n'ai jamais laissé de chance à une autre fille, tu avais raison. Pourquoi je serais allé voir si l'herbe était plus verte ailleurs, puisque je t'avais toi ? Mon instinct me pousse à me battre pour toi, America. J'ai mis du temps à l'accepter, mais j'ai fini par comprendre que tu en avais assez. Et j'en ai assez, moi aussi.

Je le fixe, stupéfaite.

— Tu auras toujours une place dans mon cœur, mais je ne suis plus amoureux de toi. Tu mérites mieux qu'un garçon qui reste par obligation.

— Et tu mérites mieux qu'une fille qui se rabat sur toi par dépit amoureux.

Il me tend une main que je prends dans la mienne.

— Ne sois pas en colère contre moi, America.

— Je ne suis pas en colère. Et cela me rend heureuse de constater que tu n'es pas en colère non plus. Car même s'il est mort, je l'aime toujours.

— Qui est mort ?

— Maxon.

Un silence.

— Maxon n'est pas mort.

— Quoi ? Mais le garde m'a dit qu'il n'était pas ici et…

Bien sûr qu'il n'est pas ici. Il a été couronné roi. On le soigne dans sa chambre.

Je me jette sur Aspen et je le serre de toutes mes forces contre moi, ce qui lui arrache un grognement, mais je suis trop heureuse pour prendre des précautions. Soudain, ce qu'il m'a dit fait tilt et je relâche lentement Aspen.

— Alors Clarkson est… mort ?

— La reine aussi.

— Non !

— En fait, sans les Nordistes, Maxon aurait pu y rester lui aussi. Ce sont eux qui ont fait tout basculer.

— Vraiment ?

— On aurait dû leur demander de nous apporter leurs lumières. Ils ont des techniques de combat différentes. Ils savaient quoi faire. J'ai reconnu August et Georgia dans la Salle des Banquets. Ils avaient des renforts groupés à l'extérieur. Une fois qu'ils ont compris qu'il se tramait quelque chose, ils se sont introduits dans le palais à une vitesse stupéfiante. Je ne sais pas où ils ont obtenu les armes, mais sans eux, nous ne serions pas là pour en parler.

Je suis encore en train de digérer ce que je viens d'apprendre quand la porte de l'infirmerie s'ouvre à la volée. Les murmures des conversations s'interrompent. Un visage inquiet apparaît sur le seuil et, malgré la robe lacérée et les cheveux en bataille, je la reconnais immédiatement

— Lucy ! s'exclame Aspen, et il se redresse sur son lit.

— Aspen !

Elle traverse l'infirmerie en enjambant les blessés et elle tombe dans ses bras, le visage baigné de larmes de bonheur. Alors qu'Aspen a lâché un grognement quand je l'ai pris dans mes bras, il est évident qu'à cet instant, la douleur a laissé place à une joie indicible.

— Où étais-tu ? lui demande-t-il d'une voix haletante.

— Au troisième. Ils sont venus ouvrir les refuges à cet étage-là il y a quelques minutes à peine. Je suis venue aussi vite que j'ai pu. Qu'est-ce que tu as ?

— Ne t'inquiète pas pour moi. Et toi ? Tu as besoin de voir un médecin ?

— Non, je n'ai même pas une égratignure. Je me faisais du souci pour toi.

— Maintenant que je te vois, tout va bien, conclut Aspen, le regard débordant d'affection.

Et il attire Lucy vers lui pour l'embrasser longuement. S'il y a bien une fille qui a besoin d'un chevalier servant, c'est Lucy, et personne ne la protégera mieux qu'Aspen.

Ils ne remarquent même pas que je quitte l'infirmerie pour aller retrouver la seule personne qui compte pour moi.

32.

En m'aventurant dans les couloirs du palais, j'ai du mal à en croire mes yeux. C'est une vision de fin du monde. Vitres et miroirs brisés dont les éclats captent les rayons du soleil, tableaux mis en pièces, murs dynamités, tapis tachés de rouge… le moindre détail me rappelle que nous avons tous frôlé la mort.

Je m'engage dans l'escalier principal, le regard baissé. Arrivée sur le palier du premier étage, je remarque une boucle d'oreille par terre et je frémis des pieds à la tête. Est-ce que sa propriétaire a réussi à échapper aux Renégats ?

Le couloir qui mène à la chambre de Maxon grouille de gardes armés. Est-ce que je vais réussir à franchir ce barrage ? Je vais devoir l'appeler en criant. Peut-être qu'il va leur donner l'ordre de me laisser passer… comme le soir de notre première rencontre.

La porte de la chambre est grande ouverte, des gens entrent et sortent en flux continu, chargés qui d'un lourd dossier, qui d'un plateau en argent. Six gardes alignés le long du mur surveillent les allées et venues. L'un d'eux me remarque et plisse les yeux, comme s'il n'en revenait pas de me voir. Son voisin me reconnaît aussitôt et, l'un après l'autre, les soldats exécutent une révérence empreinte d'un respect émouvant.

— Il vous attend, mademoiselle, déclare l'un d'eux.

— Merci, messieurs.

J'essaie de me montrer digne de l'honneur qu'ils me font. Je me redresse fièrement, même si le spectacle doit être ridicule avec mes bras zébrés d'entailles et ma robe en lambeaux.

Une domestique file sous mon nez quand je parviens sur le seuil. Maxon est allongé sur son lit, vêtu d'une chemise en coton sous laquelle je devine une accumulation de pansements. Il a le bras gauche en écharpe et, dans sa main droite, il tient un document qu'il étudie avec attention. Penché au-dessus de lui, un conseiller parle à voix basse. Il a l'air tellement normal avec sa chemise toute simple et ses cheveux ébouriffés. Mais, en même temps, il a pris une nouvelle épaisseur. Il se tient plus droit, peut-être ? Ou c'est son visage qui s'est teinté de gravité ?

Oui, c'est bien lui le roi. Cela saute aux yeux.

— Votre Majesté.

Je fais une petite courbette et, en me redressant, je vois ses yeux s'éclairer d'un sourire serein.

— Posez ces papiers ici, Stavros. Je vais demander à ces messieurs de bien vouloir quitter la chambre. Je dois m'entretenir avec cette jeune femme.

Toutes les personnes présentes le saluent d'une révérence et s'engouffrent dans le couloir. Stavros pose les documents sur la table de chevet et, avant de quitter la pièce, il me lance un clin d'œil complice. J'attends qu'il ferme la porte avant de m'approcher à pas lents du lit. J'ai envie de tomber dans les bras de Maxon et de rester là pour l'éternité.

— J'ai appris, pour tes parents. Cela m'attriste beaucoup.

— Ce n'est pas encore concret dans ma tête, me répond-il en m'invitant à m'asseoir au bord de son lit. Je continue à penser que père travaille dans son bureau et mère dans le Boudoir, et d'une minute à l'autre l'un des deux va entrer ici pour me confier une nouvelle tâche.

— Je vois exactement ce que tu veux dire.

— Mère a essayé de le sauver. Un garde m'a rapporté qu'un des Renégats l'avait mis en joue, mais elle est arrivée par-derrière. Elle est tombée la première, ils ont touché père quelques secondes plus tard.

— Elle a toujours eu le sens du sacrifice.

— Tu sais, tu lui ressembles beaucoup.

— Je ne lui arriverai jamais à la cheville. Elle va me manquer, terriblement.

— Au moins, tu es saine et sauve, poursuit Maxon en évitant mon regard. Je n'en espérais pas tant.

Le silence s'éternise. Dois-je rappeler à Maxon ce qu'il m'a dit ? Demander des nouvelles de Kriss ? Est-ce qu'il a envie d'aborder ces sujets maintenant ?

— Je voudrais te montrer quelque chose, annonce-t-il. Attention, ce n'est qu'un brouillon, mais je pense que ça va te plaire. Ouvre donc ce tiroir. Tu le trouveras sur le dessus.

Comme il me l'a demandé, j'ouvre le tiroir de sa table de chevet et je remarque aussitôt une liasse de papiers tapés à la machine. J'interroge Maxon du regard, puis je me plonge dans la lecture du document. J'arrive à la fin du premier paragraphe et je le relis aussitôt, ahurie.

— Est-ce que... Tu vas dissoudre les castes ?

— C'est la finalité de ce projet. Ne t'enflamme pas trop vite. Cela va se faire progressivement, mais j'espère y parvenir, ajoute-t-il en feuilletant le dossier avant de me montrer un paragraphe précis. Tiens, j'ai l'intention de commencer par le bas de la pyramide. J'envisage de supprimer la caste des Huit en premier. C'est une entreprise de longue haleine et j'ai l'intuition que les Huit pourront être absorbés par les Sept, moyennant quelques efforts. Sur le plan du symbole, cela devient plus problématique. Nous trouverons un moyen de nous débarrasser des préjugés, je m'y engage.

Je suis estomaquée. Le vieux monde va être démantelé brique par brique. Voilà que je tiens entre les mains un document qui déclare que les barrières invisibles érigées parmi les citoyens d'Illeá vont enfin être reléguées aux oubliettes de l'Histoire.

— Je veux te saluer, poursuit Maxon, car tout cela n'aurait pas pu se faire sans toi. Notre rencontre a été déterminante dans mon évolution politique. Et il y a autre chose…

Soudain, sur la pile de documents, Maxon fait glisser un écrin dans lequel est blottie une bague qui scintille de mille feux. Deux pierres serties dans un entrelacs d'or, l'une verte, l'autre violette – ma couleur fétiche. Deux petites taches de lumière liées ensemble, inséparables.

— J'ai dormi ces dernières nuits avec cette brique sous mon oreiller, déclare-t-il en affectant l'agacement. Elle te plaît ?

L'émotion me submerge. Ma réponse se borne à un sourire, à des larmes ravalées de justesse, à un hochement de tête.

Maxon s'éclaircit la voix.

— Par deux fois j'ai tenté de te poser la question fatidique et, par deux fois, ce fut un échec. Vu mon état, je ne peux même pas me mettre à genoux. J'espère que tu ne m'en voudras pas si je te parle sans détour. Je t'aime, America. J'aurais dû te le dire de longue date. Peut-être qu'un peu plus d'audace de ma part aurait pu nous éviter bien des contretemps, ajoute-t-il avec un sourire. Je ne t'ai pas menti. Mon cœur t'appartient. À l'instant où cette balle s'est logée dans mon épaule, où je suis tombé au sol certain que la vie allait me quitter, c'est à toi que j'ai pensé et à personne d'autre…

Maxon doit s'interrompre. Il se racle la gorge et je vois bien qu'il est au bord des larmes, comme moi. Au bout de quelques secondes, il reprend.

— Alors j'ai envisagé tout ce que j'allais perdre. Le mariage, les enfants, vieillir ensemble… j'allais devoir tirer un trait dessus. En même temps, j'en étais complètement détaché. Car, en mourant, j'allais te permettre de vivre, et la mort n'était plus qu'une formalité.

Et voilà. Les larmes jaillissent pour de bon.

— America, continue Maxon en me forçant à le regarder, je sais que tu as un roi devant toi, mais que cela soit bien clair entre nous : ce n'est pas un ordre que je te donne. C'est une requête, une prière. Je t'implore : fais de moi l'homme le plus heureux sur cette terre. Fais-moi l'honneur de devenir ma femme.

Ma voix m'abandonne mais mon corps trouve son propre langage. Je m'accroche à Maxon avec une énergie de désespérée, certaine que plus rien ne pourra nous séparer. Quand il m'embrasse, tout se met en place. Ce que je cherche depuis toujours, je l'ai trouvé ici, entre les bras de Maxon. Et s'il est là pour me guider, pour me donner son affection, alors je suis invincible.

Maxon s'écarte de moi pour plonger son regard dans le mien. Enfin, mes cordes vocales se remettent à fonctionner.

— Oui, Maxon.

Épilogue

Malgré mes efforts, je tremble comme une feuille. C'est naturel. L'occasion est exceptionnelle, la robe sublime, et le monde entier a les yeux braqués sur moi. Il faut que je sois courageuse – mais je tremble, je ne peux m'en empêcher.

— Ah ! Voilà le signal, annonce maman, qui a remarqué que les musiciens jouent une autre partition.

Silvia nous fait signe d'approcher. James et Kenna sont déjà prêts. Comme Gerad court partout, son costume est tout froissé, déjà. Il fait tourner en bourrique May, qui ne sait pas quoi faire pour qu'il se tienne immobile plus de deux secondes.

Même si tous ceux que j'aime m'entourent, il y a une absence qui me serre le cœur : celle de papa. Je le sens à mes côtés, il chuchote, il m'encourage, me complimente. J'ai l'impression de l'entendre, aussi distinctement que s'il était près de moi, et j'espère qu'il en sera toujours ainsi, qu'il ne disparaîtra jamais complètement de mes souvenirs.

Je suis tellement perdue dans mes rêveries que je n'entends pas May s'approcher.

— Tu es trop sublime, grande sœur, me lance-t-elle en effleurant le col en dentelle ouvragée de ma robe.

— Mary est une excellente couturière, pas vrai ?

De mes trois femmes de chambre, seule Mary est restée à mon service. Quand le calme est revenu, il s'est avéré que le nombre de victimes était beaucoup plus important que ce qu'on avait calculé au départ. Lucy a survécu à l'attaque des Renégats, c'est vrai, et elle a choisi de ne plus travailler pour moi, mais Anne s'est volatilisée, purement et simplement.

— Bon sang, mais tu trembles comme une feuille.

— Je sais. Je n'arrive pas à me maîtriser.

— Marlee, viens m'aider à calmer America !

Ma demoiselle d'honneur nous rejoint, le regard plein d'étoiles. Grâce à mes deux fidèles complices, la tension me quitte peu à peu.

— Ne t'inquiète pas, America. Il ne va pas te planter au pied de l'autel, plaisante Marlee, et May explose de rire.

— Qu'il change d'avis, ça ne m'inquiète pas ! Ce qui me fait peur, c'est de trébucher ou d'écorcher son nom. J'ai un don pour tout gâcher.

— Rien ne peut gâcher cette journée, me console Marlee.

— May ! siffle maman.

— Bon, maman va m'écorcher vive si je ne me dépêche pas. On se revoit tout à l'heure, me dit May en me faisant un petit bisou sur la joue.

Elle prend bien garde à ne pas abîmer mon maquillage en laissant la moindre trace de rouge à lèvres.

Soudain la musique retentit. Maman et May s'engagent d'un même pas dans l'allée centrale. Mon tour arrive bientôt. Je prends une profonde inspiration.

— C'est à moi après ? demande Marlee.

— Oui. Cette couleur te va à ravir, au fait.

— Vous avez un goût très sûr, Votre Majesté.

— C'est la première fois que j'entends quelqu'un m'appeler comme ça. Oh non, c'est ainsi que tout le monde va m'appeler maintenant ! Le cauchemar !

— Arrête tout de suite ! Tu es trop nerveuse.

— Je fais ce que je peux ! Le mariage, puis le couronnement, ça fait beaucoup pour une seule journée.

— Attends de voir ce qui va se passer ce soir !

— Marlee !

Mon amie m'abandonne après m'avoir lancé un clin d'œil malicieux. Je suis si heureuse qu'elle puisse à nouveau jouer un rôle dans ma vie. Je l'ai nommée dame de compagnie, Maxon a fait de Carter son écuyer. C'est un signe sans ambiguïté à l'adresse du peuple, comme pour donner le ton du nouveau règne, et un changement qui a été accueilli avec enthousiasme.

Je prends mon mal en patience et je passe une dernière fois la main sur les plis de ma robe. Une pure merveille. Les jupons en mousseline soulignent ma taille et volettent jusqu'au sol, les mancherons de dentelle se rattachent à une collerette qui me donne la dignité qui sied à une princesse. J'ai enfilé par-dessus une mante qui ressemble fort à une cape et qui flotte à la manière d'une traîne. Je vais l'enlever dès le début des noces, car j'ai l'intention de danser avec mon mari jusqu'à avoir les pieds en compote.

— Prête, America ? me demande Aspen.

Je me tourne vers lui et je glisse mon bras sous le sien.

— Oui, prête.

— Tu es sublime.

— Tu n'es pas mal non plus.

— Ne t'inquiète pas, tout va bien se passer, déclare-t-il sur un ton confiant.

— Oui. Si je tombe tu me rattrapes, d'accord ?

— Ne te fais pas de souci. Si tes jambes te lâchent, je te prête ma canne.

Pour ponctuer sa phrase il brandit sa canne bleu foncé, assortie à son uniforme, et je ne résiste pas à sa plaisanterie.

— Un sourire ? Voilà qui est mieux.

— Votre Majesté ? C'est à vous, déclare Silvia, soudain respectueuse.

— Mets-leur-en plein les yeux, me souffle Aspen une seconde avant que la porte ne s'ouvre.

Je crois que je vais m'évanouir. Même si nous avons voulu réduire la liste d'invités au strict minimum, des centaines de personnes ont pris place de part et d'autre de l'allée centrale qui va me conduire à Maxon. Et elles le masquent à ma vue quand elles se mettent toutes debout pour me saluer.

J'essaie de garder mon calme et je salue en retour les invités d'un sourire et d'un geste gracieux. Aspen n'est pas dupe. Il a senti ma nervosité.

— Tout va bien, America.

Il m'encourage du regard. J'avance. Ce n'est pas l'avancée la plus gracieuse. Ni la plus rapide. Aspen boite et nous progressons lentement, par à-coups. Mais je ne connais personne de plus indiqué pour me conduire à l'autel et me remettre entre les mains de mon futur mari. Aspen occupe une place trop importante dans ma vie. Ce n'est ni mon petit ami ni mon ami, mais un membre à part entière de ma famille. Je pensais qu'il allait refuser, qu'il se sentirait insulté. Et pourtant, il a accepté sans hésiter et il m'a prise dans ses bras. Dévoué et fidèle, jusqu'au bout. C'est l'Aspen que je connais.

Enfin, je repère un visage familier dans la foule. Lucy est là, avec son père. Elle irradie de fierté et elle a toutes les peines du monde à détacher son regard d'Aspen. Il bombe le torse quand nous passons devant elle. Je sais que leur tour va bientôt venir, et j'ai hâte d'assister à leur mariage. Aspen n'aurait pu faire meilleur choix.

Les autres Sélectionnées occupent les premiers rangs. Elles ne manquent pas de courage, étant donné qu'elles ont réchappé il y a peu à un massacre. Et malgré cela, elles affichent toutes un grand sourire, même Kriss, en dépit de la tristesse que je lis dans son regard. Si seulement Celeste était là… Elle me manque, beaucoup. Je l'imagine battre exagérément des paupières puis me faire un petit signe complice, ou sortir une blague qui friserait l'insolence. Plus rien ne sera pareil sans elle. Sans la reine non plus, d'ailleurs.

Ensuite je repère ma mère et May dans la foule, qui se cramponnent l'une à l'autre, tétanisées. Autour d'elles, un océan de sourires. Je me sens aimée comme jamais. Distraite par ces visages, j'oublie que je suis presque arrivée à destination. Je tourne la tête et… il est là.

Alors j'ai l'impression que nous sommes seuls au monde.

Plus de caméras, plus d'appareils photo qui nous mitraillent. Il n'y a que nous sur terre, Maxon et moi.

Il porte sa couronne, et l'uniforme avec l'écharpe bleue et les décorations militaires. Qu'est-ce que j'ai dit la première fois que je l'ai vu dans cette tenue ? Qu'on aurait pu le confondre avec un lustre, je crois.

Et je souris, repensant au périple qui nous a amenés ici, devant l'autel.

Les derniers pas d'Aspen sont lents mais déterminés. Arrivée devant Maxon, je me tourne vers lui ; il m'offre un dernier sourire et je l'embrasse sur la joue, ma façon à moi de lui dire au revoir, à lui et à tout ce qu'il représente. Nous échangeons un long regard, puis il prend ma main et la dépose dans celle de Maxon. Le roi et le soldat expriment ensuite leur respect mutuel par un salut de la tête. Je me sens en paix. Aspen recule de quelques pas et nous laisse au premier plan.

La cérémonie peut démarrer.

— Bonjour, mon trésor, me chuchote Maxon.

— Oh, ne commence pas !

Un sourire illumine son visage. Il serre mes mains entre les siennes comme si c'était la seule chose qui le raccrochait à ce monde et je me prépare à prononcer les mots tant attendus, les promesses que je ne briserai jamais. Il y a de la magie dans l'air, même si je sais que je ne vis pas un conte de fées. Nous allons traverser des tempêtes, rencontrer des obstacles, c'est certain. Consentir à des compromis. Si la vie était un long fleuve tranquille, cela se saurait. Tout ne sera pas gai tous les jours, loin de là.

« Ils se marièrent et vécurent heureux jusqu'à la fin des temps » ? Un peu limité, comme programme.

Je suis prête à parier que ça va être mille fois mieux…

Vous voulez en savoir plus
sur ***La Sélection*** ?
Découvrir des secrets, des révélations
ou les points de vue de Maxon et Aspen ?

Découvrez alors vite, du même auteur,
le hors-série

LA SÉLECTION
HISTOIRES SECRÈTES

LE PRINCE
& LE GARDE

Night School

de C. J. Daugherty

Tome 1

Qui croire quand tout le monde vous ment ?

Allie Sheridan déteste son lycée. Son grand frère a disparu. Et elle vient d'être arrêtée. Une énième fois. C'en est trop pour ses parents, qui l'envoient dans un internat au règlement quasi militaire. Contre toute attente, Allie s'y plaît. Elle se fait des amis et rencontre Carter, un garçon solitaire, aussi fascinant que difficile à apprivoiser... Mais l'école privée Cimmeria n'a vraiment rien d'ordinaire. L'établissement est fréquenté par un curieux mélange de surdoués, de rebelles et d'enfants de millionnaires. Plus étrange, certains élèves sont recrutés par la très discrète « Night School », dont les dangereuses activités et les rituels nocturnes demeurent un mystère pour qui n'y participe pas. Allie en est convaincue : ses camarades, ses professeurs, et peut-être ses parents, lui cachent d'inavouables secrets. Elle devra vite choisir à qui se fier, et surtout qui aimer...

Le premier tome de la série découverte par le prestigieux éditeur de *Twilight*, *La Maison de la nuit*, *Nightshade* et de Scott Westerfeld en Angleterre.

Tome 2 : *Héritage*

Tome 3 : *Rupture*

Tome 4 à paraître en juin 2014 : *Résistance*

Tome 5 à paraître début 2015

LA 5e VAGUE

de Rick Yancey

Tome 1

1re Vague : Extinction des feux. 2e Vague : Déferlante. 3e Vague : Pandémie. 4e Vague : Silence.

À l'aube de la 5e vague, sur une autoroute désertée, Cassie tente de *Leur* échapper... *Eux*, ces êtres qui ressemblent trait pour trait aux humains et qui écument la campagne, exécutant quiconque a le malheur de croiser *Leur* chemin. *Eux*, qui ont balayé les dernières poches de résistance et dispersé les quelques rescapés.

Pour Cassie, rester en vie signifie rester seule. Elle se raccroche à cette règle jusqu'à ce qu'elle rencontre Evan Walker. Mystérieux et envoûtant, ce garçon pourrait bien être son ultime espoir de sauver son petit frère. Du moins si Evan est bien celui qu'il prétend...

Ils connaissent notre manière de penser. *Ils* savent comment nous exterminer. *Ils* nous ont enlevé toute raison de vivre. *Ils* viennent maintenant nous arracher ce pour quoi nous sommes prêts à mourir.

Le premier tome de la trilogie phénomène, bientôt adapté au cinéma par Tobey Maguire et les producteurs de *World War Z*, *Argo*, *Hugo Cabret*, *The Aviator*, *Gangs of New york*, *Ali*.

Tome 2 à paraître en septembre 2014 : *La Mer infinie*

LA TRILOGIE DE BRAISES ET DE RONCES

de Rae Carson

Tome 1

Sera-t-elle reine au cœur de son royaume,
comme au royaume de son cœur ?

Princesse d'Orovalle, Elisa est l'unique gardienne de la Pierre Sacrée. Bien qu'elle porte le joyau à son nombril, signe qu'elle a été choisie pour une destinée hors normes, Elisa a déçu les attentes de son peuple, qui ne voit en elle qu'une jeune fille paresseuse, inutile et enveloppée... Le jour de ses seize ans, son père la marie à un souverain de vingt ans son aîné. Elisa commence alors une nouvelle existence loin des siens, dans un royaume de dunes menacé par un ennemi sanguinaire prêt à tout pour s'emparer de sa Pierre Sacrée.

Une perle de l'*heroic fantasy*, pour les fans de la série *Game of Thrones* !

Le premier tome d'une trilogie « unique, intense... À lire absolument ! » (Veronica Roth, auteur de la trilogie *Divergente).*

Tome 2 : *La Couronne de flammes*

Tome 3 : *Le Royaume des larmes*

STARTERS

de Lissa Price

Vous rêvez d'une nouvelle jeunesse ?
Devenez quelqu'un d'autre !

Dans un futur proche : après les ravages d'un virus mortel, seules ont survécu les populations très jeunes ou très âgées : les Starters et les Enders. Réduite à la misère, la jeune Callie, du haut de ses 16 ans, tente de survivre dans la rue avec son petit frère. Elle prend alors une décision inimaginable : louer son corps à un mystérieux institut scientifique, la Banque des Corps. L'esprit d'une vieille femme en prend possession pour retrouver sa jeunesse perdue. Malheureusement, rien ne se déroule comme prévu... Et Callie prend bientôt conscience que son corps n'a été loué que dans un seul but : exécuter un sinistre plan qu'elle devra contrecarrer à tout prix !

Le premier volet du thriller dystopique phénomène aux États-Unis.

« Les lecteurs de *Hunger Games* vont adorer ! », Kami Garcia, auteur de la série best-seller *16 Lunes*.

Second volet : *Enders*

Nouvelles numériques inédites :
Starters 0.1 : Portrait d'un Starter
Starters 0.2 : Portrait d'un marshal

Kaleb

de Myra Eljundir

SAISON 1

C'est si bon d'être mauvais...

À 19 ans, Kaleb Helgusson se découvre empathe : il se connecte à vos émotions pour vous manipuler. Il vous connaît mieux que vous-même. Et cela le rend irrésistible. Terriblement dangereux. Parce qu'on ne peut s'empêcher de l'aimer. À la folie. À la mort.

Sachez que ce qu'il vous fera, il n'en sera pas désolé. Ce don qu'il tient d'une lignée islandaise millénaire le grise. Même traqué comme une bête, il en veut toujours plus. Jusqu'au jour où sa propre puissance le dépasse et où tout bascule... Mais que peut-on contre le volcan qui vient de se réveiller ?

La première saison d'une trilogie qui, à l'instar de la série Dexter, offre aux jeunes adultes l'un de leurs fantasmes : être dans la peau du méchant.

Déconseillé aux âmes sensibles et aux moins de 15 ans.

Saison 2 : *Abigail*

Saison 3 : *Fusion*

cruelles

de Cat Clarke

Quatre filles.
Un secret partagé.
Une montagne de culpabilité

Alice King, 16 ans, part avec sa classe pour un séjour en Écosse. Elle ne s'attendait pas à des vacances de rêve, mais jamais elle n'aurait pu imaginer la tournure cauchemardesque que vont prendre les événements.

La jeune fille et sa meilleure amie Cass se retrouvent à devoir partager un chalet avec Polly, l'asociale de service, Rae, la gothique bipolaire, et Tara, la reine des pestes. Populaire, belle et cruelle, cette dernière prend un malin plaisir à humilier les autres à longueur de journée.

Mais Cass compte bien profiter de cette semaine au vert pour donner à Tara une leçon qu'elle n'est pas prête d'oublier. Avec l'aide de ses camarades de chambrée.

Le vent a tourné pour la reine du lycée. L'heure de la revanche a sonné...

Une ténébreuse histoire de secrets coupables, d'amitiés troubles et de premier amour...

« Nous avions adoré Confusion *de Cat Clarke, mais* Cruelles *nous fait atteindre des sommets insoupçonnés ! »*
The Guardian

Autre roman de l'auteur, déjà paru :
Confusion

LES CENDRES DE L'OUBLI

-Phænix

Livre 1

de Carina Rozenfeld

Elle a 18 ans, il en a 20. À eux deux ils forment le Phœnix, l'oiseau mythique qui renaît de ses cendres. Mais les deux amants ont été séparés et l'oubli de leurs vies antérieures les empêche d'être réunis...

Anaïa a déménagé en Provence avec ses parents et y commence sa première année d'université. Passionnée de musique et de théâtre, elle mène une existence normale. Jusqu'à cette étrange série de rêves troublants dans lesquels un jeune homme lui parle et cette mystérieuse apparition de grains de beauté au creux de sa main gauche. Plus étrange encore : deux beaux garçons se comportent comme s'ils la connaissaient depuis toujours...

Bouleversée par ces événements, Anaïa devra comprendre qui elle est vraiment et souffler sur les braises mourantes de sa mémoire pour retrouver son âme sœur.

La nouvelle série envoûtante de Carina Rozenfeld, auteure jeunesse récompensée par de nombreux prix, dont le prestigieux prix des Incorruptibles en 2010 et 2011.

Second volet : *Le Brasier des souvenirs*

Nouveau diptyque :

***La Symphonie des abysses*, tome 1**

Tome 2 à paraître en novembre 2014

VERSION BETA

de Rachel Cohn

Elle est l'absolue perfection.
Son seul défaut sera la passion.

Née à seize ans, Elysia a été créée en laboratoire. Elle est une version beta, un sublime modèle expérimental de clone adolescent, une parfaite coquille vide sans âme.

La mission d'Elysia : servir les habitants de Demesne, une île paradisiaque réservée aux plus grandes fortunes de la planète. Les paysages enchanteurs y ont été entièrement façonnés pour atteindre la perfection tropicale. L'air même y agit tel un euphorisant, contre lequel seuls les serviteurs de l'île sont immunisés.

Mais lorsqu'elle est achetée par un couple, Elysia découvre bientôt que ce petit monde sans contraintes a corrompu les milliardaires. Et quand elle devient objet de désir, elle soupçonne que les versions beta ne sont pas si parfaites : conçue pour être insensible, Elysia commence en effet à éprouver des émotions violentes. Colère, solitude, terreur… amour.

Si quelqu'un s'aperçoit de son défaut, elle risque pire que la mort : l'oubli de sa passion naissante pour un jeune officier…

« Un roman à la fois séduisant et effrayant,
un formidable page-turner ! »

Melissa De La Cruz,
auteur de la saga Les Vampires de Manhattan

Tome 1 d'une tétralogie bientôt adaptée au cinéma par le réalisateur de *Twilight II – Tentation*

GLITCH

de Heather Anastasiu

L'amour est une arme

Dans une société souterraine où toute émotion a été éradiquée, Zoe possède un don qu'elle doit à tout prix dissimuler si elle ne veut pas être pourchassée par la dictature en place.

L'amour lui ouvrira-t-il les portes de sa prison ?

Lorsque la puce de Zoe, une adolescente technologiquement modifiée, commence à glitcher (bugger), des vagues de sentiments, de pensées personnelles et même une étrange sensation d'identité menacent de la submerger. Zoe le sait, toute anomalie doit être immédiatement signalée à ses Supérieurs et réparée, mais la jeune fille possède un noir secret qui la mènerait à une désactivation définitive si jamais elle se faisait attraper : ses glitches ont éveillé en elle d'incontrôlables pouvoirs télékinésiques...

Tandis que Zoe lutte pour apprivoiser ce talent dévastateur tout en restant cachée, elle va rencontrer d'autres Glitchers : Max le métamorphe et Adrien, qui a des visions du futur. Ensemble, ils vont devoir trouver un moyen de se libérer de l'omniprésente Communauté et de rejoindre la Résistance à la surface, sous peine d'être désactivés, voire pire...

La trilogie dystopique de l'éditeur américain des séries best-sellers *La Maison de la nuit* et *Éternels.*

Tome 2 : *Résurrection*

Tome 3 : *Insurrection*

PARALLON

de Dee Shulman

Tome 1

Un gladiateur romain
Une jeune fille du xxie siècle
Deux mille ans les séparent
Un mystérieux virus va les réunir…

152 après J.-C.

Au sommet de sa gloire, Sethos Leontis, redoutable combattant de l'arène, est blessé et se retrouve aux portes de la mort.

2012 après J.-C.

Élève brillante mais rebelle, Eva a été placée dans une école pour surdoués. Un incident dans un laboratoire fait basculer sa vie à jamais.

Un lien extraordinaire va permettre à Sethos et Eva de se rencontrer, mais il risque aussi de les séparer, car la maladie qui les dévore n'est pas de celles qu'on soigne, et leur amour pourrait se révéler mortel…

Leur passion survivra-t-elle à la collusion de deux mondes ?

Tome 2 : *Parallon 2*

Retrouvez tout l'univers de
La Sélection
sur la page Facebook de la collection R :
www.facebook.com/collectionr

Vous souhaitez être tenu(e) informé(e)
des prochaines parutions de la collection R
et recevoir notre newsletter ?

Écrivez-nous à l'adresse suivante,
en nous indiquant votre adresse e-mail :
servicepresse@robert-laffont.fr

Cet ouvrage a été imprimé
en mai 2015 par

CPI
FIRMIN-DIDOT

27650 Mesnil-sur-l'Estrée
N° d'édition : 54908/06
N° d'impression : 128853
Dépôt légal : mai 2014

Imprimé en France

Composition et mise en pages
Nord Compo à Villeneuve-d'Ascq